Du même auteur :

Au Nom de l'Harmonie, tome 1 : Zéphyr
Au Nom de l'Harmonie, tome 2 : Miroir
Au Nom de l'Harmonie, tome 3 : Descendance
Au Nom de l'Harmonie, tome 4 : Souffle de Vie Partie 1
Au Nom de l'Harmonie, tome 5 : Souffle de Vie Partie 2

Working Love (série Love #1)
Wacky Love (série Love #2)

Olivia Sunway

Au Nom de l'Harmonie

4-Soufle de Vie

Partie 1

ISBN : 9782490913046
Dépôt légal : octobre 2019
Imprimé par BoD
© Temporelles 2019
Temporelles
52 rue Louis Baudoin
91100 Corbeil Essonnes

Prologue

En me réveillant ce dimanche matin, une irrésistible envie de chocolat m'avait envahie. Je m'étais donc habillée rapidement d'un jean et d'un débardeur pour sauter dans ma vieille Porsche Carrera blanche et me rendre à la petite supérette à dix minutes de chez moi. Lorsque j'entrai dans le magasin, quelques clients passaient en caisse. L'un d'entre eux attira mon attention en rangeant ses courses et je m'autorisai à le reluquer discrètement en marchant d'un pas rapide vers le rayon confiseries.

Je m'absorbai dans la contemplation des différents choix qui s'offraient à moi, sans réussir à prendre une décision : chocolat au lait et aux noisettes ? Noir aux amandes ? À la framboise ?

Et pourquoi pas les trois ?

J'étais vraiment gourmande et j'en salivais d'avance lorsque je pris les trois tablettes de chocolat qui me faisaient de l'œil.

Et puis, une boîte d'After Eight pour la route ! me réjouis-je.

— Bonjour Vicky, tu vas bien ? m'interpella une voix grave aux intonations chaleureuses qui me fit sursauter.

Je me retournai et découvris l'homme que j'avais reluqué un peu plus tôt. J'aurais voulu lui répondre quelque chose, mais j'étais paralysée. Ma bouche était scellée tandis qu'un éclair me transperçait de la tête aux pieds. Il était tellement beau... Blond, une coupe en brosse et des yeux d'un bleu limpide qui me sondaient avec perplexité.

Est-ce que c'est ça le coup de foudre ?

Une minute… Comment connaît-il mon nom ?

Son expression joyeuse vacilla et son visage se décomposa.

— Tu ne me reconnais pas ? Franchement, tu me déçois…

Et il tourna les talons, me laissant comme une andouille en plein milieu du rayon. Il me fallut plusieurs secondes pour retrouver tous mes moyens. J'eus juste le temps de voir le beau gosse disparaître au coin de l'allée avant de me mettre à courir à sa poursuite, serrant mes tablettes de chocolat contre mon cœur qui battait à cent à l'heure.

— Attends ! criai-je en essayant de le rattraper.

J'agrippai son bras avec frénésie et il s'arrêta net pour se tourner de nouveau vers moi. Ses yeux d'un bleu presque transparent me fixèrent avec contrariété.

— Dis-moi ton nom…, murmurai-je encore fébrile.

J'avais le cœur dans la gorge et les jambes en coton. Cet homme me faisait un effet dévastateur… et je ne savais même pas qui il était.

Un homme comme lui, ça ne peut pas s'oublier.

Il serra les dents, mais finit par me répondre.

— C'est Morgan…

Son nom percuta mon cerveau et des flashs de Morgan Thomas inondèrent mes pensées. Le puzzle était en train de se remettre en place. Oui, je connaissais cet homme… mais il avait tellement changé de look que je ne l'avais pas reconnu.

Mes joues s'enflammèrent et mon malaise augmenta.

— Waouh ! Tu es… (j'allais dire : vraiment trop beau, mais je choisis de modérer mes paroles du mieux que je le pus) vraiment bien comme ça, bégayai-je. Enfin… Tu as beaucoup changé…

Et pour cause, Morgan Thomas était passé du look gothique avec de longs cheveux teints en noir et long manteau de cuir, à ça… Style surfeur, les cheveux courts avec sa couleur naturelle qui était d'un blond doré. Il portait une chemise d'été et un pantalon de toile beige.

Morgan continuait de me fixer, il ne semblait pas vraiment comprendre ma réaction. J'avais probablement l'air d'une débile mais, pour ma défense, on ne se fait pas foudroyer par le coup de foudre tous les jours et je n'avais pas été préparée.

— Mais… tu étais en train de ranger tes courses, tu es revenu pour moi ? demandai-je, abasourdie.

Il s'anima de nouveau.

— Oui, je dois y aller de toute façon…

Et il se détourna une nouvelle fois.

Merde ! Pourquoi j'ai dit ça ?

— Non, attends !

— À plus tard, Vicky, dit-il sans même me regarder.

J'aurais voulu lui courir après encore une fois, mais je me sentais tellement idiote que je n'en fis rien. Je le regardai juste partir, son sac de courses à la main. Cela faisait un moment que nous ne nous étions pas vus et si, lorsque nous étions plus jeunes, nous avions passé plusieurs soirées ensemble c'était uniquement parce que nos parents étaient amis. J'avoue qu'à cette époque, je n'avais jamais vu Morgan comme un potentiel partenaire. Mais aujourd'hui… je n'avais pas de mots pour décrire les sensations qu'il venait de provoquer en moi.

Son visage et, plus particulièrement, ses yeux continuaient de hanter mon esprit. Une chose était sûre : il fallait que je trouve un moyen de le revoir.

Chapitre 1

Un an plus tard

À 27 ans, je jonglais entre aider ma sœur à tenir son magasin de fleurs et mon métier d'Assistante de Vie Scolaire qui consistait à accompagner un petit enfant autiste pour qu'il puisse participer à la classe. J'étais donc en maternelle, entourée d'enfants qui me distribuaient des câlins à tour de bras. Et c'était juste génial !

Comme tous les mercredis, les fins d'après-midi après l'école et la plupart de mes week-ends, j'étais de corvée à la boutique. J'adorais également être entourée de plantes. Il faut dire que ma sœur, Carole, avait la main plus que verte. Dans son magasin régnait une ambiance apaisante et harmonieuse vraiment agréable.

Il paraissait petit de l'extérieur, mais dès qu'on franchissait l'entrée, on découvrait un petit paradis. La première chose qu'on voyait en entrant était un immense présentoir à roses de différentes variétés et couleurs qui répandaient un doux parfum. Un peu plus loin, on découvrait un endroit zen avec une petite fontaine décorative qui produisait un apaisant bruit de ruissellement avec plusieurs bonzaïs magnifiques et hors de prix. Dans le fond, il y avait quelques compositions florales et aussi beaucoup de plantes en pot, diverses et variées.

Carole passait presque ses journées entières entourée de plantes. Et, quand elle n'était pas dans son magasin, elle s'occupait des plantes dont elle avait rempli sa maison.

La porte tinta et me fit relever les yeux du bouquet que je composais. Carole était dans l'arrière-boutique et mettait quelques plantes en pot. Un client que je voyais régulièrement marcha timidement vers les roses rouges. Comme à chaque fois, il en choisit une douzaine avant de venir vers la caisse.

Il était grand et mince. Pas vraiment musclé, mais il avait une silhouette harmonieuse. Il avait des cheveux bruns coupés courts et des yeux marron cachés derrière de fines lunettes de vue.

Je le saluai et lui adressai un sourire.

— Je vais chercher Carole, lui dis-je avant de m'éclipser dans l'arrière-boutique.

Je la trouvai les mains remplies de terre.

— Ton admirateur t'attend, l'interpellai-je d'un ton taquin.

— Arrête de l'appeler comme ça ! me rabroua-t-elle.

Je lâchai un petit rire. Et, comme à chaque fois, Carole devint rouge comme une pivoine et s'affola pour nettoyer ses mains et être présentable. Puis, elle se rua vers la caisse, à moitié essoufflée, tandis que je l'observais avec notre plus fidèle client. Il venait chaque jour lui acheter une douzaine de roses rouges. Le pire, c'est qu'ils n'échangeaient pratiquement aucune parole, mais qu'ils semblaient tous les deux très gênés et intimidés. C'était aussi hilarant qu'attendrissant à regarder.

Lorsqu'ils se saluèrent et que l'admirateur de Carole fut parti, je retournai à mon poste.

— Alors, tu as vu son nom cette fois ?

— Oui, il a payé en carte bleue…

Je la regardai avec insistance pour qu'elle me révèle l'identité de son admirateur.

— Il s'appelle Marc…, dit-elle un peu gênée.

Pourtant, Carole n'était pas du genre timide. C'est ce qui m'amusait encore plus dans cette histoire. Enfin, je pouvais la taquiner un peu.

— Tu devrais l'inviter à sortir, Sist. C'est quand même étrange qu'il vienne tous les jours…

Carole m'observa en pinçant les lèvres, comme si je l'avais contrariée, ce qui était probablement le cas. Elle se détourna pour rassembler le bouquet que j'avais commencé à confectionner. Sous ses doigts, les fleurs avaient toujours l'air en meilleure santé, mais j'avais toujours pensé que c'était une illusion. Elle avait simplement la main verte.

— Parlons plutôt de toi. Depuis ton coup de foudre d'il y a tout juste un an, tu ne vois plus personne. Tu n'as même pas essayé. Alors, ce soir, on va sortir. J'ai reçu un prospectus dans ma boîte aux lettres. Il y a une soirée chippendales ! se réjouit ma sœur.

Je me renfrognai en appuyant mon coude sur le comptoir.

— Tu sais que je n'aime pas ce genre de soirée…

— Allez ! On va bien s'amuser, continua ma sœur en finalisant le bouquet pour le disposer dans un vase blanc. On est samedi et on ne sort presque jamais. Je fermerai la boutique exceptionnellement demain pour qu'on puisse se reposer.

Plusieurs autres clients entrèrent, ce qui mit fin à notre conversation. Nous nous occupâmes d'eux tandis que d'autres arrivaient. Et il n'y eut aucun temps mort jusqu'à la fin de la journée.

Je savais que Carole ne lâcherait pas l'affaire pour sa foutue soirée, alors je cherchais quelque chose à lui demander en échange pour la taquiner.

La journée passa à une vitesse fulgurante, Carole et moi n'avions même pas eu le temps de prendre notre pause déjeuner. Il y avait eu un monde fou !

Nous rangeâmes un peu avant de partir enfin. Nous étions exténuées et nous avions une faim de loup. Alors, Carole proposa de m'offrir une pizza et de m'emmener chez elle. Je savais que cela faisait partie de son plan pour m'obliger à sortir avec elle.

Nous mangeâmes devant *The Good Place*, une de nos séries préférées du moment. Une fois complètement rassasiée, je n'avais plus qu'une envie : rejoindre mon lit et dormir !

Je commençais à somnoler lorsque je reçus un coussin en pleine tête.

— Tu ne vas pas t'endormir, quand même !

— Aïe ! criai-je, abasourdie. Tu as osé !

Carole rigola et ramassa les boîtes de pizza vides.

— Tu vas prendre un bon bain pour te détendre et, ensuite, on ira chez toi pour chercher une tenue appropriée pour ce soir.

— Et nourrir mon chien, ajoutai-je.

— Oui, bien sûr, répondit Carole en agitant la main, comme si c'était une évidence.

— Je savais que tu ne lâcherais pas l'affaire, grognai-je. Mais bon… si je peux utiliser ton bain à remous, je ne dis pas non.

Carole me jeta un regard taquin du style : « Tu savais que j'allais gagner, Sist », mais je ne relevai pas. J'étais bien trop fatiguée pour jouer avec elle.

— Je vais prendre une douche et pendant que je me prépare tu prendras ton bain, OK ? J'en ai pour dix minutes, n'en profite pas pour t'endormir.

— OK…, soupirai-je en lançant un autre épisode.

Comme promis, elle réapparut dix minutes plus tard, une serviette de bain enroulée autour de son corps mince et une autre pour maintenir ses cheveux humides.

Carole et moi n'avions presque rien en commun, excepté les mêmes yeux noisette de notre père. Elle était grande, élancée, et avait une classe folle. Ses cheveux étaient d'un blond doré. Moi, j'étais presque tout l'opposé. Petite, mince et brune. J'avais hérité des traits de ma mère tandis qu'elle ressemblait plus à mon père. Nous avions toutes les deux de jolis yeux marron.

La plupart des personnes qui nous connaissaient ne voyaient pas notre air de famille, mais nous nous entendions vraiment bien. Nous faisions presque tout ensemble. Surtout depuis la mort de nos parents…

— Ton bain est prêt, tu n'as plus qu'à sauter dedans, me dit-elle avec un clin d'œil.

Il ne m'en fallut pas plus pour me précipiter vers la salle de bain.

Pendant que je profitais des bulles et de l'agréable odeur des sels de bain, Carole se maquillait à côté de moi. Puis elle partit chercher plusieurs tenues en me demandant mon avis.

Je la soupçonnai de l'avoir fait exprès pour me laisser profiter de mon bain plus longtemps, car Carole n'avait jamais eu besoin de mon avis pour s'habiller. C'était plutôt le contraire.

— La robe bleu marine avec le décolleté dans le dos, lui conseillai-je.

— Très bon choix, approuva-t-elle.

Elle enfila des sous-vêtements en dentelle bleu marine avant de mettre sa robe. L'effet était saisissant. Fini la petite fleuriste pleine de terre et bonjour la femme fatale !

— Allez, à ton tour, maintenant. C'est l'heure de sortir de ton bain, rigola-t-elle en me tendant une serviette moelleuse.

Je fis la moue, car je n'aimais pas lorsque Carole se comportait de façon si maternelle. Et cela nous rappela à toutes les deux la perte de notre mère, quelques mois plus tôt. Elle était morte d'un cancer foudroyant. Nos regards se croisèrent et un voile de tristesse s'y refléta. Je n'ajoutai rien et sortis de la baignoire en attrapant la serviette.

Je m'essuyai et me rhabillai puis nous partîmes chez moi.

Lorsque je poussai la porte d'entrée, je reçus une attaque d'amour de la part de mon chien. Il me sauta dessus et fit de son mieux pour atteindre mon visage et me barbouiller de léchouilles. Sam était un labrador noir qui m'avait littéralement adoptée lorsqu'il m'avait rencontrée dans la rue. Sociable et très affectueux, nous avions tous les deux eu le coup de foudre l'un pour l'autre, si je puis dire. Je l'avais emmené chez le vétérinaire et il m'avait informée que mon chien n'était ni pucé ni tatoué. De plus, aucune disparition n'avait été signalée. Au fond de moi, j'avais toujours peur de retrouver son propriétaire. Sam s'était forcément enfui de quelque part, car il avait quelques notions de dressage. Pourquoi Sam ? Tout simplement parce que je l'avais trouvé un samedi. Pas très original, je sais… Mais ça lui allait bien.

Je caressai mon chien en rigolant, puis il fit la fête à ma sœur qui n'appréciait pas particulièrement ses attentions. Elle le repoussa tant bien que mal en râlant.

Je fis sortir Sam dans mon jardin, puis Carole et moi montâmes dans ma chambre pour choisir une tenue. Carole fouilla dans mon armoire alors que je la regardais, assise sur mon lit.

— Tu n'as aucune robe ? me dit-elle, abasourdie.
— Nous n'avons pas la même silhouette, Sist.
— Oh, arrête un peu ! Tu es presque aussi mince que moi. Bon… et ça ? continua-t-elle en me montrant un slim gris et un top noir que je ne mettais que très rarement.

Je haussai les épaules.

— Pourquoi pas.

Carole me tendit le tout et partit fouiller dans ma salle de bain. J'étais en train de m'habiller lorsqu'elle revint avec mon nécessaire de maquillage.

— Des smoky eyes avec un gloss et tu seras super canon ! se réjouit ma sœur.

J'acquiesçai. De toute façon, il était inutile de discuter avec elle pour ces choses-là.

Une fois prête, j'enfilai mes escarpins noirs avant de nourrir mon chien et de lui donner son jouet favori pour qu'il ne fasse pas de bêtises. Puis, nous nous rendîmes au club dont Carole m'avait parlé.

Le parking était bondé, mais nous réussîmes à trouver une place, ce qui était un miracle. Nous sortîmes de la voiture et nous dirigeâmes vers la longue file d'attente. J'espérais que nous ne passerions pas la soirée dehors…

— Au fait, puisque tu m'as obligée à sortir ce soir, tu devras faire quelque chose en échange.

Carole me jeta un regard perplexe.

— C'est cela, oui… Je l'ai fait pour ton bien, Sist.

— Ce que je vais te demander est également pour ton bien, répliquai-je avec un sourire malicieux.

— Je t'écoute.

— Lundi, tu devras inviter Marc à sortir.

Carole faillit s'étouffer et elle rougit instantanément. C'en était presque drôle.

— Arrête tes bêtises, s'affola-t-elle. Il achète des roses à sa petite amie tous les jours !
— C'est peut-être un simple prétexte pour te voir..., continuai-je.
Carole me jeta un regard interloqué.
— N'importe quoi !
— Écoute, je vous vois presque tous les jours et je peux t'assurer que tu lui plais, affirmai-je avec aplomb. Ce type te fait de l'effet, Carole. Alors, pourquoi ne pas tenter ta chance ? Tu n'as rien à perdre...
— Je vais y réfléchir, dit-elle tout de même.
— De toute façon, si tu ne fais rien la prochaine fois, je l'inviterai pour toi, dis-je en la fixant avec malice.
— Tu n'as pas intérêt ! se renfrogna ma sœur en attrapant une cigarette dans son sac.
Elle se tourna derrière nous pour demander du feu. C'est là que je surpris la conversation des cinq filles devant nous. Elles avaient l'air surexcitées et parlaient avec un type plutôt sexy qui venait de griller toute la file. Mais je n'étais pas du genre à faire des histoires et Carole discutait avec le mec de derrière. Elle n'avait pas vu l'intrus, et c'était tant mieux, sinon elle lui aurait tapé un scandale. Puis le mec sexy interpella le vigile et cria :
— Les cinq là sont avec moi.
Il se dirigea ensuite vers l'entrée du club et disparut à l'intérieur. Si j'en croyais les nanas de devant, il s'appelait Alex. Et si j'en croyais son attitude, il travaillait ici ou, en tout cas, il y venait souvent.
— C'était qui ce type ? demanda ma sœur qui venait de voir le dénommé Alex quitter la file.
— J'en sais rien, dis-je en haussant les épaules, mais il a l'air d'avoir la côte avec les nanas devant nous.

— Tu m'étonnes ! rigola Carole. Même moi j'en ferais bien mon quatre heures.

Je levai les yeux au ciel. Parfois, ma sœur était une vraie obsédée. Nous patientâmes encore quinze bonnes minutes dehors. Carole avait visiblement un ticket avec le mec de derrière qui ne la lâchait plus. Mais, pour sa défense, il avait l'air sympa et il était drôle. Il s'appelait Jason et il devait retrouver des copains à l'intérieur. Il nous demanda s'il pouvait passer avec nous deux pour ne pas se faire refouler à l'entrée et Carole accepta.

Jason avait de longs cheveux châtain clair qu'il avait rassemblés en un chignon, et des yeux noisette. Il avait un look de rockeur, mais il faisait classe. Il portait un jean délavé avec des boots et une chemise noire. Pas mal du tout dans son genre.

Une fois dans le club, Carole salua Jason et nous entraîna vers la seule table libre dans le fond. La musique était forte et les serveurs couraient dans tous les sens. Il y avait également pas mal de monde au bar. C'était bondé et il faisait une chaleur d'enfer. Nous nous installâmes à notre minuscule table et commandâmes deux Mojitos. Je remarquai les cinq filles qui faisaient la queue devant nous, installées deux tables plus loin.

— Tu les connais ? me demanda soudain Carole.

Je reportai mon attention sur elle.

— Non, c'est juste qu'elles étaient devant nous tout à l'heure. Elles ont l'air de bien s'amuser, répliquai-je.

— Chiche qu'on va les rejoindre ? rigola Carole.

— T'es dingue ? Jamais de la vie…

Carole explosa de rire et je la vis scruter la salle en sirotant son Mojito.

— Tu préfères rejoindre Jason et ses copains ? la taquinai-je.

— Il était plutôt mignon, dit-elle en haussant les épaules.

Les lumières se tamisèrent et une tout autre musique démarra. Les filles dans la salle devinrent complètement hystériques et poussèrent des cris. Puis, j'aperçus un chippendale au fond de la salle, intégralement vêtu de cuir. Je reconnus le fameux Alex. Ma sœur avait raison, son corps était sacrément appétissant et il avait des yeux d'un vert magnifique.

Je jetai un coup d'œil à Carole qui semblait du même avis que moi. Alex fendit la foule pour se pointer devant l'une des cinq nanas qui étaient devant nous dans la queue avec un sourire carnassier.

— Tu vois ? On aurait dû les rejoindre, me taquina ma sœur.

— C'est vrai, tu avais raison, acquiesçai-je.

Le spectacle dura une bonne demi-heure et c'était tellement chaud que j'en venais presque à fantasmer sur ce type. Mais je n'étais pas encore prête à passer à autre chose. L'image de Morgan était toujours gravée dans ma mémoire. Mon cœur était marqué au fer rouge après ce qui s'était passé ce dimanche matin dans cette petite supérette.

Cela avait beau faire un an, j'avais l'impression que c'était hier et, chaque jour, je repensais à ce moment magique où mon corps avait été foudroyé du coup de foudre. Parce que ça ne pouvait pas être autre chose. J'avais tout fait pour le retrouver, en vain…

Je gardais toujours cet infime espoir que le destin remettrait Morgan sur mon chemin un de ces jours.

— Tu déprimes ? m'accusa ma sœur en me jetant un regard suspicieux.

— Pas du tout, mentis-je en finissant mon cocktail.
Elle plissa les paupières en me scrutant attentivement.
— Il faut vraiment que tu rencontres quelqu'un, dit-elle finalement.
— Et toi, il faut vraiment que tu invites Marc à sortir, répliquai-je en lui tirant la langue comme une gamine.

Carole râla, puis scruta de nouveau la salle. Je crois qu'elle cherchait toujours Jason et ses copains. Le show se termina enfin et les filles se calmèrent un peu lorsqu'Alex quitta la pièce.

Chapitre 2

— Jason et sa bande de copains sont là-bas, continua Carole, confirmant mes soupçons. On va les rejoindre ?

Je haussai les épaules et acceptai. Je savais que ma sœur avait besoin de s'amuser, alors je me levai pour la suivre. C'est à cet instant que la pièce fut soudain plongée dans le noir. La musique se coupa et j'entendis les gens commencer à paniquer. Je n'étais pas très à l'aise non plus, mais je fis de mon mieux pour rester calme.

— Qu'est-ce qui se passe ? demandai-je à Carole en essayant de me rapprocher d'elle.

— J'en sais rien, répondit-elle alors que je trouvais sa main et que je la prenais dans la mienne.

Plusieurs portables s'allumèrent tandis que des bruits de verres qui se brisent me parvenaient. J'en profitai pour attraper mon téléphone et activer la lampe torche.

— Viens, on sort, dis-je à ma sœur en l'entraînant avec moi.

— OK, accepta-t-elle en récupérant son sac à main.

Nous nous frayâmes un chemin vers la sortie ou, du moins, le coin fumeurs qui était balisé sur le trottoir par de petites barrières. Dehors, les lampadaires éclairaient toujours le parking, ce qui apaisa mon angoisse. J'aurais voulu en savoir plus, mais l'un des vigiles qui surveillaient le coin fumeurs était déjà assailli de questions auxquelles il n'avait apparemment aucune réponse. Carole en profita pour allumer une cigarette. Et, comme par hasard, Jason nous rejoignit quelques minutes plus tard.

Cette fois, il était accompagné de ses amis. Nous échangeâmes quelques banalités tandis qu'il se rapprochait de Carole. Je savais que j'aurais dû prendre part aux conversations et essayer de sympathiser avec ses amis, mais je n'y arrivais pas.

Mon regard dériva vers l'entrée du club, à l'autre bout du trottoir. Je fixai un homme qui était au téléphone et l'observai machinalement. Il raccrocha et ses yeux croisèrent les miens. Du moins, j'en eus l'impression…

Il s'élança droit sur nous à petites foulées, ce qui me fit froncer les sourcils. Lorsqu'il n'y eut plus que quelques mètres qui nous séparaient, je le reconnus…

Mon corps devint soudain engourdi et mon cœur se mit à tambouriner dans ma poitrine. Mes jambes commencèrent à trembler.

Bon sang, c'est Morgan !

— Patricia ?! hurla-t-il à l'assemblée.

Mon cœur se serra douloureusement en constatant qu'il ne m'avait pas vue et qu'il cherchait une autre femme…

En temps normal, je serais probablement restée plantée là à le voir s'en aller mais, ce soir, une force invisible (probablement la partie de mon subconscient qui me donnait l'impression que je n'avais pas fait assez d'efforts pour le retrouver et, aussi, le peu d'alcool que j'avais dans le sang) me fit enjamber la petite barrière métallique. Je me retrouvai sur le trottoir, en talons hauts, plutôt bien habillée et avec un maquillage de soirée, face à Morgan dont j'avais attiré l'attention.

— Morgan ? l'interpellai-je, malgré mon cœur qui battait à cent à l'heure et mes jambes en coton.

J'étais sur le point de m'écrouler.

Cette fois, c'est lui qui ne sembla pas me reconnaître et cela m'attrista encore plus. Il fronça les sourcils en s'approchant un peu de moi.

— C'est Vicky…, murmurai-je.
— Vicky ? répéta-t-il en me détaillant de la tête aux pieds.
— Ouais… tu ne me reconnais pas ? ironisai-je.

Ses yeux dérivèrent une nouvelle fois vers la foule derrière moi et je pris cela pour un échec. Je faillis retourner voir ma sœur, mais Morgan avança d'un nouveau pas vers moi, se retrouvant à moins d'un mètre de mon corps tremblant.

— Si, je te reconnais, répondit-il avec un temps de retard. Tu n'aurais pas vu une grande rousse ? Elle s'appelle Patricia…

Et, cette fois, ce ne fut pas le coup de foudre qui me percuta, mais une véritable douche froide. Comment avais-je pu espérer qu'un homme comme lui m'attendrait ? Ou resterait célibataire jusqu'à ce que je le retrouve ?

— Non, désolée…, répliquai-je d'une voix presque inaudible.

J'aurais dû le laisser chercher cette femme, mais l'attirance que j'avais pour Morgan était trop forte pour que j'en reste là. J'avais passé des heures, des jours, des mois entiers à essayer de le retrouver, à appeler des tonnes de Morgan Thomas, sans jamais réussir à tomber sur lui… Alors, maintenant que je l'avais en face de moi, je ne pouvais pas le laisser partir comme ça.

Il fit demi-tour et retourna d'un pas rapide d'où il venait. Je le suivis maladroitement avec une désagréable impression de déjà-vu.

— J'ai essayé de te retrouver après cette rencontre à la supérette, lâchai-je sans réussir à retenir mes paroles.

Morgan s'arrêta net et me dévisagea, ne laissant rien transparaître.

— Mais tu admettras que ton nom est assez commun…, ajoutai-je en essayant de sourire. J'ai dû appeler des milliers de Morgan Thomas, sans jamais tomber sur toi…

Voilà, il savait maintenant...

J'étais sur le point de m'écrouler après cet aveu qui ne semblait pas le dérider. Nous étions seuls près de la petite ruelle à l'angle du club.

— Ne t'approche pas de la ruelle, d'accord ? dit-il d'une voix un peu autoritaire, comme s'il ne m'avait pas entendue.

Sa voix se répercuta dans tout mon corps. J'allais lui demander pourquoi quand son téléphone sonna. Il me scruta un instant avant de décrocher sans jamais me quitter des yeux. Ils étaient durs et froids, ce qui m'arracha un nouveau frisson. Mais, cette fois, ce n'était pas dû à l'excitation…

— Lieutenant Morgan, dit-il en décrochant. Je suis avec une civile.

Je n'en croyais pas mes oreilles.

Morgan est flic ?

Il écouta son interlocuteur avant d'ajouter :

— Oui, la tête coupée. Il y a du sang partout. C'est un vrai carnage, ici…

L'inquiétude et la peur m'étreignirent en entendant ses paroles.

— D'accord, je reste sur les lieux en attendant l'équipe, ajouta Morgan avant de raccrocher.

Il me fixait toujours et ses yeux s'adoucirent légèrement.

— Tu n'aurais pas dû entendre ça…, lâcha-t-il contrarié. Je n'étais pas en service, ce soir...

— Il y a eu un meurtre ? m'inquiétai-je, terrorisée.

Morgan s'apprêtait à me répondre quand quelqu'un nous interpella.

— Hey ! Toi, là, donne-moi ton fric ! hurla un homme derrière moi.

Je tournai la tête pour découvrir un genre de clochard qui tenait un couteau rafistolé à la main. Il était bourré de tics nerveux et semblait extrêmement agressif.

— Ne bouge surtout pas, m'intima Morgan en attrapant discrètement mon poignet.

Outre la situation critique, ce contact me paralysa une seconde. Mon corps fut parcouru d'une décharge électrique. Je ne savais plus si mon cœur battait de terreur ou d'excitation.

— Je vais vous donner tout ce que j'ai, répondit Morgan en ouvrant doucement sa veste.

L'homme regardait dans tous les sens et semblait hyper stressé. À l'endroit où nous étions, personne ne pouvait nous voir. Carole et les autres fumeurs étaient beaucoup trop loin pour comprendre ce qui se passait.

— Dépêche-toi ! cria-t-il en agitant son couteau.

Morgan resta très calme et sortit lentement son portefeuille, mais j'avais l'impression qu'il analysait notre agresseur. Puis, tout se passa très vite. Morgan fondit sur le clochard pour tenter de le désarmer. Je hurlai, de peur qu'il ne lui arrive quelque chose.

Morgan lâcha un râle sourd et tituba en arrière. Je vis le couteau planté dans son ventre et me jetai à corps perdu entre les deux hommes, sans réfléchir. Je réussis à poser ma main sur le couteau pour tenter de secourir Morgan, mais le type louche me poussa violemment sur le côté et je me coupai le doigt. Un cri de douleur m'échappa.

Le clochard retira son arme sanguinolente du ventre de Morgan, attrapa le portefeuille et partit en courant.

Morgan s'écroula sur le trottoir et je me précipitai vers lui. La main qu'il avait posée sur sa blessure était couverte de sang, ce qui me fit paniquer.

— APPELEZ UNE AMBULANCE !!! hurlai-je en m'agenouillant à ses côtés.

J'entendis plusieurs personnes nous rejoindre et s'affoler autour de nous, mais je n'arrivais pas à détacher mes yeux de Morgan qui semblait souffrir le martyre.

— Putain, Morgan ! lâchai-je en sentant mes larmes commencer à couler. Ça va aller…

Son regard bleu était intense et je fis de mon mieux pour le rassurer.

— L'ambulance va bientôt arriver. Tu dois tenir le coup… Tu ne peux pas me quitter alors que je viens tout juste de te retrouver… J'ai eu le coup de foudre, tu comprends ? Il y a un an dans cette supérette, j'ai eu le coup de foudre quand tu es venu me parler. Alors, tu ne peux pas me laisser. Tu hantes mon esprit jour et nuit depuis ce jour, débitai-je à toute allure.

Je serrai sa main dans la mienne alors qu'il me dévisageait sans me répondre. J'avais peur, je me sentais complètement démunie. La tristesse et la panique qui m'envahissaient me firent pleurer de plus belle.

Puis, je sentis quelque chose de bizarre à l'intérieur de mon corps. Une douce chaleur qui se répandait en moi. Mes mains devinrent de plus en plus chaudes. Je ne comprenais pas ce qui m'arrivait, mais mon instinct m'intima de poser mes mains sur la blessure de Morgan. Alors je l'écoutai.

En pleurs, entourée d'une multitude de personnes, je fis ce que mon cœur réclamait. Je pris appui sur mes jambes, déplaçai la main de Morgan qui était toujours posée sur sa blessure et la remplaçai par les miennes. Il me dévisageait toujours avec ce regard crispé par la douleur qui me retournait l'estomac. La chaleur se déversa dans le corps de Morgan et je ressentis une violente douleur dans le ventre. Une douleur insupportable qui me paralysa sur place. Ma tête se mit à tourner et mes membres devinrent tellement engourdis que je m'écroulai sur Morgan avant de perdre connaissance.

Chapitre 3

Lorsque je repris conscience, j'avais l'impression d'avoir la tête dans du coton. Mes oreilles bourdonnaient et la lumière aveuglante du plafond me crama les rétines. Je posai instinctivement mon bras en travers de mon visage pour me protéger les yeux.

— Vicky ? Tu es réveillée ?

Je déplaçai mon bras pour regarder Carole qui avait l'air tellement affolée que ça m'inquiéta. Puis je repensai à Morgan, à ce qui s'était passé, et je me redressai d'un bond. Un vertige m'assaillit et je faillis retomber en arrière, mais j'agrippai Carole à deux mains comme une folle.

— Où est Morgan ?! Est-ce qu'il va bien ? m'écriai-je en proie à la panique et à la peur de l'avoir définitivement perdu.

Ma sœur me dévisagea sans comprendre.

— Qu'est-ce que tu racontes ? Il y avait Morgan ?

— Oui. Il était grièvement blessé…, dis-je en me calmant un peu et en relâchant ma sœur.

— Tout ce que je sais, c'est que je t'ai cherchée partout et qu'en sortant du club une ambulance t'emmenait pour te transporter d'urgence à l'hôpital. Tu avais perdu connaissance et tes signes vitaux étaient très faibles… Qu'est-ce qui s'est passé ?

Il me fallut un instant pour comprendre ce que ma sœur me disait.

Comment mes signes vitaux ont pu être si faibles ? Ce n'est pas moi qui étais blessée…

Je regardai mon doigt blessé qui était à présent intact. *Comment est-ce possible ?*

— Un type a planté Morgan avec un couteau…, murmurai-je. Ensuite, je ne sais pas trop ce qui est arrivé. C'est comme si j'avais voulu le soigner, c'était bizarre… et puis, j'ai dû perdre connaissance.

Carole me serra soudain dans ses bras.

— Tu m'as vraiment fait peur, Vicky. J'ai cru que j'allais te perdre et je ne supporterais pas de perdre quelqu'un d'autre, tu comprends ?

— Je suis désolée, chuchotai-je en la serrant un peu plus fort.

Elle se détacha de moi et me regarda avec inquiétude.

— Je vais chercher un médecin.

J'acquiesçai et elle sortit de ma chambre. Quelques minutes plus tard, elle revint accompagnée d'un interne. Après auscultation, il s'avérait que j'allais très bien, ce qui était incompréhensible pour le médecin qui remplissait mon dossier. Pourtant, il me laissa sortir à la condition que ma sœur veille sur moi pendant au moins 24h.

— Est-ce qu'il y avait un blessé grave dans l'ambulance ? demandai-je au médecin, pleine d'espoir. Le lieutenant de police Morgan Thomas ?

Le médecin me regarda en secouant la tête.

— Non, mademoiselle. Il n'y avait que vous… Aucun policier n'a été amené à l'hôpital hier soir.

— Hier soir ? répétai-je en regardant Carole avec effroi. Quelle heure est-il ?

Carole regarda sa montre.

— 21h…

— J'ai dormi une journée entière ? m'affolai-je.

Carole et le médecin acquiescèrent et ce dernier m'enleva la perfusion et les quelques capteurs auxquels j'étais reliée pendant que mon esprit revenait à cette horrible soirée.

— Bon sang…, murmurai-je.

Morgan est peut-être mort à l'heure qu'il est…

Si aucun blessé n'avait été transporté à l'hôpital, cela voulait sûrement dire qu'il n'avait pas survécu…

Ça ne pouvait pas arriver. Il fallait que je le retrouve. Mais comment faire, un dimanche soir quand tout est fermé ?

Je repensai à l'homme fou qui nous avait agressés et je ressentis une telle colère que je serrai les poings de toutes mes forces. Des larmes silencieuses coulèrent sur mes joues pendant quelques secondes. C'est ma sœur qui me fit reprendre mes esprits en me serrant de nouveau dans ses bras.

— On rentre ? dit-elle simplement, le visage rongé par l'inquiétude.

J'acquiesçai et descendis du lit. L'interne nous avait déjà quittées. Je rassemblai mes affaires et suivis Carole jusqu'à sa voiture.

— Mon chien ! sursautai-je. Personne ne s'est occupé de lui…

— Je suis passée lui donner à manger ce matin et le promener, me rassura ma sœur en ouvrant ma portière pour que je m'installe dans son SUV noir.

Je me tranquillisai et regardai ma sœur faire le tour de sa voiture pour s'installer derrière le volant. Nous n'échangeâmes pratiquement aucun mot pendant le trajet. Je crois que j'étais en état de choc et je me sentais toujours un peu engourdie et extrêmement fatiguée. Mais j'avais aussi terriblement faim. Une faim qui me rongeait l'estomac et que je n'avais encore jamais ressentie.

— Il faut que je mange de la viande, lâchai-je dans un état second.

Carole tourna légèrement la tête vers moi, perplexe.

— J'ai des steaks au congélateur, ajoutai-je en tenant mon estomac douloureux.

— Tu es sûre que ça va ?

Je préférai ne pas lui répondre. Je m'absorbai dans la contemplation de ma fenêtre pour la simple et bonne raison que je ne savais pas du tout comment j'allais. Je me sentais bizarre et je n'avais aucune explication à ça…

Carole se gara devant chez moi et nous sortîmes toutes les deux en même temps. Je faillis m'écrouler en marchant avec mes talons hauts, que je n'avais toujours pas quittés, et suivis maladroitement ma sœur jusqu'à ma porte d'entrée. Je la déverrouillai, balançai mes talons aiguilles dans l'entrée, puis me laissai tomber sur mon canapé tandis que ma sœur s'activait dans la cuisine.

— Fais-moi au moins deux steaks avec des œufs et beaucoup de pâtes au fromage, lui recommandai-je.

Elle me prépara le tout et me servit une assiette énorme que je dévorai en quelques minutes sous son regard médusé.

— On dirait que tu n'as pas mangé pendant une semaine, commenta-t-elle.

— Je sais… et le pire c'est que j'ai encore faim.

Je me levai pour aller chercher le pot de glace menthe/chocolat qui se trouvait dans mon congélateur. Je l'engloutis aussi vite que le reste. Et, enfin, je me sentis rassasiée. Puis, je sentis mes yeux devenir encore plus lourds que tout à l'heure. Mes paupières me piquaient de plus en plus.

— Je dois aller dormir, prévins-je ma sœur qui continuait à me regarder comme si j'étais une extra-terrestre.

— OK. Je reste avec Sam, répondit-elle avec inquiétude en caressant mon chien qui s'était blotti contre elle sur le canapé.

Je montai mon escalier dans un état second, incapable d'analyser la situation pour le moment. Il fallait juste que je dorme. J'atteignis mon lit juste à temps et m'écroulai de tout mon long avant de sombrer dans un profond sommeil.

Le lendemain, je fus réveillée par une sonnette insistante. Je m'étirai, encore à moitié endormie, et me levai lentement. Mon corps était lourd et j'avais du mal à aligner un pied devant l'autre. Mon estomac se mit à grogner et cette faim dévorante refit surface.

Bon sang ! Mais qu'est-ce qui m'arrive ?

Je m'accrochai à la rampe pour descendre mes escaliers tandis que des coups puissants résonnaient sur ma porte.

— Mademoiselle Bonaldi, ouvrez ! criait une voix masculine depuis la rue. Dernier avertissement avant qu'on défonce votre porte !

C'est quoi encore ces conneries ?

Mon chien, qui était dans mon jardin, aboyait sans s'arrêter.

— J'arrive, marmonnai-je en arrivant enfin devant ma porte.

Je jetai un œil à l'horloge accrochée au mur et m'arrêtai net.

Putain ! Il est 18h...

J'avais encore dormi une journée entière...

Les coups redoublèrent sur ma porte, alors je finis par l'entrouvrir sans penser à mon apparence désastreuse. Je ne m'étais toujours pas démaquillée et mon serre-tête s'était fait la malle pendant la nuit…

Heureusement, j'étais toujours habillée. Certes, je n'avais pas changé de vêtements depuis la soirée, mais c'était mieux que d'ouvrir en pyjama… Enfin, je crois.

Devant les deux hommes qui se tenaient devant moi, je me figeai. Morgan était là, en uniforme, avec un autre policier. Ses yeux d'un bleu pur se posèrent sur moi tandis que je me jetais sur lui sans réfléchir.

— Morgan ! m'écriai-je avec soulagement en l'agrippant par le cou.

Il posa d'instinct ses mains sur ma taille pour me repousser. C'est là que je réalisais mon erreur. Je devais ressembler à une loque puante.

Oh, mon Dieu...

Je le relâchai aussitôt, mal à l'aise.

— Tu es vivant…, lâchai-je en regardant son ventre. Ils ont réussi à te soigner ?

Je ne pus m'empêcher d'essayer de le déshabiller pour en avoir le cœur net. J'étais complètement irrationnelle. Et dingue…

— Qu'est-ce que vous faites ?! s'écria Morgan en attrapant mes poignets.

Sa peau était chaude et douce contre la mienne et je fondis littéralement entre ses mains alors qu'il m'observait sans comprendre. Ses yeux d'un bleu presque transparent me sondèrent avec insistance.

— Désolée…, je voulais juste vérifier par moi-même…

— Tu la connais ? demanda son collègue.

Il était chauve et avait la peau sombre.

— Non, répondit Morgan sans cesser de me dévisager comme si quelque chose lui échappait ou comme si j'étais folle.

Cela me brisa le cœur qu'il fasse comme s'il ne me connaissait pas.

— Elle sait pourtant qui tu es, visiblement…, le rabroua son collègue.

— Pourquoi tu ne lui dis pas qu'on s'est vus samedi soir ? Tu as failli mourir… Ce type t'a poignardé...

— C'est quoi cette histoire ? me demanda Morgan, perplexe sans lâcher mes poignets.

Je n'étais pas dans mon état normal et ce simple contact faisait battre mon cœur à un rythme effréné.

— On l'embarque ! répliqua son collègue.

Avant même que je ne comprenne la situation, Morgan me passait les menottes aux poignets.

— Mais… qu'est-ce qui se passe ?!! hurlai-je, alors qu'il m'entraînait dans la voiture de patrouille pour me faire monter à l'arrière.

— Morgan ? l'appelai-je quand il s'installa sur le siège passager.

Il se tourna légèrement vers moi pendant que le chauve démarrait la voiture.

— Vous êtes inculpée pour le meurtre de Fernand Teipe.

— Quoi ? Mais… C'est n'importe quoi !!! m'énervai-je. C'est qui ce type ?

Je me débattis tant bien que mal dans mon siège, mais je n'avais jamais été menottée. Il était impossible de se détacher.

— Restez calme, mademoiselle Bonaldi. C'est un clochard qui traînait à proximité d'un club.

Cette information me fit encore plus péter les plombs.

— Comment je peux rester calme après tout ce qui s'est passé depuis samedi soir ?!!! hurlai-je.

Mon ventre gronda férocement tandis que des larmes de colères dévalaient mes joues.

— Il faut que je mange quelque chose !! aboyai-je en me débattant toujours.

— Ferme-là ! tonna le conducteur. Tu mangeras quand je l'aurai décidé !

Cela me calma presque aussitôt. Je compris que j'étais dans une merde sans nom… et que Morgan ne ferait absolument rien pour m'aider.

La seule chose positive de cette journée, c'est qu'il n'était pas mort…

Nous arrivâmes enfin devant le poste de police. Morgan et son équipier descendirent de la voiture pour se parler.

— Tu sais que si tu mens à propos de cette fille ça compromettra l'enquête et tu risques de perdre ton poste, commença le chauve d'un ton accusateur tandis que Morgan l'observait, impassible.

— Je sais et je t'assure que je ne la connais pas.

Leurs voix étaient faibles, mais je comprenais tout de même leur échange. Les mots de Morgan me serrèrent le cœur.

Il se détourna de son équipier et vint m'ouvrir la portière pour me faire sortir du véhicule. Son collègue avançait déjà vers l'entrée du commissariat, l'air contrarié.

— Pourquoi tu ne dis rien ? demandai-je à Morgan en marchant à ses côtés.

Comme il s'obstinait à garder le silence, je continuai :

— Je n'ai tué personne… C'est ce type qui nous a agressés…

Morgan n'avait jamais été très bavard mais, là, c'était tout simplement insupportable. Lorsqu'il avait failli mourir, je lui avais ouvert mon cœur et il m'ignorait comme si je n'avais jamais existé…

— On parlera dans mon bureau, dit-il simplement.

Il attrapa mon bras lorsque nous franchîmes l'entrée du commissariat, répondit brièvement à la réceptionniste qui lui faisait les yeux doux, et me guida à travers quelques couloirs. Cela n'avait rien d'amical ou d'affectueux et ça me perturba encore plus que Morgan ait ce genre de comportement avec moi. Comme si je n'étais qu'une criminelle détestable.

Il me fit entrer dans un bureau, sans doute le sien, et ferma rageusement la porte derrière lui. Pourtant, il paraissait toujours aussi calme, ce qui me fit un peu paniquer. Il prit place derrière son bureau et me fit signe de m'asseoir. Puis il ouvrit un dossier qui contenait plein de photos. Il en prit une dans sa main avant de refermer le dossier d'un claquement sec.

— D'après vous, on s'est vus samedi soir ? demanda-t-il en m'étudiant attentivement.

Je lui rendis son regard sans comprendre.

— Tu ne t'en souviens pas ? m'inquiétai-je, abasourdie.

— Et que s'est-il passé ? continua-t-il, perplexe, en détournant ma question.

Je lui expliquai absolument tout, sauf la partie où je lui avais déclaré ma flamme. Puis un détail me revint. Morgan m'avait parlé d'une grande rousse qui s'appelait Patricia et j'en avais effectivement croisé une.

— Patricia, elle passait la soirée avec d'autres filles, c'est ça ?

Morgan plissa les yeux.

— Comment tu la connais ? s'emporta-t-il en passant enfin au tutoiement.

— Mais c'est toi qui m'en as parlé, samedi soir ! m'agaçai-je. Arrête de faire comme si j'étais folle !!

Morgan continua de me fixer de ses yeux d'un bleu pur qui me faisaient un effet dévastateur. Il s'adossa à sa chaise.

— Comment expliques-tu qu'on ait retrouvé ton ADN sur le couteau qui a servi à tuer ce type ? demanda Morgan, sans cesser de m'analyser.

Il me montra la photo du dossier. C'était le cadavre du clochard... Je faillis paniquer, parce que je n'avais jamais vu de mort et que cette photo était bien réelle. C'était horrible et la blessure ressemblait beaucoup à celle de Morgan.

Comment est-ce possible ?

Je détournai mon regard de la photo, car c'était insupportable à regarder.

— Je me suis coupé le doigt en tentant de t'aider..., murmurai-je.

Morgan observa mes mains.

— Tu n'es pas blessée, pourtant...

— Je n'ai pas inventé toute cette histoire ! me défendis-je.

— Pourtant, les faits ne sont pas vraiment en ta faveur. Je vais devoir te mettre en cellule pour cette nuit.

Je secouai la tête, en plein déni. Je n'avais jamais été arrêtée, ça ne pouvait pas m'arriver. C'était surréaliste, j'étais en plein cauchemar !

— Pourquoi tu fais ça ? demandai-je tristement.

Ses yeux me transpercèrent lorsqu'il les posa de nouveau sur moi.

— Écoute, Vicky. On ne s'est pas vus depuis des années et je te retrouve mêlée à une affaire de meurtre.

— Ça fait un an, dis-je.

Il me fixa une seconde.

— Cette rencontre au supermarché ne compte pas. Tu ne m'as même pas reconnu, bon sang !

J'aurais voulu tout lui déballer une fois de plus, mais ce n'était pas le moment.

— Pourquoi tu n'as pas dit à ton collègue que tu me connais ? enchaînai-je.

Morgan se leva et s'approcha de moi.

— On y va, dit-il pour éviter de répondre à ma question.

— Mais je n'ai jamais été arrêtée… Je n'ai rien fait du tout, il faut que tu me croies, Morgan, le suppliai-je.

Il attrapa mon bras pour que je me lève à mon tour et je le suivis une nouvelle fois dans les couloirs. J'étais terrorisée et mon ventre choisit ce moment pour se rappeler à moi.

— Il faut que je mange quelque chose, dis-je dans un souffle.

— J'irai te chercher un truc à manger, acquiesça Morgan, à mon grand soulagement.

— Merci.

Nous arrivâmes dans un bureau où il y avait deux cellules vides côte à côte. Morgan me retira les menottes et me fit entrer dans l'une d'elles avant de m'enfermer à l'intérieur. Je lui fis face et nous nous fixâmes un instant.

— J'ai eu des flashs devant chez toi et quand tu m'as raconté ta version de l'histoire, lâcha-t-il de but en blanc.

— Alors, tu me crois ? demandai-je, pleine d'espoir, en venant m'accrocher aux barreaux qui nous séparaient. Comment tu as pu oublier tout ça ?

Morgan secoua la tête et partit sans dire au revoir. C'est là que je remarquai un autre agent assis au bureau du fond.

Ce dernier ne me prêta aucune attention et continua de taper sur son ordinateur et de feuilleter des dossiers.

Je me sentais complètement démunie. J'avais une faim terrible qui me donnait la nausée et mon corps était encore faible. Je finis par m'allonger sur le lit d'appoint au fond de la cellule et je fixai le plafond en attendant la suite.

Je ne savais même pas si Carole était au courant. Elle était peut-être juste sortie acheter un truc. Et mon chien… Personne ne s'en occuperait.

Cette dernière pensée me fit paniquer. Je me redressai. Il fallait que j'appelle ma sœur. Je m'approchais des barreaux pour interpeller l'agent au fond du bureau quand Morgan refit son apparition. Dans une main, il tenait un sac en papier qui contenait certainement de la nourriture. Il croisa mon regard puis reporta son attention sur l'agent au fond du bureau.

— Maurice, tu veux bien nous laisser une minute ? l'interpella Morgan.

Le dénommé Maurice leva la tête vers Morgan.

— J'avais besoin de faire une pause, de toute façon, acquiesça-t-il en prenant un paquet de cigarettes dans la poche de sa veste.

Morgan hocha la tête et le regarda partir avant de poser le sac sur le meuble en face de la cellule. Il prit une chaise qu'il déposa en face de moi. Il fouilla ensuite dans le sac en papier et en sortit une petite boîte en polystyrène.

— Je t'ai acheté un grec au resto du coin, dit-il en me le tendant.

Je le pris, un peu surprise, et il sortit une autre boîte pour lui.

— Merci. Tu manges avec moi ? m'étonnai-je.

— Je me souviens de certains trucs, commença Morgan avant de mordre à pleines dents dans son sandwich.

Chapitre 4

Je le regardai avec méfiance en attrapant une frite.
— De quoi, exactement ?
Morgan me fixa avec un mélange d'incompréhension et de curiosité.
— J'avais mal, j'étais blessé... Et tu étais là... tu pleurais.
Je pinçai les lèvres et baissai les yeux pour fixer mes frites. À cet instant, j'avais terriblement peur qu'il se rappelle de tout ce que je lui avais dit.
— Ensuite, tu m'as fait quelque chose. Tu as... je crois que tu m'as soigné, Vicky. Il y avait cette chaleur qui a remplacé la douleur. Ensuite, tu t'es écroulée sur moi et l'ambulance est arrivée.
Je relevai les yeux pour croiser son regard bleu magnétique.
— Je t'ai portée jusqu'à l'ambulance et les médecins ont dit que tu étais dans un état critique.
Il me dévisagea en m'observant attentivement.
— Quand je me suis réveillée à l'hôpital, j'ai cru que tu étais mort..., lâchai-je en sentant la tristesse de ce moment refaire surface.
— Alors, c'est vrai ? Tu m'as soigné ?
Je haussai les épaules.
— J'en sais rien... c'est impossible, Morgan. Personne n'est capable de soigner les gens de cette façon...
Pourtant, j'avais le sentiment que tout ça était vraiment arrivé. J'avais moi aussi ressenti cette chaleur dans tout mon corps. Je me rappelais avoir posé mes mains sur sa blessure

et avoir senti cette même chaleur se déverser dans le corps de Morgan.

— Quelqu'un m'a effacé la mémoire juste après. Il l'a fait aussi avec toutes les personnes présentes, ajouta Morgan en me dévisageant toujours.

— Quoi ? lâchai-je. C'est impossible… On est pas dans Men In Black…

Morgan me transperça du regard.

— Ce que je ne comprends pas c'est pourquoi ce clochard est mort de la même façon qu'il m'a poignardé et pourquoi il n'y a aucune trace d'agression… juste ton ADN sur son couteau.

J'avalai une frite sans oser le regarder et haussai les épaules.

— Vicky, réponds-moi ! m'ordonna Morgan. Tu l'as tué pour te venger ?

Je relevai les yeux vers lui, outrée.

— Mais non ! Je ne sais pas ce qui est arrivé, mais je n'aurais jamais fait une chose pareille. Tu m'en crois vraiment capable ?

Morgan s'adossa à sa chaise, l'air dépité.

— Je ne sais plus ce que je crois…

— Putain, Morgan ! m'énervai-je. Tu ne vas pas m'aider ? Tu vas me laisser aller en prison ?

Morgan détourna le regard sans me répondre et mordit dans son grec qu'il avait presque terminé. C'est là que je vis son alliance. Tous mes espoirs moururent en un instant.

— Tu es marié…, soufflai-je en fixant l'anneau doré à son doigt.

Je vis le corps de Morgan se crisper et il se leva, comme si cela le mettait mal à l'aise. Il croisa une dernière fois mon regard avant de s'en aller. Son expression était indéchiffrable, comme la plupart du temps. Cela m'agaçait prodigieusement que ce mec soit une telle énigme.

J'étais en taule pour un meurtre que je n'avais pas commis et j'avais perdu tout espoir de conquérir le cœur du coup de foudre qui me hantait depuis plus d'un an…

Je finis mon repas parce que mon corps en avait vraiment besoin. Je posai la boîte en polystyrène au pied de mon lit et m'allongeai en attendant mon heure. Maurice revint à cet instant, sans me prêter la moindre attention, ce qui m'allait parfaitement.

La nuit commençait à tomber et je savais que je n'allais pas réussir à dormir, malgré mon épuisement général.

*** Carole ***

Le dimanche matin était toujours un peu mouvementé, mais Marc s'arrangeait toujours pour passer lorsqu'il y avait peu de monde. Je ne savais pas comment il s'y prenait, mais c'était assez fascinant. Depuis la veille, malgré ce qui était arrivé, je repensais aux paroles de Vicky et me promis de faire un effort aujourd'hui.

Elle n'était pas venue travailler, ce matin, et j'avais décidé de la laisser tranquille pour qu'elle se repose. J'étais tellement inquiète pour elle même si, apparemment, tout était rentré dans l'ordre.

Après avoir conseillé plusieurs clients, en avoir encaissé d'autres et avoir arrangé quelques bouquets, je surveillai l'entrée avec anxiété. Et désespoir, il fallait l'admettre…

Mais en fin de matinée, juste avant la fermeture, il arriva enfin. Avant de le voir, j'étais déterminée à faire le premier pas. Pourtant, quand la porte tinta et que Marc franchit le seuil de ma boutique, mon corps devint beaucoup trop fébrile. Ma volonté fondit comme neige au soleil.

Comme à chaque fois, il s'arrêta devant les roses rouges, en toucha quelques-unes du bout des doigts et en sélectionna une douzaine avant de venir vers moi. Ses yeux noisette avaient quelque chose de chaleureux et de mystérieux à la fois. Le rouge me monta aux joues et je ne pus réprimer un sourire lumineux. J'avais conscience d'avoir l'air d'une lycéenne, mais je n'arrivais pas à me contrôler.

— Bonjour…, murmura-t-il timidement en posant les roses sur le comptoir.

— Salut…, répondis-je sans faire attention.

Ce n'était pas professionnel de s'adresser de cette façon à un client. Mes joues devinrent un peu plus chaudes d'embarras. Marc esquissa un sourire timide lorsque j'enveloppai ses fleurs d'un film transparent. Je collai l'étiquette commerciale qui allait avec mais, pour lui, les mots « plaisir d'offrir » avaient une tout autre signification que pour n'importe quel autre client. Je me sentis coupable d'avoir de telles pensées pour un homme que je ne connaissais pas et qui achetait probablement ces fleurs pour une autre que moi…

Il me tendit sa carte bleue et j'admirai les lettres de son nom avant de la mettre dans le terminal.

— Marc…, murmurai-je, malgré moi.

Je relevai les yeux vers lui. Il me fixait d'une façon si intense que je faillis faire le tour du comptoir pour me jeter dans ses bras. Mais, encore une fois, ce n'était pas professionnel.

— Oui, confirma-t-il avec chaleur. Marc Simmons. Je suppose que j'aurais dû me présenter plus tôt…

Je haussai simplement les épaules.

— Heu… oui. Carole Bonaldi, bégayai-je, troublée.

— C'est un plaisir, Carole.

Oh bon sang !

Mon cœur eut un sursaut. Il me fallait de l'air de toute urgence ou j'allais faire une connerie…

Il tapa son code sur le terminal à carte bleue, la reprit avec son ticket puis attrapa son bouquet à bout de bras.

— Elle a de la chance…, lâchai-je sans réfléchir.

Marc fronça les sourcils sans comprendre.

— Qui ça ? demanda-t-il, confus.

— La femme à qui vous offrez toutes ces roses…

Marc eut un léger temps d'arrêt.

— Je ne lui ai pas encore offert et je ne sais pas si elle les verra un jour…, répliqua-t-il d'une façon tellement énigmatique que je ne trouvai rien à répondre.

Puis il s'en alla. Après ça, j'étais toute chamboulée. Je m'adossai au comptoir pour reprendre mon souffle et me calmer. Ensuite, je fermai la boutique pour aller manger un morceau. Je tentai d'appeler Vicky, mais son téléphone était sur répondeur. Elle devait encore dormir…

Malgré une pointe d'angoisse, je décidai de passer le reste de l'après-midi à bosser à la boutique. J'avais pas mal de retard dans l'inventaire.

Vers 19h, je n'avais toujours aucune nouvelle de Vicky et mon inquiétude augmenta. Je fis un détour par chez elle et sonnai pendant cinq bonnes minutes avant d'utiliser un double de ses clés pour entrer. Son chien me sauta immédiatement dessus et je le repoussai en râlant, surtout lorsqu'il me lécha la joue en sautant.

— Sam ! m'écriai-je, agacée par cette sangsue à dix mille volts. Où est ta mémère ?

Sam s'assit, puis me regarda en remuant la queue.

— Mouais…, comme si tu allais me répondre…

Je montai les escaliers au pas de course, Sam sur les talons, qui faillit me faire tomber plus d'une fois, et arrivai dans la chambre de Vicky. Elle n'était pas là…

Lorsque je vis son portable sur la table de nuit, la panique m'étreignit un peu plus.

— Bon sang, mais où es-tu ? murmurai-je.

Par acquit de conscience, j'appelai l'hôpital. Peut-être qu'elle avait eu un nouveau problème ? Je tremblais lorsque je tombai sur l'accueil qui m'informa qu'aucun patient du nom de ma sœur n'avait été admis. Au bout d'une heure, je décidai de faire un tour au club.

Sait-on jamais…

Même si je doutais fort que ma sœur se soit aventurée là-bas toute seule. Pourtant, il fallait que je bouge et que je fasse quelque chose pour la retrouver. L'attendre sagement chez elle allait me faire péter les plombs !

*** Vicky ***

— Debout ! tonna une voix dans ma cellule qui me fit sursauter. Je vais te sortir de là.

Je me redressai et découvris un homme près de mon lit.

— Qu'est-ce que vous faites là ? m'alarmai-je. Comment vous êtes entré ?

J'avais dû m'assoupir quelques instants et il était entré sans que je l'entende. L'homme s'impatienta et je le reconnus.

— Vous êtes... Alex ? Le chippendale ? demandai-je, abasourdie.

— C'est ça. Allez, lève-toi, je vais te ramener chez toi.

Je fronçai les sourcils et me levai.

— La vache ! Qu'est-ce qui t'est arrivé depuis samedi soir ? Tu aurais pu prendre une douche et te changer..., lâcha-t-il en tournant autour de moi.

Je croisai les bras sur ma poitrine, mécontente.

Ce n'est quand même pas si horrible que ça ?

— Comme si j'avais eu le choix..., répliquai-je.

— Et qu'est-ce que tu as fait à tes cheveux ? On dirait que tu as mis les doigts dans une prise..., se moqua Alex.

Je les plaquai sur ma tête à deux mains.

— Je crois que le pire ce sont tes yeux, rigola-t-il encore. Tu t'es déguisée en panda ?

Oh mon Dieu ! Ce n'est pas possible... Morgan m'a vue dans cet état...

— Ça suffit ! m'écriai-je.

— Hey, la détenue, moins fort ! m'interpella l'agent de sécurité au fond de la salle.

Alex revint devant moi et me fixa de ses yeux verts.

— Je te préviens, la première chose que tu vas faire en arrivant chez toi, c'est prendre une douche, continua-t-il.

Je soupirai et il m'attrapa brusquement par la taille pour me plaquer contre lui. Je n'eus pas le temps de le repousser que la pièce autour de moi bougea bizarrement. Une nausée terrible me prit aux tripes et je vomis le contenu de mon estomac lorsque tout redevint normal.

— Ne vomis pas sur moi ! s'écria Alex en me poussant sans ménagement sur le côté.

Voilà… à présent, j'étais couverte de dégueulis…

— Putain ! Va prendre une douche et reviens ici ensuite ! m'ordonna Alex en me fixant avec agacement.

C'était tellement humiliant…

— Qu'est-ce qui s'est passé ? articulai-je faiblement. Où est-ce qu'on est ?

— Je t'ai ramenée chez toi.

Je regardai autour de moi et découvris mon salon.

Comment est-ce possible… ?

— On parlera quand tu ne sentiras plus le rat crevé.

— Espèce de connard ! chuchotai-je pour moi-même en allant chercher de quoi nettoyer le sol de mon salon. Je montai ensuite jusqu'à la salle de bain pour me laver. Et je faillis péter un câble quand je vis mon reflet dans le miroir. J'étais affreuse, les yeux et le visage couverts de noir grâce au smoky eyes… et mes cheveux étaient en pétard. Mes fringues puaient la cigarette, la transpiration et le vomi…

Génial ! Plus tue l'amour, ça n'existe pas...

Ce n'était pas une simple douche que j'allais prendre, mais une douche ET un bain ! Je jetai mes vêtements par terre et entrai dans la baignoire. Je fis couler l'eau puis me frottai énergiquement. Je restai un long moment sous le jet brûlant. Je mis ensuite le bouchon pour remplir ma baignoire et versai des sels de bain pour me détendre. Et là, je m'allongeai dans l'eau bouillante.

Bon Dieu que ça fait du bien !

J'étais sur le point de m'endormir…

— Qu'est-ce que tu fous depuis tout ce temps ?! tonna la voix d'Alex à côté de moi.

Je sursautai et me couvris tant bien que mal.

— Sortez d'ici tout de suite !! criai-je, hors de moi. Comment vous êtes entré ? La porte est verrouillée...

Alex soupira et croisa les bras sur sa poitrine.

— Je te donne encore deux minutes pour me rejoindre ! ajouta-t-il avant de disparaître comme par magie.

Je restai un instant à fixer l'endroit où il était quelques secondes plus tôt.

Personne ne peut faire ça...

Je sortis de mon bain à la va-vite, me séchai et courus dans ma chambre pour m'habiller en quatrième vitesse. Ensuite, je dévalai les escaliers. Mes cheveux étaient encore humides et gouttaient sur mes épaules, mais je devais retrouver cet Alex pour qu'il réponde à mes questions.

Je le trouvai nonchalamment assis sur mon canapé, en train de caresser mon chien et de feuilleter plusieurs de mes photos.

Je les lui arrachai des mains.

— Où avez-vous trouvé ça ?! m'écriai-je.

Alex me foudroya du regard et se releva pour me faire face. Il était grand et son corps imposant transpirait la colère.

— Dans tes affaires, répondit-il d'une voix crispée. Et baisse d'un ton, rat crevé, sinon, ça va mal finir.

Il me poussa sur le canapé et je tombai assise à côté de mon chien, mes photos à la main.

— Je vous interdis de fouiller dans mes affaires et de m'appeler comme ça ! m'agaçai-je.

Ses yeux verts me lancèrent des éclairs et je me recroquevillai sur moi-même. Mon traître de chien, lui, se blottit contre moi pour dormir en boule.

— Ferme-là et écoute-moi ! grogna Alex.

Il commença à faire les cent pas devant moi.

— Putain ! Pourquoi on m'a affecté à ta protection…, marmonna-t-il.

Je ne comprenais pas un mot de ce qu'il racontait, mais je préférais l'observer en silence, parce que ce mec transpirait quelque chose de dangereux et ça commençait à me faire flipper.

Chapitre 5

Il s'arrêta enfin et s'assit sur la table basse en bois sculpté face à moi. J'espérais que son poids ne la casserait pas, mais je m'abstins de tout commentaire.

— Bon…, commença-t-il en passant une main nerveuse dans ses cheveux. Je ne sais pas trop par où commencer, mais tu vas m'écouter attentivement jusqu'à ce que j'aie fini, compris ?

Je hochai la tête en caressant mon chien pour me calmer.

— Lorsque je t'ai vue soigner ce type samedi soir, j'ai compris que tu étais une guérisseuse. Votre espèce avait disparu depuis des années…

Je fronçai les sourcils en entendant ses paroles.

— Je n'ai pas soigné Morgan. C'est impossible…, lâchai-je malgré moi.

— Laisse-moi finir ! grogna-t-il en me jetant un regard noir qui me cloua sur place.

Je m'enfonçai un peu plus dans mon canapé en continuant de le fixer.

— J'en ai averti le conseil et ils m'ont affecté à ta protection…, j'aurais mieux fait de me taire !

— À ma protection ? répétai-je en rigolant nerveusement.

— Ouais, rat crevé, on va passer pas mal de temps ensemble.

Ce surnom commençait clairement à m'agacer et je faillis péter un câble, mais je fis de mon mieux pour garder mon calme.

— Vous pourriez m'appeler par mon prénom, au moins ? lui demandai-je le plus gentiment possible étant donné mon état.

Alex plissa les yeux.

— Si ça t'énerve, c'est parfait ! Mon but n'est pas qu'on devienne amis. Tu dois me détester, tu comprends ?

— Eh bien, c'est plutôt bien parti, marmonnai-je.

— Et ne t'en fais pas pour l'affaire de meurtre, on s'en est occupé. Tu es hors de cause, à présent.

— Comment ça ? demandai-je, sans comprendre.

— On a détruit toutes les preuves et effacé la mémoire de toutes les personnes au courant de l'affaire.

— C'est vous qui avez effacé la mémoire de Morgan ? réalisai-je avec horreur.

Tout ça est donc vrai ?

— Pas moi personnellement, ajouta Alex. Tu ne dois parler de tout ça à personne, compris ?

Nous nous affrontâmes du regard, mais je n'étais pas stupide au point de le provoquer davantage, alors je baissai les yeux vers mon chien.

— Je dois être en plein cauchemar…, murmurai-je.

Alex agrippa mon bras pour que je le regarde et un frisson de peur me paralysa.

— Regarde-moi, Vicky ! Tout ça est bien réel. Je dois y aller, mais d'ici là, ne fais pas d'autres conneries !

Et il disparut, comme la première fois dans ma salle de bain.

C'est impossible...

J'étais en train de devenir folle, il n'y avait pas d'autre explication. Je devais appeler Carole. Je n'étais pas vraiment en état de conduire pour la rejoindre. Tout ce qui s'était passé depuis samedi soir m'avait mise dans une sorte d'état de choc. Je n'arrivais pas à comprendre…

Je récupérai mon portable et constatai que j'avais plus d'une dizaine d'appels en absence et encore plus de SMS, venant tous de ma sœur. Je la rappelai immédiatement.

— Vicky ? dit-elle en décrochant, visiblement soulagée. Où étais-tu passée, bon sang ?! Je t'ai cherchée partout.

— Au commissariat… Morgan m'avait arrêtée, lâchai-je.

— Quoi ? Mais qu'est-ce que tu racontes ?

Il y eut un instant de silence, puis elle reprit :

— Il fallait que j'ouvre la boutique, j'avais tellement de boulot en retard, avoua-t-elle avec culpabilité. Et quand je suis revenue, tu avais disparu…

— Je suis désolée… J'avais laissé mon téléphone à la maison.

— Ne me refais plus jamais ça, Vicky, tu m'entends ?! me gronda Carole.

Outre la colère, je sentais la panique dans sa voix.

— C'est promis, soufflai-je.

— J'arrive dans cinq minutes, dit-elle avant de raccrocher.

Je me laissai tomber sur mon canapé. Ma sœur arriverait d'une minute à l'autre et je ne savais pas ce que j'allais lui dire. Quoi que je lui raconte, elle ne me croirait pas et Alex m'avait expressément demandé de ne rien dire à personne. Je ne savais pas ce qu'il ferait si je lui désobéissais, mais il n'avait pas vraiment l'air commode.

J'avais du mal à croire à tous ces trucs incompréhensibles et bizarres et j'avais besoin d'en parler à quelqu'un. Mais je n'étais pas assez téméraire pour affronter Alex, même si c'était pour donner des explications à ma sœur et apaiser ma conscience.

Carole ne toqua même pas, elle entra en trombe et fondit sur moi. Mon chien lui sauta dessus pour lui faire la fête, mais elle l'ignora et se jeta dans mes bras. Elle me serra de toutes ses forces et la culpabilité m'envahit. J'aurais aimé tout lui dire, mais je savais que ce n'était pas une bonne idée. Et ça l'aurait sûrement fait paniquer un peu plus.

— Raconte-moi tout, dit-elle en me libérant.

Je haussai les épaules en cherchant quelque chose à dire.

— Morgan est flic et il est venu m'interroger pour une affaire de meurtre. Ensuite, il m'a relâchée, mentis-je.

— Pourquoi toi ? me questionna Carole avec suspicion.

Je haussai simplement les épaules, mais la culpabilité me rongeait l'estomac. Avec Carole, on partageait pratiquement tout et nous n'avions aucun secret l'une pour l'autre. Elle se rendrait forcément compte que quelque chose n'allait pas.

— J'en sais rien. Peut-être parce que j'étais proche de l'endroit où c'est arrivé. Il voulait savoir si j'avais vu quelque chose...

Elle détailla mon expression et je faillis craquer.

— Je sens que tu ne me dis pas tout, lâcha-t-elle en se levant pour se diriger dans la cuisine et prendre une petite bouteille de cidre.

— J'ai revu le chippendale : Alex, lâchai-je. Et je peux te dire que c'est un vrai connard !!!

Voilà, il fallait que je lui dise au moins ça.

Carole prit une gorgée de cidre et s'installa à côté de moi.

— Raconte, dit-elle avec curiosité. Tu l'as vu où ? Et qu'est-ce qu'il a fait ?

— Au commissariat, continuai-je en essayant d'inventer un truc plausible. Et il m'a traitée de rat crevé, tu te rends compte ?

— Mais quelle enflure, celui-là. Je t'assure que si je le croise au club la prochaine fois, je lui fais la tête au carré !! s'énerva ma sœur.

— Non ! Surtout pas...

Ma sœur était bien capable d'aller lui rentrer dedans pour l'obliger à s'excuser et, vu l'énergumène, j'avais un peu peur qu'il s'en prenne à elle.

— Tu es sûre que tu te sens bien, Sist ? D'habitude, tu es la première à me soutenir quand je prends ta défense.

J'attrapai son cidre pour en boire une gorgée.

— Je sais mais, lui, il a l'air dangereux. Alors, s'il te plaît, ne fais rien de stupide si tu le croises.

Carole bougonna, mais n'ajouta rien.

Nous passâmes la soirée devant la télé, blotties l'une contre l'autre, une couverture sur les genoux. C'était notre petit truc à nous.

Le lendemain matin, je me rendis à l'école maternelle où je travaillais. La maîtresse, qui s'appelait Sophie, s'inquiéta de mon absence de la veille. Je la rassurai en lui disant que j'avais été malade, mais que tout allait bien à présent. Enfin... d'une certaine manière, parce que ma vie n'avait jamais été si bordélique qu'en ce moment...

J'aidais le petit Jordan à suivre les cours, à dessiner et aussi à jouer. Je m'en occupais toute la journée, sauf à l'heure de la sieste. Les autres enfants de la classe étaient tous turbulents et la maîtresse était souvent débordée. Surtout quand l'Atsem n'était pas là. Disons que je n'étais pas de trop. La petite Jessica venait souvent me faire des câlins et j'avais souvent vu sa maman...

Une grande rousse qui s'appelait Patricia...
OH MON DIEU...

Je n'avais encore jamais vu son père et un mauvais pressentiment me comprima la poitrine.

— Comment s'appelle ton papa ? demandai-je à Jessica.

— Morgan Thomas, répondit-elle tout sourire comme si elle l'avait appris par cœur.

Mon univers explosa encore une fois. Il avait une femme ET une fille… Je me sentis soudain mal et je fus obligée de quitter la classe quelques minutes pour ne pas m'effondrer devant tout le monde. Je me sentais tellement bête d'avoir autant fantasmé sur lui que j'avais envie de vomir. Je m'isolai aux toilettes pendant quelques minutes en essayant de reprendre mes esprits. Il fallait que j'aille de l'avant, que j'oublie Morgan… Lui, il m'avait déjà oubliée de toute façon…

Je revins à mon poste en essayant de paraître normale, mais ce n'était pas facile.

La journée passa très vite et l'heure des parents arriva. Jessica s'agita plus que d'habitude et s'écria :

— Papa !!!

Puis elle courut jusqu'à la porte. Je levai les yeux dans sa direction et découvris Morgan qui se baissait pour embrasser sa fille. Il la prit dans ses bras avant d'entrer dans la classe et de se diriger droit sur moi. J'avalai difficilement ma salive en repensant à tout ce qui s'était passé. Je me sentais au plus mal.

— Il faut qu'on parle, commença-t-il de but en blanc.

Mon corps se mit soudain à trembler et je ne fis même pas attention à Jordan qui partait avec sa maman.

— Pourquoi ? lâchai-je d'une voix presque inaudible.

— Tu es libre, maintenant ? enchaîna-t-il, en me fixant avec un sérieux déconcertant.

— Heu… oui ? répondis-je, complètement abasourdie.

— Il y a un problème ? demanda Sophie qui avait fini de rendre tous les petits à leurs parents.

— Non, aucun problème, répondit Morgan d'une voix tellement chaleureuse que ça me provoqua des frissons dans tout le corps. Je remerciais juste Vicky d'aider Jessica de temps en temps.

La maîtresse lui adressa un sourire et Morgan me fit signe de le suivre. Il franchit la porte, comme s'il ne me connaissait pas. Je trouvais sa réaction vraiment étrange. Je saluai Sophie et sortis à mon tour pour le rattraper. Il m'attendait au petit portail.

— Ça t'embête si on va chez moi ? demanda-t-il gentiment.

J'étais complètement perdue et je ne savais pas quoi répondre, mais mon corps réagit au quart de tour. Il en trembla d'impatience, comme s'il allait se passer quoi que ce soit entre nous.

Il a une femme, bon sang ! Ressaisis-toi !

— Heu… pourquoi ? répétai-je.

Son regard d'un bleu presque transparent s'assombrit et son expression changea. Il se ferma de nouveau.

— J'ai quelques questions à te poser.

Ah, d'accord… Encore une de ses affaires, je suppose.

— Comment tu m'as trouvée ? le questionnai-je.

— J'ai un dossier avec toutes tes informations…, lâcha-t-il en avançant vers le parking.

— Pardon ?! répliquai-je, outrée.

— Tu viens avec nous, Vicky ?? s'écria Jessica qui trépignait d'impatience. Tu vas jouer avec moi ?

— Je ne sais pas encore, ma puce, répondis-je en lui caressant les cheveux.

Morgan me jeta un regard indéchiffrable qui m'arracha un frisson de plaisir.

Nous montâmes dans sa voiture et il conduisit jusque chez lui sans dire un mot. Il se contenta de mettre un peu de musique pour combler le silence. Moi, j'étais terrorisée. J'avais la bouche sèche, les mains moites et le cœur dans la gorge.

Nous arrivâmes à quelques rues de chez moi, ce qui me sidéra. J'étais passée des centaines de fois devant chez lui sans le savoir.

Foutu destin...

Nous entrâmes dans sa petite maison et Jessica partit comme une tornade dans la cuisine pour ouvrir le placard à gâteaux. Morgan la suivit en souriant et lui donna un paquet de quelques tartelettes à la fraise avec un verre de lait qu'il déposa sur une petite table d'enfant dans le salon. Jessica vint s'asseoir à sa place. Voir Morgan papa faisait vibrer quelque chose en moi.

Il se tourna ensuite dans ma direction, le visage fermé. Il avait repris son sérieux et cela m'agaça prodigieusement. Il jeta un coup d'œil à Jessica et alluma la télé.

— Tu peux rester là quelques minutes, mon cœur ? dit Morgan d'une voix douce. Je vais parler un peu avec Vicky.

Jessica acquiesça en dévorant une tartelette et Morgan me fit signe de le suivre dans la cuisine.

Chapitre 6

Mon cœur battait à une vitesse folle et mes jambes tremblaient tellement que j'avais peur de m'écrouler. Morgan s'adossa contre le plan de travail, les bras croisés, et reporta son attention sur moi. J'étais en plein milieu de la pièce, complètement paralysée.

— Il y a des choses que j'ai du mal à comprendre…, commença-t-il en me fixant bizarrement.

— Quelles choses ? demandai-je timidement.

Je me rapprochai de lui pour m'appuyer sur le plan de travail en face du sien. Bon sang qu'il était beau… J'adorais ses yeux d'un bleu délavé, ses cheveux dorés coiffés en arrière et ses lèvres pleines. Son corps était tellement sexy que mes yeux glissèrent sur sa chemise qui laissait deviner son torse musclé.

— J'ai des flashs qui ressemblent fortement à des souvenirs. Pourtant, ça ne colle pas… Tu es dans ces flashs…

Je croisai de nouveau son regard, le cœur battant.

— Est-ce que je t'ai arrêtée ? demanda Morgan d'une voix anxieuse. Je me souviens de cette affaire de meurtre, mais je ne retrouve plus le dossier nulle part… Tu étais le suspect numéro un.

Oh mon Dieu ! Il ne faut pas qu'il se souvienne de moi dans cet état…

Morgan avança d'un pas et se retrouva vraiment proche de moi. Son parfum m'envahit aussitôt et mon corps devint encore plus fébrile.

— Vicky, réponds-moi. J'ai l'impression de devenir fou…

Morgan avait l'air torturé. Je ne savais pas ce qu'on lui avait fait et j'avais encore du mal à croire que qui que ce soit puisse effacer la mémoire de quelqu'un, mais je ne pouvais pas le laisser dans cet état.

Si je lui confirme, est-ce que je désobéirai à Alex ? me demandai-je, tout de même.

Tant pis pour les conséquences et pour ma dignité…

— Oui…, lâchai-je en détournant les yeux. Et je n'étais pas au meilleur de ma forme…

Morgan était tellement proche de moi que je ne pus m'empêcher de relever les yeux vers lui. Je respirais beaucoup trop vite et j'avais vraiment envie de m'accrocher à lui pour le serrer contre moi.

Ses yeux d'un bleu pur fouillèrent dans les miens.

— Ce clochard, il nous a agressés… J'étais gravement blessé et tu m'as soigné…, continua-t-il avec une expression bizarre.

Je ne savais plus trop quoi penser de ce moment surréaliste où je lui avais probablement sauvé la vie.

— C'est possible…, dis-je vaguement.

Il détourna les yeux, comme pour réfléchir et se rappeler d'autres choses.

— Tu l'as tué ? demanda-t-il ensuite.

— Non, Morgan, je ne ferai jamais une chose pareille, répondis-je en le fixant d'un air choqué.

Morgan recula et passa une main dans ses cheveux. Je voyais qu'il ne comprenait pas, mais je n'étais pas la meilleure personne pour tout lui expliquer… Je ne comprenais pas moi-même. Il m'étudia encore une fois avec une expression contrariée.

— Pourquoi, j'ai oublié tout ce qui te concerne ? continua-t-il. C'est comme si tout ce qui avait un lien avec toi avait été effacé de ma mémoire...

Je pinçai les lèvres, car je ne savais pas vraiment quoi lui répondre. Il s'approcha de nouveau de moi, ses yeux sondant les miens.

— Mes collègues ne se souviennent pas non plus. Ils me traitent de fou lorsque je leur parle de cette affaire. Mais, toi, tu sais de quoi je parle. Tu te rappelles aussi... Explique-moi, Vicky. Comment c'est possible ?

Mon corps tremblait un peu d'être si proche de lui et son parfum était beaucoup trop entêtant pour que je réfléchisse correctement. J'avais vraiment envie de me fondre dans ses bras, parce que sa proximité m'apaisait.

— J'en sais rien, Morgan. Je ne comprends pas moi-même.

À cet instant, j'entendis la porte d'entrée s'ouvrir, Jessica crier « Maman » et une voix de femme appeler Morgan. Et là, je me sentis vraiment très mal.

Morgan sembla paniquer. Il s'écarta de moi d'un bond et se rua vers le salon pour saluer Patricia, la grande rousse magnifique.

— Salut, ma puce, dit Morgan en la serrant contre lui et en l'embrassant sur la joue.

Je ne savais plus où me mettre et je me sentais coupable de fantasmer autant sur un homme marié...

Patricia se rendit compte de ma présence et me salua chaleureusement avant de regarder Morgan avec un grand sourire.

— Je ne savais pas que tu étais avec quelqu'un, dit-elle en paraissant heureuse, ce que j'avais du mal à comprendre.

Morgan devint blanc comme un linge et me jeta un regard bizarre.

— Ce n'est pas ce que tu crois, s'empressa-t-il de détromper sa femme.

Elle s'approcha de lui et pressa affectueusement son bras.

— Toi aussi, tu as le droit au bonheur, Morgan.

Ce dernier détourna les yeux. Je ne comprenais pas très bien cette conversation, mais je me sentis obligée de les laisser entre eux.

— Je vais y aller…, dis-je en me dirigeant vers la sortie.

Morgan fronça les sourcils, comme s'il se souvenait d'un truc, et il s'approcha de moi.

— Tu as eu le coup de foudre…, souffla-t-il sans me quitter des yeux.

Mon corps se figea et ma respiration s'accéléra, au même titre que les battements de mon cœur.

Putain ! Il se rappelle…

— Pas du tout, le détrompai-je en jetant nerveusement un œil derrière lui pour vérifier que sa femme n'avait rien entendu.

— Si, quand j'étais sur le point de mourir, tu m'as dit que tu avais tout fait pour me retrouver…

J'étais sur le point de m'écrouler alors que Morgan me fixait toujours. Il semblait réfléchir, comme s'il se souvenait de tous les détails qu'il avait oubliés. Et cela me fit paniquer encore plus.

— À plus ! dis-je en ouvrant la porte pour m'enfuir.

Je marchai d'un pas rapide jusque chez moi, complètement chamboulée. Comment avait-il pu me dire ça devant sa femme ?

Quelle humiliation…

C'est en arrivant devant chez moi que je réalisai que Morgan m'avait tellement perturbée que j'avais oublié ma voiture sur le parking de l'école.

Putain ! Il se rappelle…

Ces mots imprimaient mon esprit et se répétaient en boucle dans ma tête. Je me sentais comme une conne. Pourquoi je lui avais dit ça…

Parce qu'il était sur le point de mourir…

Et là, je réalisai que tout ça était vraiment arrivé. Je lui avais réellement sauvé la vie. J'avais même ressenti sa douleur…

Bon sang ! C'est impossible...

J'appelai un taxi pour récupérer ma voiture et me rendre à la boutique de Carole pour lui donner un coup de main. En fin de journée, il y avait toujours plus de clients.

*** Carole ***

Il était 17h, Vicky allait bientôt me rejoindre. Son aide n'était pas de trop même si, aujourd'hui, il y avait moins de monde que d'habitude. Elle arriva en trombe, l'esprit ailleurs, et elle faillit percuter Marc qui entrait en même temps qu'elle. Elle s'excusa et, pendant un instant, j'eus peur qu'elle lui révèle quelque chose de compromettant. Je me ruai vers eux, comme une furie.

— Salut…, dis-je timidement en regardant Marc avec anxiété.

Il m'adressa un sourire et nous partîmes tous les deux vers les roses pour qu'il choisisse son bouquet quotidien. J'en profitai pour adresser discrètement un regard noir à ma sœur. Elle ne releva pas et son air maussade m'inquiéta. J'avais l'impression que quelque chose la tracassait.

Je choisis quelques roses rouges resplendissantes en prenant soin de ne pas me piquer. Puis nous nous dirigeâmes vers le comptoir où je les emballai comme à chaque fois. Je lui jetai quelques regards inquisiteurs en m'affairant.

— Dites-m'en plus sur cette femme, commençai-je timidement.

Comme la veille, le regard de Marc se fit plus intense et me déstabilisa.

— Je ne peux rien vous dire. Pour l'instant...

Je retins mon souffle en voyant son expression. Marc dégageait un truc qui m'intimidait bien plus que tous les mecs que j'avais rencontrés. Et c'était vraiment perturbant. Je collai cette satanée étiquette commerciale, il paya et prit son bouquet pour partir. Je le regardai s'en aller avec un petit pincement au cœur.

— Tu n'as pas de cran, intervint gentiment ma sœur.

Je lui adressai une moue contrariée.

— Il est vraiment intimidant ! me plaignis-je.

Elle sourit puis m'aida à servir les clients qui patientaient, mais je voyais bien que le cœur n'y était pas. Ces deux heures de travail intensif me permirent d'éviter de penser à Marc. Vicky avait toujours l'air contrariée, mais je ne savais pas pourquoi.

*** Vicky ***

Lorsque Carole ferma la boutique, je ruminais encore toute cette histoire. Je n'arrivais toujours pas comprendre comment tout ça avait bien pu arriver. Puis, je réalisai qu'Alex avait probablement toutes les informations dont j'avais besoin. La première fois, je n'étais pas prête à les entendre. En plus, il était tellement détestable que ça me rendait dingue. Pourtant, je devais savoir ce qui se passait et, surtout, par quel miracle j'avais pu sauver la vie de Morgan…

Je crois que mon corps avait encore quelques séquelles de cet épisode douloureux, car j'avais constamment faim et je dormais beaucoup plus qu'avant.

Ce soir, Carole et moi rentrâmes chacune de notre côté. Nous étions toutes les deux épuisées. J'aurais bien profité de son bain à remous, mais je me contentai d'une simple douche.

En pyjama, devant la série *Suits*, j'engloutissais un steak avec des frites et de la salade verte. Mon chien était couché à mes pieds, étalé de tout son long. J'essayais de ne pas trop penser à Morgan qui habitait à seulement deux rues de chez moi et me concentrais sur Harvey Specter, quand des coups puissants résonnèrent sur ma porte.

Je sursautai et posai ma fourchette dans mon assiette, le cœur battant. La première fois que c'était arrivé, il y avait Morgan derrière cette porte. Les coups redoublèrent avec une puissance décuplée et ma porte trembla sous l'impact. Mon chien se redressa d'un bon et se mit à aboyer. Je me dirigeai vers l'entrée d'un pas prudent pour entrouvrir le battant.

Alex me poussa sans ménagement pour entrer chez moi. Il avait l'air en pétard.

— Je croyais que vous n'aviez pas besoin de passer par la porte, ironisai-je en croisant les bras sur ma poitrine tandis que mon chien sautait sur Alex pour lui faire la fête…

Ce n'était définitivement pas un chien de garde…

— Il faut que tu soignes Melinda, notre Princesse, s'affola Alex.

C'est à cet instant que je remarquai deux autres personnes entrer chez moi, ce qui m'empêcha de relever ses paroles. Un homme brun portait une femme couverte de sang.

— Oh mon Dieu ! hurlai-je. Il faut aller à l'hôpital !!!

L'homme allongea la femme sur mon canapé et Alex me saisit le bras avec force pour me traîner jusqu'à elle.

— Tu vas la soigner ! grogna-t-il d'un ton tellement menaçant que ça me terrorisa.

— Alex, calme-toi ! gronda l'homme accroupi près de la femme. Elle ne pourra pas se servir de ses pouvoirs si tu la brutalises ! On n'a pas beaucoup de temps…

— Je n'ai pas de pouvoirs…, balbutiai-je en tremblant de tous mes membres.

L'homme accroupi jeta un regard noir vers Alex.

— Tu m'as dit qu'elle savait se servir de ses pouvoirs ! Putain, Alex! Tu veux qu'elle meure ou quoi ? Bordel de merde !!!

Et il disparut, comme par magie…

— Il faut l'emmener à l'hôpital, répétai-je en regardant Alex qui fixait la femme allongée sur mon canapé.

Sa poigne se resserra sur mon bras et m'arracha un gémissement de douleur.

— Tu dois la soigner, lâcha-t-il d'une voix déterminée.

L'autre homme réapparut avec quelqu'un d'autre. Il y avait maintenant trois hommes chez moi et une femme couverte de sang sur le point de mourir… C'était un vrai cauchemar !

Alex me relâcha alors que le troisième homme, habillé en kilt, s'approchait de moi.

— Bonjour, Vicky, je suis Declan. Je vais vous aider à maîtriser vos pouvoirs. Approchez-vous de Melinda, commença-t-il sur un ton calme et posé.

Je retins un rire nerveux, car cette situation était trop surréaliste pour moi…

— S'il vous plaît, Vicky, on a besoin de vous, ajouta l'homme brun accroupi près de Melinda.

Je ne savais pas très bien ce que je pouvais faire pour eux, mais ils avaient l'air tellement désespérés que je mis de côté toutes mes questions et fis ce qu'ils me demandaient. J'attrapai la main que Declan me tendait et m'accroupis près de Melinda.

— Il faut que vous posiez votre main sur sa blessure, ajouta Declan.

Je ne savais pas du tout ce qui allait arriver, mais j'agis sans me poser de questions comme si c'était une évidence. Je plaçai ma paume sur la blessure sanguinolente de Melinda et je sentis une vague de chaleur m'envahir. Mais ce n'était pas comme la dernière fois, c'était violent. Comme un jet d'eau sous pression qui vous percute de plein fouet. La chaleur se déversa dans le corps de Melinda et je ressentis une vive douleur dans la poitrine. Ma paume se mit à chauffer puis à me brûler tandis que la douleur dans ma poitrine devenait de plus en plus insupportable. Je lâchai un gémissement de douleur. Mon corps s'engourdissait un peu plus à chaque seconde.

— On a presque fini, m'encouragea Declan qui tenait fermement mon autre main.

J'avais l'impression d'être dans du brouillard et je percevais les sons de loin. Toute mon attention était focalisée sur cette douleur dans ma poitrine qui m'empêchait de respirer normalement.

— Ça fait mal…, gémis-je.

Pourtant, j'étais concentrée sur ma paume brûlante. Je percevais toutes les cellules de Melinda se reconstituer sous mes doigts avant de perdre connaissance.

— Vicky ! hurla quelqu'un en me secouant comme un prunier.

Mon corps était tout mou, impossible de bouger. Ma bouche était pâteuse, je voulais juste dormir.

— Vicky !! Ça fait deux jours entiers que tu dors !!

Bordel ! Deux jours ?

Je tentai de me réveiller, mais mes paupières étaient trop lourdes et je n'arrivais pas à ouvrir la bouche pour parler. L'instant d'après, je sombrai de nouveau dans l'inconscience.

Plus tard, une faim dévorante me réveilla. J'ouvris les yeux et me redressai doucement. Il fallait que je mange quelque chose. Un bras était en travers de ma taille. Je tournai la tête pour découvrir ma sœur, assise sur une chaise, la tête posée près de moi. Elle dormait…

Puis, je réalisai que je n'étais pas dans ma chambre. La pièce était d'un blanc immaculé et mon bras était rattaché à une perfusion.

Putain ! Je suis à l'hôpital…
Je secouai doucement Carole pour la réveiller. Elle se redressa en bâillant avant de me regarder et de m'agripper le cou de toutes ses forces.
— Tu es réveillée, murmura-t-elle avec des sanglots dans la voix. Les médecins disaient que tu étais dans une sorte de coma et qu'ils ne savaient pas quand tu allais te réveiller.
Ils ne savent pas ce que tu as…
Elle s'écarta pour me dévisager.
— Ça fait deux fois, Vicky…
— Je sais, répondis-je, inquiète.
— Qu'est-ce qu'il s'est passé ? demanda-t-elle avec angoisse.
— Je ne peux pas t'expliquer, mais ça n'arrivera plus.
Si soigner des gens mettait ma vie en danger, il valait mieux arrêter. Mon estomac se mit à grogner et un spasme violent me secoua.
— Il faut que je mange un truc et vite, dis-je en regardant ma sœur.
— Tu as dormi cinq jours entiers, Sist.
Putain ! Cinq jours ?
— On est quel jour ? demandai-je avec inquiétude.
— Samedi et il est 18h.
— Ce n'est pas possible…, lâchai-je en repensant à Alex. Le samedi soir, il devait être au club. Je devais absolument aller lui parler. J'avais besoin de réponses.
— Tu peux appeler quelqu'un pour que je puisse sortir ? demandai-je.
Carole acquiesça puis sortit de ma chambre. Elle revint avec un interne un peu plus tard. Je subis une batterie d'examens qui révélèrent tous que j'allais très bien et cela me soulagea autant que ma sœur. Pourtant, les médecins

voulurent me garder en observation, car j'étais un cas particulier. Il fallut négocier un moment avec eux pour que j'aie enfin l'autorisation de sortir. Lorsque j'arrivai au guichet pour signer mes papiers et régler, mon interlocutrice était d'une humeur massacrante et nous traita comme des moins que rien. Cela m'agaça prodigieusement, mais je ne dis rien et je priai ma sœur si impulsive de ne pas faire d'histoire. Pour une fois, elle m'écouta. Lorsque tout fut réglé, Carole m'accompagna chez moi.

Je pris une douche en repensant à cette horrible femme de l'hôpital et réprimai ma colère pour passer à autre chose. Je m'habillai tandis que Carole nous commandait des plats indiens. Un poulet tandoori pour moi et un agneau au curry pour elle.

Le livreur arriva une trentaine de minutes plus tard. Carole et moi nous installâmes devant notre série préférée et je dévorai absolument tout ce que j'avais commandé. Je finis même les restes de Carole. Cette dernière me regarda avec stupéfaction, mais je n'étais toujours pas rassasiée. Mon corps me réclamait encore plus de calories. Je me dirigeai vers mon congélateur pour attraper mon pot de glace au café et le vidai en moins de dix minutes.

— Comment tu fais pour avaler tout ça ? me demanda Carole avec inquiétude.

Je haussai les épaules.

— Je n'ai pas mangé pendant cinq jours…

— Mais tu étais sous perfusion…

— Je sais, Sist, mais j'ai hyper faim. Qu'est-ce que tu veux que je te dise ?

Carole me détailla de la tête aux pieds puis me dévisagea avec suspicion.

— Tu es enceinte ? demanda-t-elle.
Je ne pus m'empêcher d'exploser de rire.
— Impossible ! Je n'ai pas eu de relations depuis plus d'un an... Et, sauf preuve du contraire, je ne suis pas la Sainte Vierge, rigolai-je.
Pourtant, j'avais tout le temps sommeil et je mangeais comme quatre... Il devait se passer quelque chose. J'avais certainement un problème.
Il faut que je parle à Alex.
— On devrait aller au club, ce soir, proposai-je de la façon la plus innocente possible.
Carole me jeta un regard suspicieux.
— Je croyais que tu n'aimais pas ce genre d'endroit.
— Eh bien, il n'y a que les cons qui ne changent pas d'avis, répliquai-je en débarrassant nos plats vides.
Carole me donna un coup de main sans ajouter quoi que ce soit.
— Allez, Sist. On ne restera pas tard. Juste un verre pour me changer les idées. S'il te plaît !
— D'accord, soupira-t-elle. Mais on rentre à 22h.
J'acquiesçai et montai me préparer tandis que Carole m'attendait. Elle aurait pu rentrer chez elle pour se changer et me rejoindre au club, mais elle ne voulait plus me quitter après ce qui s'était passé. Et je la comprenais. J'aurais agi de la même façon si les rôles avaient été inversés.

Chapitre 7

Carole gara sa voiture devant le club. Heureusement, nous avions trouvé une place, car tout était bondé comme la dernière fois. Lorsque nous marchâmes à l'endroit où j'avais vu Morgan à l'article de la mort, un malaise m'étreignit. Puis je me souvins de notre dernière conversation.

Carole m'observa avec attention au moment où nous nous arrêtâmes derrière la longue file d'attente.

— Ça ne va pas ? me questionna-t-elle avec inquiétude.

— Morgan est au courant que j'ai eu le coup de foudre pour lui, lâchai-je en croisant son regard noisette.

— Et ? sourit-elle, en croyant que j'avais une bonne nouvelle à lui annoncer.

— Et rien… il a une femme et une fille, déclarai-je tristement.

— Oh, mince. Je suis désolée, Sist…

Carole caressa mon dos pour me réconforter et je ravalai ma tristesse. Pour l'instant, je devais me concentrer sur Alex et avoir des réponses. Il nous fallut une bonne quinzaine de minutes pour atteindre l'entrée. À plusieurs reprises, je surpris Carole qui surveillait l'heure avec inquiétude.

— Ne t'en fais pas, la rassurai-je alors que nous marchions jusqu'à une table au fond de la pièce. Je voulais seulement parler à Alex.

Carole me jeta un regard suspicieux en s'asseyant sur sa chaise.

— Pourquoi ? Tu m'as dit que c'était un vrai connard…, répliqua Carole. Tu veux que je lui botte les fesses, c'est ça ?

— Pas du tout, dis-je en m'emparant de la carte des cocktails. Je t'expliquerai plus tard.

Carole m'arracha la carte des mains pour voir mon visage.

— Explique-moi, maintenant ! exigea-t-elle avec fureur. C'est lui qui t'a mise dans cet état ? C'est à cause de lui que tu étais dans le coma ?

— Ça n'a pas de sens, Carole. Calme-toi. J'ai juste besoin de parler un peu avec lui. Je te promets que je te dirai tout quand je le pourrai.

— On se dit toujours tout…, lâcha-t-elle dépitée.

Une pointe de culpabilité m'étreignit, mais je ne pouvais pas encore tout lui raconter. J'avais déjà du mal à y croire moi-même. Carole me prendrait sûrement pour une folle si je lui disais la vérité. Seul Alex pouvait m'éclairer pour l'instant.

Je scrutai la salle à sa recherche et le trouvai au bar en train de boire un verre. Il était bien entouré et je ne savais pas s'il allait me porter la moindre attention lorsque j'irais le voir.

— Je reviens dans quelques minutes, dis-je à Carole en me levant. Il est au bar.

Carole tourna la tête dans sa direction et se leva pour me suivre. Je m'arrêtai pour la regarder.

— S'il te plaît, l'implorai-je. Je dois y aller seule.

Carole soupira, puis se rassit.

— Très bien, dit-elle, contrariée.

— Je n'en ai pas pour longtemps. Arrête de bouder, Sist.

— Je ne boude pas…, s'obstina ma sœur en scrutant les différents cocktails de la carte.

Je fis la moue et me dirigeai vers le bar sous le rythme de la musique. Je slalomai entre les tables et traversai la piste de danse où les clients se déchaînaient. Un type m'agrippa la taille avec énergie pour que je danse avec lui. Il souriait et il avait l'air sympa, mais je déclinai gentiment son invitation. Il haussa simplement les épaules avant de me laisser repartir.

Lorsque j'arrivai derrière Alex, il était en plein flirt avec une blonde magnifique qui riait lorsqu'il lui chuchotait des trucs à l'oreille. Je ne savais pas vraiment comment l'aborder, mais je n'avais aucun autre moyen de le contacter.

Si seulement il m'avait donné son numéro de téléphone, ça aurait été plus simple…

Je me raclai la gorge, mais la musique couvrit le bruit. Je pris une grande inspiration et tapotai doucement son épaule. Alex tourna la tête vers moi avec un visage charmeur, puis ses yeux se plissèrent lorsqu'il me reconnut. Un frisson d'appréhension me parcourut.

— Qu'est-ce que tu veux ? dit-il d'une voix contrariée.

— Juste discuter, répliquai-je, mal à l'aise.

— Je suis occupé, lâcha-t-il en reportant son attention sur la blonde qui minaudait.

— Je sais, mais j'ai besoin de réponses. Si encore j'avais un moyen de vous contacter… Je n'ai encore rien dit à personne, mais si vous ne faites aucun effort, j'en parlerai avec ma sœur !

Je n'en menais pas large et Alex me jeta un regard meurtrier qui me glaça le sang. Il se leva brusquement et agrippa mon bras avec force pour m'entraîner avec lui vers une porte réservée au personnel. J'étais terrorisée.

— Où est-ce que vous m'emmenez ? couinai-je.

— Dans ma loge, répliqua-t-il d'un air sombre.

Cela ne me rassura pas des masses. Nous franchîmes une autre porte qui déboucha sur une petite pièce avec plusieurs costumes accrochés sur des cintres. Alex me relâcha et me fixa d'un air agacé.

— Je t'écoute, dit-il en croisant les bras sur sa poitrine.

Mon corps tremblait un peu, mais je pris mon courage à deux mains.

— Est-ce que soigner des gens est dangereux pour ma santé ? commençai-je. J'ai passé plusieurs jours à l'hôpital après avoir soigné cette fille…

Alex passa nerveusement une main dans ses cheveux.

— Ton pouvoir ne doit pas être complet, lâcha-t-il en réfléchissant. Tu devrais faire du sport et manger beaucoup plus de protéines.

— Pourquoi ? demandai-je sans comprendre.

— Par ce que ça te bouffe toutes tes endorphines et tes protéines et tu ne dois pas sécréter assez de cette molécule propre aux guérisseurs qui vous empêche de tomber dans les vapes. Fais du sport et un régime hyper protéiné, ça devrait atténuer les effets secondaires.

— Comment ça ? m'enquis-je.

Alex soupira, semblant perdre patience, et je me crispai davantage.

— Les endorphines servent à enlever la douleur et les protéines servent à réparer les cellules endommagées. Quand tu soignes quelqu'un, ton pouvoir lui balance une grosse dose de tout ça et ça doit vider tes réserves. L'un de tes parents doit être humain et ton corps n'est pas fait pour en supporter autant. Donc : tu devrais faire du sport et augmenter ton apport en protéines pour pallier au problème.

— Donc c'est dangereux…, soufflai-je avec angoisse.

Comment ça, l'un de mes parents était humain ?

Mais je n'eus pas le temps de poser la question. La porte s'ouvrit dans un fracas, coupant court à notre conversation, et Carole apparut. Elle avait l'air folle de rage.

— Il t'a fait du mal ? cria-t-elle, hystérique. J'ai vu comment il t'a malmenée…

— Sors de ma loge ! gronda Alex avec colère en attrapant le bras de Carole pour la pousser à l'extérieur.

Carole fit un mouvement et brandit sa bombe lacrymogène vers le visage d'Alex.

Oh, non…

— Lâchez-moi ! hurla-t-elle. Ou je vous refais le portrait.

Carole avait toujours eu du cran mais, là, c'était carrément suicidaire.

Alex bougea tellement vite que je n'eus pas le temps de réagir. En un quart de seconde, il tordit le bras de Carole, qui lâcha son arme dans un gémissement de douleur, et lui fit une prise pour l'immobiliser. C'est là que je commençai à paniquer.

— Lâchez-la ! hurlai-je à mon tour, complètement flippée.

Alex me fusilla du regard tandis que Carole m'implorait, maintenue contre son agresseur et dans l'incapacité de bouger. Une forme floue entre nous déforma un instant son image. Une jeune femme brune apparut et se planta devant Alex, les mains sur les hanches. Je poussai un cri de surprise en reculant d'un pas. Ma sœur avait l'air tout autant choquée que moi.

— Alex, relâche-la, dit la femme d'un ton à la fois doux et autoritaire.

On aurait dit une Amérindienne. Elle avait des cheveux noirs tressés en une longue natte et son allure semblait tout aussi intimidante que celle d'Alex. Ce dernier desserra légèrement sa prise sur ma sœur tandis qu'il dévisageait la nouvelle venue, comme si une conversation silencieuse se jouait entre eux.

— Alex..., soupira-t-elle. Si tu ne m'écoutes pas, je devrai me battre contre toi et c'est vraiment la dernière chose dont j'ai envie.

— Tu sais que je ne me battrai pas contre toi, Théo, dit-il en libérant Carole.

La fragilité qu'il afficha soudain me déstabilisa tandis que Carole se précipitait vers moi pour s'éloigner de son agresseur. Elle avait l'air terrorisée.

— Dommage, répliqua Théo en esquissant un demi-sourire. Je suis sûre que j'aurais gagné.

— Compte là-dessus ! bougonna Alex. On n'est même pas sûr qu'elle ait des pouvoirs...

Est-ce qu'il parle de moi ou de ma sœur ?

Théo adopta une attitude plus décontractée.

— Je sais mais, pour le doute, je suis chargée de la protéger, alors tiens-toi tranquille !

Alex fit une moue désapprobatrice et Théo disparut. Je jetai un œil vers Carole qui louchait sur la bombe lacrymo au sol, à seulement un pas de distance. Alex sembla s'en apercevoir également.

— N'y pense même pas, gronda-t-il à l'attention de Carole qui sursauta et reprit ses esprits.

— Est-ce qu'elle a des pouvoirs, elle aussi ? demandai-je.

Cela détourna leur attention.

— On n'en sait rien, éluda Alex. Maintenant, tirez-vous !

Carole ne se fit pas prier et me saisit la main pour me tirer vers la sortie. Je la suivis avec empressement, Alex sur les talons. Il me rattrapa en deux enjambées et me tendit une carte.

— Tiens, j'aurais dû te la donner la dernière fois. Tu peux m'appeler si tu as besoin.

— Merci, dis-je en attrapant sa carte, perplexe.

Après son comportement limite, j'étais surprise qu'il ait une once de sympathie à mon égard. Nos pas résonnaient sur le carrelage du couloir et se répercutaient en écho, ce qui donnait à cet échange une ambiance particulière. Alex disparut et réapparut juste devant la porte. Il nous jeta un regard d'avertissement et sortit, alors que Carole s'était figée.

— Qu'est-ce que…

— Je sais, moi aussi j'ai eu du mal à assimiler tous ces trucs la première fois, lâchai-je.

Elle se tourna lentement vers moi, la bouche grande ouverte.

— Tu parlais de moi quand tu lui as demandé si « elle » avait des pouvoirs ?

J'acquiesçai prudemment.

— Je ne voulais rien te dire, car j'avais peur que tu me prennes pour une folle et j'avais déjà du mal à y croire moi-même…

— De quoi est-ce que tu parles ? C'est pour ça que tu étais dans le coma ? Tu délires ! Si être dans le coma est un super pouvoir, c'est vraiment n'importe quoi !!!

— Non, Carole. Le coma est une conséquence de mon pouvoir, paraît-il. Alex m'a plus ou moins expliqué. C'est pour ça que je mange comme quatre et que je dors beaucoup. C'est pour compenser.

— Compenser quoi ? s'agaça Carole.

— Je soigne des gens... J'ai sauvé la vie de Morgan l'autre jour.

Le dire à haute voix était encore plus bizarre.

— C'est impossible..., lâcha Carole en me dévisageant.

Comment convaincre quelqu'un d'une chose alors qu'on n'y croit pas vraiment soi-même ?

— Je sais. J'ai réagi exactement de la même façon... Et, il y a cinq jours, j'ai sauvé la vie d'une fille. Une princesse, je sais pas trop quoi... Elle était couverte de sang. C'était horrible...

J'avais encore les images de cette affreuse soirée en tête.

— Et ils effacent la mémoire des gens, quand ils nous surprennent, pour qu'ils ne sachent rien..., ajoutai-je en repensant à ma conversation avec Morgan.

Carole secoua la tête de droite à gauche.

— Ton cocktail devait être trop fort.

— Carole ! Je n'ai encore rien bu.

— Tu dois avoir une tumeur au cerveau, ça te fait délirer...

Je fixai ma sœur avec détermination.

— Tu as vu Alex et l'autre fille se téléporter, tout comme moi.

Carole pinça les lèvres et se remit à marcher vers la sortie.

— J'ai besoin d'un verre, dit-elle en agitant vaguement sa main dans ma direction.

— Ouais, moi aussi, bougonnai-je en la suivant.

Nous reprîmes notre place à notre table, qui était toujours disponible, heureusement. Enfin, c'est ce que nous pensions. Deux types nous rejoignirent lorsque nos cocktails arrivèrent.

— C'est notre table, dit le grand noir aux yeux sombres. On était seulement parti danser.

Carole haussa les épaules en buvant avec sa paille. Elle battit des paupières puis lui adressa un grand sourire.

— En fait, on est arrivées bien avant, dit-elle d'une voix charmeuse. On avait juste un petit truc à régler, mais nous voilà de retour. Enfin, on peut partager la table si vous voulez ?

L'autre homme mit un petit coup de coude dans le ventre de son pote et m'adressa un sourire entendu.

Pitié !

Je n'avais aucune envie de flirter. Encore moins avec ce genre de mec prêt à sauter sur tout ce qui bouge. Pourtant, Carole ne semblait pas du même avis que moi et les laissa s'installer avec nous. J'en profitai pour prendre mon téléphone et ignorai celui qui voulait me draguer. Il n'était pourtant pas moche, mais ce n'était pas mon style.

Je surfais sur les réseaux sociaux lorsqu'un article de mon fil d'actualité attira mon attention. Je cliquai dessus et fus redirigée sur un site d'information. Une femme de l'hôpital où on m'avait soignée avait été tuée. Il parlait de meurtre et d'une violente blessure à la poitrine. Les médias avaient même mis une photo de la victime avec un petit mot compatissant à sa famille.

Mes yeux s'arrêtèrent dessus et je reconnus la femme qui avait été des plus désagréables avec ma sœur et moi. Un mauvais pressentiment m'étreignit et une peur viscérale me fit trembler de la tête aux pieds. Je me levai d'un bond en ignorant Carole et les deux types qui s'étaient invités à notre table.

Je cherchai Alex, mon portable toujours à la main. J'avais l'impression que la pièce tournait autour de moi et que tout était au ralenti. Je m'approchai du bar, mais ne le trouvai pas. Je choisis alors de me diriger vers sa loge. Il fallait que je sache.

Ça ne peut quand même pas être à cause de moi...

Mais il y avait eu le clochard, puis cette femme. Les deux m'avaient agressée à leur façon...

Je toquai à la porte et attendis une seconde. J'entendais du bruit à l'intérieur, mais personne ne m'ouvrit. J'actionnai la poignée et entrouvris doucement la porte.

Alex était bien là… en train de baiser la blonde sur un meuble. Il était dos à moi et la blonde gémissait en s'accrochant à lui pour planter ses ongles dans sa peau.

OK…

Je refermai la porte sans bruit, le visage rouge de honte.

Bon sang !

Je n'aurais jamais dû ouvrir cette porte. Je me sentais un peu mal de l'avoir surpris en pleine action et cela me perturba un moment. Je retournai dans la salle bondée et rejoignis ma sœur.

J'enverrais un message à Alex dès notre retour.

Chapitre 8

— T'étais où ? me demanda Carole qui avait l'air de bien s'amuser, contrairement à moi.

— Aux toilettes, mentis-je.

Je n'aurais jamais dû la laisser avec ces deux inconnus. Ils auraient très bien pu la droguer et l'enlever. Bon… j'étais peut-être un peu parano, mais on ne savait jamais.

Carole me jeta un regard perplexe et vida son cocktail. J'espérais qu'elle n'avait bu qu'un seul verre d'alcool.

— Il commence à être tard. On devrait peut-être rentrer, continuai-je.

Les deux hommes à notre table protestèrent tandis que Carole vérifiait l'heure sur son téléphone.

— Tu as raison, Sist, on rentre. Merci pour la soirée, les gars, dit-elle en attrapant ses affaires.

Carole me déposa chez moi et je dus négocier de longues minutes pour qu'elle rentre chez elle. Je n'avais pas besoin d'une sœur mère poule. Et, après l'article que j'avais lu, j'avais besoin d'être un peu seule.

Je me déshabillai pour me mettre en pyjama et m'installai dans mon lit avec mon chien. Je l'autorisais parfois à monter sur mon lit, mais il dormait toujours dans son panier qui était dans le salon. Je pris une nouvelle fois mon téléphone pour relire l'article, mais il avait disparu.

Étrange…

Je pris alors la carte de visite d'Alex et décidai de lui envoyer un message.

Moi : Salut... C'est Vicky. Est-ce que je peux faire du mal aux gens ? J'ai vu ce qui est arrivé au clochard et aussi à cette pauvre fille de l'hôpital... Je leur en voulais tellement... Si j'ai quoi que ce soit à voir dans leur mort, je ne me le pardonnerai jamais...

J'attendis une demi-heure dans l'espoir de recevoir une réponse, mais mon téléphone resta silencieux. J'en profitai pour lire un peu. J'essayai de penser à autre chose en caressant mon chien. Heureusement, mon corps était tellement fatigué que je sombrai sans m'en rendre compte.

Le lendemain, Alex ne m'avait toujours pas répondu. L'inquiétude ne me quittait plus. J'avais vraiment peur d'être responsable de ces meurtres, même si j'ignorais de quelle façon ça avait pu se produire…

Je ruminai en réfléchissant à tous ces trucs bizarres dont j'avais été témoin ces derniers temps. Parfois, j'avais l'impression de devenir folle.

Carole m'appela en début d'après-midi pour me demander de la rejoindre chez elle. Cela me sortit de ma léthargie. Elle fermait parfois sa boutique le dimanche après-midi lorsque l'activité était en baisse.

Je me préparai et emmenai mon chien avec moi dans ma voiture. J'étais toujours un peu fatiguée et je pensais souvent à Morgan, mais il fallait que je fasse une croix sur lui…

Je me garai dans l'allée de graviers blancs de la belle propriété de Carole. Le jardin était couvert de fleurs et d'arbustes bien entretenus. Tout était paisible et harmonieux. J'adorais venir chez ma sœur et j'étais toujours fascinée par son travail avec les plantes. C'était un peu comme un don. Par contre, Carole n'appréciait pas tellement que mon chien coure dans son jardin et creuse parfois des trous…

Je toquai trois petits coups à sa porte et entrai. Mon chien courut devant moi pour se précipiter sur ma sœur. Elle poussa un cri de surprise quand Sam atteignit son visage pour lui faire une petite léchouille. Je ris alors qu'elle râlait, puis je rappelai mon chien pour qu'il se calme et saluai enfin ma sœur.

— Comment tu te sens aujourd'hui ? me demanda-t-elle avec inquiétude.

— Ça va, mentis-je.

Carole hocha la tête. En réalité, je n'allais pas beaucoup mieux. J'étais même stressée et inquiète. Si j'étais venue ici, ce n'était pas seulement pour passer une après-midi entre filles. J'avais une idée derrière la tête.

— J'aimerais regarder dans les affaires de maman, Sist. Hier, Alex m'a dit des choses bizarres.

— Quelles choses ? questionna Carole alors que son visage perdait des couleurs.

Elle avait toujours été très proche de notre mère, plus que moi en tout cas, et je savais que d'en parler faisait resurgir des souvenirs douloureux.

— Je voudrais savoir si nos parents étaient… différents… Si maman ou papa a laissé une lettre à notre intention.

Carole se détourna, comme pour s'enfuir, et je la suivis.

— On a emballé toutes leurs affaires ensemble, Vicky. S'il y avait eu quelque chose, on l'aurait vu, tu ne crois pas ? dit Carole en entrant dans la cuisine.

— Je sais, mais… peut-être que le journal intime de maman nous en dira plus. On n'a jamais eu le cran de l'ouvrir, ça nous faisait trop mal, mais maintenant… ? Le moment est peut-être venu de le lire.

Carole se figea. Je savais que la perte de notre mère l'avait tellement ébranlée qu'elle ne voulait plus y penser. Lorsque j'avais envie d'en parler, elle faisait toujours son possible pour détourner la conversation. À chaque fois, je voyais ses yeux briller, prêts à verser un flot de larmes. Moi aussi, j'étais triste à un point inimaginable de l'avoir perdue, mais j'avais besoin d'en parler, contrairement à elle.

— Vicky… je ne suis pas sûre que ce soit une bonne idée…

— Tu n'es pas obligée de le lire mais, moi, j'en ai besoin. Dis-moi où il est, s'il te plaît.

Carole était toujours dos à moi. Elle venait d'ouvrir le lave-vaisselle pour en ranger le contenu. Ses mains se posèrent sur le plan de travail et je la vis prendre une grande inspiration. Je m'approchai d'elle et la pris dans mes bras.

— Je ne sais pas où il est…, bredouilla Carole, sans bouger.

— S'il te plaît, insistai-je doucement en l'étreignant toujours.

Je sentis Carole se crisper dans mes bras. Sa voix était pleine de sanglots lorsqu'elle me répondit.

— Je ne peux pas faire ça, Vicky…

J'attendis quelques secondes avant d'ajouter :

— La seule chose que je te demande c'est de me dire où il est. Tu ne seras pas obligée de le lire, répétai-je d'une voix douce.

— J'aurais voulu qu'on le découvre ensemble…

— Je sais…, murmurai-je en la délivrant.

Elle se tourna vers moi, les yeux humides.

— J'ai besoin de comprendre ce qui m'arrive, Sist, ajoutai-je d'une voix suppliante.

Nous nous dévisageâmes un instant, puis Carole baissa les yeux et se tourna de nouveau pour attraper une assiette propre et la ranger dans le placard du haut.

— D'accord… il est dans un des cartons du grenier…, lâcha-t-elle finalement.

— Merci.

Carole fit un mouvement de tête désinvolte et continua sa tâche tandis que je me précipitais à l'étage.

— Attends, cria-t-elle en courant derrière moi.

Mais je ne m'arrêtai pas, j'étais trop pressée de découvrir si le journal de ma mère détenait des informations. Carole me suivit jusqu'à la salle de bain où se trouvait la trappe du grenier. Je cherchai dans toute la pièce, puis me tournai vers elle.

— Où est la perche ? demandai-je, impatiente et excitée.

Carole grimaça.

— Je l'ai perdue, avoua-t-elle, les lèvres pincées, le regard coupable.

Je redescendis en trombe pour aller chercher un tabouret et remontai tout aussi vite, malgré mes mains chargées.

— Pousse-toi, ordonnai-je à Carole qui avait l'air d'une statue.

Je plaçai le tabouret sous la trappe avec impatience et grimpai dessus pour atteindre l'ouverture du grenier.

— Fais gaffe, me recommanda Carole qui semblait un peu inquiète et éteinte.

— C'est bon, répondis-je en tirant dessus pour faire glisser l'échelle intégrée.

À peine toucha-t-elle le sol que j'y montai précipitamment et me ruai vers les affaires de ma mère.

— Dans quel carton ? criai-je du grenier.
— J'en sais rien...
— Monte ! lui commandai-je aussitôt. Viens m'aider à chercher.

Carole ne me répondit pas tout de suite et je revins vers elle pour l'observer à travers la trappe. Elle semblait terrifiée et tellement triste que ça me serra le cœur. Je lui adressai un sourire encourageant. Elle hésita encore un instant, puis finit par poser une main tremblante sur l'un des barreaux de l'échelle. Elle grimpa lentement.

Lorsque je la vis monter, je retournai dans les cartons. La poussière me piquait la gorge et me faisait tousser par moment. Je déballai tout un tas de vieux trucs et mis un bazar monstre tandis que Carole m'observait sans bouger, les bras croisés sur sa poitrine.

— Tu m'aideras à ranger tout ça, j'espère, lâcha-t-elle avec contrariété.

Elle ne supportait pas le désordre. Je me tournai vers ma sœur et remarquai son expression. Son visage était fermé.

— Oui, oui, t'inquiète. Allez, viens m'aider, s'il te plaît.

Carole soupira, puis finit par me rejoindre, malgré sa réticence. Nous déballâmes une quinzaine de cartons qui contenaient une tonne de choses : des vinyles, des DVD, des bibelots, des papiers de toutes sortes, les dessins de maman, ses photos...

J'en pris une dans ma main et m'assis un moment en observant son visage radieux. Elle était dans les bras de papa et ils semblaient vraiment heureux ensemble. Carole s'approcha pour voir ce que je regardais. Nos yeux se croisèrent. Une douleur commune nous transperça. Un mélange de mélancolie et de regrets.

— On devrait l'encadrer, dis-je dans un murmure, émue.

Je vis Carole déglutir péniblement et une larme lui échappa. Les miennes ne tardèrent pas à couler. Carole acquiesça simplement et nous nous étreignîmes un instant. Quand la vague de tristesse fut passée, nous reprîmes nos recherches. Au bout d'une heure, je mis enfin la main sur ce que je cherchais.

— Je l'ai ! m'exclamai-je tandis que Carole se figeait.

Elle était en train de déballer un autre carton à côté de moi. Elle me regarda avec un mélange d'impatience et de douleur, puis jeta un œil sur le petit livre marron que je tenais.

— On rangera plus tard, lâchai-je en me précipitant au bas de l'échelle, laissant Carole un peu hagarde en plein milieu du grenier.

— Tu viens ? criai-je d'en bas.

— Oui, j'arrive, répondit Carole en bougonnant.

Sûrement à cause du bazar.

Puis elle descendit l'échelle à son tour et nous nous installâmes sur le canapé du salon, l'une à côté de l'autre. J'avais le cœur serré et mon ventre était noué à l'extrême.

Je croisai le regard de Carole pour lui demander silencieusement si elle était prête. Elle hocha la tête. Je reportai mon attention sur le petit carnet marron et pris une profonde inspiration avant de l'ouvrir. Mon cœur battait la chamade à la lecture des premières pages. Je fus absorbée par le journal intime de ma mère pendant un long moment. Je n'avais même plus conscience de la présence de ma sœur à mes côtés. Ce que j'étais en train de découvrir était tout simplement hallucinant.

— Je suis comme papa..., lâchai-je avec émerveillement, au bout d'un certain temps, en relevant les yeux vers ma sœur.

— Comment ça ? questionna Carole qui ne semblait pas comprendre.

Je ne savais pas si elle avait eu le temps de lire en même temps que moi.

— Maman explique que papa soignait des gens. Il était guérisseur. Elle dit que parfois elle oubliait certaines choses et quand elle relisait son journal, tout lui revenait en mémoire. Elle a vu papa guérir miraculeusement des gens plus d'une fois, m'emballai-je. Mais, à chaque fois, quelqu'un venait lui effacer la mémoire. C'est exactement ce que Morgan m'a dit. On lui a effacé la mémoire plusieurs fois.

Carole ne semblait pas comprendre ce que je lui racontais et elle continua de me dévisager comme si j'étais folle.

— Qu'est-ce que tu racontes ? dit-elle enfin.

— Regarde, lui enjoignis-je en lui montrant le passage que j'avais lu.

Elle prit le journal intime dans ses mains et détailla les quelques lignes que je lui indiquais.

— Maman avait une tumeur au cerveau, Vicky. C'était peut-être des hallucinations...

— Mais non ! Je suis sûre que c'est vrai, Sist. Regarde, elle dit aussi qu'il avait la main verte et qu'il était capable de ressusciter une plante en quelques secondes... comme toi.

Carole me fixa, incrédule.

— Je ne ressuscite pas les plantes..., lâcha Carole d'une voix blanche.

— Tu ne t'en rends peut-être pas compte, insistai-je, complètement surexcitée. C'est tellement génial !

Carole referma soudain le journal et se leva, l'air contrariée. Au même moment, Alex apparut devant nous et nous lâchâmes toutes les deux un cri de surprise. Je me levai dans un réflexe, prête à partir en courant s'il le fallait.

— Qu'est-ce que vous faites là ?! hurla Carole en s'étranglant presque.

Alex me fixa avec détermination et agacement.

— À propos de ton message, commença-t-il en ignorant ma sœur. Je me suis renseigné.

— Comment tu savais que j'étais chez Carole ? le coupai-je, apeurée.

Alex soupira et me toisa avec sérieux.

— Nous sommes connectés. Je sais où tu te trouves à n'importe quel moment et je suis capable de te rejoindre en une fraction de seconde.

Ses mots me paralysèrent un instant. Durant le silence qui suivit, je sombrai dans la panique. Ce fut le mouvement de Carole qui me ramena au moment présent alors qu'Alex attendait impatiemment que je me calme, les bras croisés sur sa poitrine. Carole se plaça devant moi pour faire barrière de son corps et dévisagea Alex d'un air de défi.

Ma sœur avait toujours eu un instinct protecteur démesuré à mon encontre. Et c'était parfois gênant. Pourtant, aujourd'hui, je trouvais ça rassurant.

— Sortez de chez moi ! asséna-t-elle. Je ne vous laisserai pas terroriser ma sœur !

Alex esquissa un sourire amusé et mon chien choisit ce moment-là pour lui sauter dessus et lui faire la fête…

Quel traître…

— Tu crois que c'est parce que tu as un guerrier attitré que tu peux te mesurer à moi ? demanda calmement Alex d'un ton moqueur, alors qu'il donnait une petite caresse à mon chien.

Carole vacilla. Je savais qu'Alex lui faisait peur, surtout après l'incident de la dernière fois. Je repris mes esprits et me plaçai près de Carole en pressant son bras tendrement.

— Laisse-le parler, Sist. C'est moi qui lui ai envoyé un message…, murmurai-je, hésitante, en jetant un œil craintif vers Alex.

Si ce type était censé me protéger de je ne sais quoi, il ne m'inspirait pas tellement confiance… Et mon chien m'agaçait à faire la fête à n'importe qui !

Carole me jeta un regard incrédule, mais finit par capituler. Elle tenait toujours le journal intime de notre mère dans les mains.

— C'est bon ? soupira Alex.

Je hochai la tête. La boule dans mon ventre n'avait jamais été si présente. Alex s'éclipsa encore une fois pour réapparaître sur le canapé, juste à côté de moi. Carole et moi sursautâmes de nouveau et mon chien ne perdit pas une minute pour rejoindre Alex. Il se blottit contre lui. J'avais envie de l'étrangler !

Alex posa une main sur la tête de Sam et le papouilla nonchalamment en reportant son attention sur moi.

— Donc, je me suis renseigné à propos de ton message.

Carole et moi avions l'air de deux statues devant lui, mais il continua comme si tout était normal.

— Vos parents étaient différents. Ta mère était humaine et ton père faisait partie de notre peuple. C'était le dernier guérisseur encore vivant. D'après ce que je sais, les métissages peuvent engendrer des dysfonctionnements dans les pouvoirs…

Je fronçai les sourcils et m'assis sur le fauteuil en face de lui, complètement fascinée par ses paroles.

— Oui, mon père était un guérisseur, avouai-je alors que Carole me réprimandait. Il est mort lorsque nous étions encore petites. Notre mère est morte d'un cancer, il y a moins d'un an. Une tumeur au cerveau.

Je me tus un instant en réalisant l'horreur de la situation.

Je suis une guérisseuse...

Chapitre 9

— J'aurais pu la sauver…, murmurai-je en relevant des yeux humides et coupables vers ma sœur. J'aurais pu sauver maman, si j'avais su…

— Impossible, me coupa Alex. C'était un effet secondaire. Personne ne pouvait la sauver. Son corps n'a pas supporté qu'on lui efface la mémoire si souvent. Ça arrive parfois, même si c'est rare.

Je fronçai les sourcils en reportant mon attention vers Alex. Je pensai soudain à Morgan et à toutes les fois où il s'était fait effacer la mémoire…

— Comment ça ? Vous voulez dire que c'est à cause de vous ? le questionnai-je en reprenant une contenance.

J'étais en train de m'énerver. L'injustice de la situation me comprimait le ventre. Depuis tout ce temps, j'avais eu besoin d'un coupable et Alex venait de m'en fournir un.

— Calme-toi, rat crevé. Ce n'était la faute de personne. Elle n'a pas eu de chance, c'est tout.

Ce surnom m'agaçait prodigieusement, mais je ne relevai pas. Carole ne bougeait toujours pas. Elle semblait paralysée tandis qu'Alex se levait pour se planter devant moi. Il me faisait toujours aussi peur, mais je fis mon possible pour ne rien lui montrer.

— Tu vas venir avec moi. Le conseil veut te rencontrer.

Je fis un pas de côté pour m'écarter de lui et me tournai vers Carole qui nous observait en silence.

— Théo viendra chercher ta sœur, ajouta Alex d'un ton ferme.

Je sentis la panique s'insinuer dans tout mon corps, parce que je savais qu'Alex comptait me téléporter. La dernière fois qu'il l'avait fait, je l'avais très mal vécu. Je jetai un dernier regard vers ma sœur avant de m'élancer vers la porte pour partir en courant.

J'entendis Alex jurer derrière moi et ma sœur crier pour que je ne la laisse pas seule avec ce taré. Un remords me submergea. J'étais à deux doigts d'atteindre la porte d'entrée quand une forme floue se matérialisa devant moi. Je heurtai Alex de plein fouet en criant de surprise. Ses bras se refermèrent sur moi dans une puissante étreinte et le monde vacilla autour de moi.

Une violente nausée me tordit l'estomac quand je sentis de nouveau le sol sous mes pieds. Alex attrapa une poignée de mes cheveux et me poussa brutalement sur le côté. Je glapis de douleur et vomis de la bile sur le carrelage immaculé.

— C'est pas possible ! grogna Alex en me relâchant pour s'écarter. Personne n'est aussi sensible que toi.

Je crachai et me redressai lentement pour le fusiller du regard.

— On était vraiment obligés de se téléporter ? m'agaçai-je, même si tout ça était encore assez bizarre pour moi.

Alex me toisa en retour.

— C'est le moyen le plus rapide, éluda-t-il.

Je regardai enfin autour de moi et découvris un grand salon rustique plutôt chic. Les murs étaient d'une hauteur peu commune et cela me déstabilisa.

— Ça ressemble à un château…, murmurai-je.

— C'est parce que c'en est un, répondit Alex en s'affalant sur l'un des canapés.

Je reportai mon attention sur lui avec incrédulité, puis ma sœur apparut à son tour. Théo la tenait fermement contre elle. Contrairement à moi, Carole ne semblait pas ressentir le mal des transports, mais elle avait l'air en état de choc. Théo la libéra de son étreinte tandis que Carole regardait la flaque de vomi à ses pieds. Elle afficha une grimace de dégoût et je sentis la honte me submerger.

— Je vais prévenir le conseil qu'elles sont arrivées, dit Théo à l'attention d'Alex.

Ce dernier hocha la tête et Théo disparut. Je m'approchai de Carole qui semblait encore un peu hagarde.

— Est-ce que ça va ? Tu n'as pas mal au cœur ?

Carole me dévisagea.

— Un peu, mais ça va. Ça fait bizarre d'atterrir ici…

— Ouais… C'est moi qui ai vomi…, murmurai-je, l'air coupable.

Surtout que je n'avais rien pour nettoyer et l'endroit était tellement magnifique que je culpabilisai de l'avoir sali.

La double porte en bois s'ouvrit soudain. Carole et moi nous tournâmes dans sa direction. Alex apparut à côté de moi, ce qui me fit sursauter. Théo était accompagnée de quatre personnes. J'avais l'impression d'être dans un mauvais film. Ils avaient tous une prestance qui laissait penser que c'étaient des personnes importantes. J'attrapai la main de ma sœur avec angoisse et ses doigts se crispèrent sur les miens. Nous échangeâmes un regard inquiet.

— Carole, Vicky, bienvenue, commença la femme brune, élancée, d'une cinquantaine d'années. Nous allons nous installer ici pour discuter. Daphné va nous apporter de quoi nous restaurer.

Je ne savais pas quoi répondre, car je ne comprenais pas ce qui était en train de se passer. Je ne savais pas qui étaient ces gens qui semblaient nous connaître. Je me tournai lentement vers Alex en quête d'un signe de sa part. Je n'avais pas confiance en lui, mais il était le seul à m'avoir donné des réponses jusqu'à maintenant. À ma grande surprise, il sembla comprendre mon désarroi.

— C'est le conseil, dit-il simplement.

Carole pressait toujours ma main. Nous avions l'air de deux statues face à ces quatre personnes qui prenaient place autour de nous dans les fauteuils disposés près de la petite table de bois sculpté. Je jetai un œil vers la flaque de vomi. La femme brune qui nous avait saluées suivit mon regard.

— Ça arrive de temps en temps. Daphné va s'en occuper, ne vous inquiétez pas, commenta-t-elle. Asseyez-vous.

Surprise, je reportai mon attention sur la femme, puis regardai Carole qui ne semblait pas non plus savoir comment réagir. Il y avait un grand sofa en face du conseil. Alex et Théo étaient déjà installés dessus, mais il restait assez de place pour ma sœur et moi. Je franchis les quelques pas qui me séparaient du canapé pour m'asseoir, tirant doucement ma sœur avec moi pour qu'elle en fasse de même. Elle se laissa faire comme une poupée de chiffon.

— Vicky, Carole, je suis Siréna. Et voici Rodolf, Nicolas et Martin, dit-elle en me présentant respectivement un homme roux un peu bedonnant, un autre brun aux cheveux courts et très mince, puis le dernier qui avait une silhouette athlétique, des cheveux blonds et qui était immense.

Elle marqua un temps d'arrêt avant de reprendre.

— Nous sommes le conseil et nous représentons l'autorité de notre peuple. C'est nous qui fixons les règles. Vous connaissez déjà Alex et Théo ? demanda-t-elle pour la forme. Ce sont vos guerriers, nous les avons assignés à votre protection.

Je faillis m'étouffer en entendant ses paroles. Alex n'avait rien d'un protecteur, même s'il m'avait dit la même chose… J'échangeai un regard incrédule avec Carole avant de prendre la parole.

— Pour quelle raison ? demandai-je d'une voix mal assurée. Est-ce que nous sommes en danger ?

— C'est une simple précaution, intervint celui qui s'appelait Nicolas.

Il avait l'air bien trop sérieux et guindé.

— Oui, renchérit Siréna. Vous êtes les deux dernières de votre espèce et nous avons besoin de vous deux pour créer d'autres guérisseurs à l'aide de l'Harmonie. Notre Princesse sera bientôt prête pour le trône et nous pourrons lancer les recherches de son parfait opposé.

Je n'y comprenais absolument rien et Carole ne semblait pas plus éclairée que moi.

— Pourquoi est-ce qu'on est ici ? demanda soudain ma sœur.

— Parce que Vicky tue des gens ! lâcha Rodolf avec impatience.

Je me figeai, le cœur battant à cent à l'heure, et Carole se tourna vers moi sans comprendre.

— Quoi ? murmurai-je alors que Siréna levait sa main pour faire taire Rodolf.

— Nous pensons que les blessures que vous guérissez se répercutent sur d'autres personnes. Celles envers qui vous avez de la haine ou quelque chose comme ça. Nous avions quelques soupçons quand la première victime est décédée, mais nous n'étions pas sûrs. Puis, il a eu cette femme à l'hôpital qui présentait la même blessure que Melinda.

Je m'affaissai dans le canapé, anéantie. Ma théorie était la bonne…

— Ce n'est pas possible…, chuchotai-je. Je n'ai pas pu faire une chose pareille…

Je relevai les yeux vers le conseil, sous le regard incrédule de ma sœur.

— À l'avenir, vous devrez faire en sorte que ce soit Alex qui soit visé.

Je me tournai vers ce dernier, horrifiée, et il haussa les épaules.

— Je t'avais dit que tu devais me détester.

— Il est hors de question que je lui fasse du mal ! Même si c'est un connard de première…, ajoutai-je dans un murmure.

Alex se raidit près de moi et je sus que mon insulte l'avait énervé. Théo étouffa un rire tandis que Siréna et les autres membres du conseil me fixaient durement.

— Cela ne lui fera aucun mal. Il est immunisé contre tous les pouvoirs, ajouta Martin.

Ses yeux bleus me transpercèrent du regard et mon malaise augmenta. Puis Siréna s'adressa à ma sœur qui était toujours silencieuse à mes côtés. Pourtant, sa main était encore crispée sur la mienne.

— Nous ne sommes pas sûrs que vous ayez des pouvoirs, Carole. Mais vu votre métier et l'état de votre maison, nous soupçonnons que vous avez hérité de la partie végétale tandis que Vicky soigne les animaux et les humains.

J'écoutais d'une oreille attentive les paroles de Siréna alors que Carole serrait mes doigts un peu plus fort. Un mouvement près de moi attira mon attention et je découvris une jeune femme brune au carré plongeant impeccable, habillée d'un tailleur sobre anthracite, en train de nettoyer mes dégâts. J'avais une furieuse envie de me cacher, mais elle finit rapidement et repartit de la pièce.

— C'est Daphné, dit Alex à voix basse.

Je reportai mon attention sur lui, le remerciant silencieusement.

Pendant ce laps de temps, je n'avais pas vu que quelqu'un avait placé une fleur morte sur la table. Siréna demanda à Carole de la prendre dans ses mains et je me concentrai de nouveau sur la conversation. Carole ne semblait pas plus à l'aise que moi, mais elle lâcha doucement ma main pour prendre la fleur.

— Pauvre plante, murmura-t-elle en la détaillant sous tous les angles.

Puis la fleur reprit vie entre ses doigts. C'était magnifique et magique. D'ailleurs, en y réfléchissant, je crois que j'avais vu ma sœur faire ça plus d'une fois. Mon cerveau m'avait simplement protégée pour me faire croire que j'avais rêvé.

— Vous l'avez ressuscitée, commenta Siréna, émerveillée.

Carole reposa la fleur sur la table dans un réflexe.

— Pas du tout. Tout le monde sait faire ça, balbutia-t-elle en plein déni.

— Non, Carole. Personne ne fait ça sauf, peut-être, les élémentales de la terre.

Ma sœur fronça les sourcils.

— Les quoi ? dit-elle, abasourdie.

Chapitre 10

— Il serait bon de commencer par le début, marmonna Nicolas en jetant un coup d'œil à Siréna.

Cette dernière acquiesça puis nous regarda de nouveau.

— Je pense que vous avez compris que nous n'étions pas tout à fait humains. Disons que nous sommes une évolution. Certaines légendes racontent qu'un peuple est à l'origine de l'humanité. On les appelle les Pacinarmo'equiba. Nous sommes ce peuple et vous avez hérité des gênes de votre père. Toutes les deux.

Carole et moi restâmes figées tandis qu'une multitude de questions tournaient dans ma tête. Si j'avais du mal à admettre les révélations de Siréna, une partie de moi y croyait. J'en avais eu la preuve. De plus, nous venions de découvrir que notre père avait des pouvoirs dont Carole et moi avions hérité.

— C'est... impossible, balbutia ma sœur.

— Dans cette communauté qui vit parmi les humains, enchaîna Martin, chaque personne importante se voit attribuer un guerrier qui se charge de sa protection. Ces guerriers sont immunisés contre tous les pouvoirs. Normalement, ils sont condamnés à agir dans l'ombre et il leur est interdit d'entretenir une quelconque relation avec leur protégé, même amicale. Leurs rangs étant généralement très différents, et les métissages dangereux pour la communauté, nous avons préféré réduire tout contact entre un guerrier et son/sa protégé(e) au strict minimum, c'est-à-dire exclusivement aux téléportations, pour éviter de répéter les erreurs du passé… Néanmoins, dans votre cas, Vicky, cela est impossible. Alex doit faire en sorte que vous le détestiez pour endiguer les effets secondaires de votre pouvoir.

Je jetai un œil vers Alex qui semblait on ne peut plus détendu, contrairement à ma sœur et moi, tandis que Nicolas prenait la parole.

— Cela fait plus de vingt ans que nous attendons de nouveaux souverains. Sans eux, l'équilibre ne peut être maintenu. Ce sont eux qui empêchent la disparition de certaines espèces indispensables à notre équilibre, comme vous deux. Sans eux, L'*Harmonie* ne peut exister et notre peuple est voué à disparaître. Vous êtes les deux dernières guérisseuses de votre espèce et bien d'autres sont en voie d'extinction. Mais si nous pouvions recréer votre lignée, nous pourrions sauver beaucoup plus de monde.

Carole et moi étions abasourdies. Je ne savais plus quoi dire et ma sœur semblait aussi choquée que moi. Toutes ces informations étaient arrivées beaucoup trop vites pour être assimilées. Je n'y comprenais pas grand-chose, à part que nous étions les dernières de notre espèce.

— L'*Harmonie* ? répéta Carole dans un murmure.

— Je sais que ça fait beaucoup d'informations, compatit Siréna.

— L'*Harmonie* est une énergie qui permet de reconstituer les pouvoirs d'une espèce. Seul le couple souverain peut la créer, ajouta Rodolf. On devrait leur faire suivre les cours des guerriers, on perdrait moins de temps !

Les trois paires d'yeux à ses côtés le fusillèrent du regard et il afficha une moue agacée, mais n'ajouta rien.

Pendant tout ce temps, Daphné nous avait apporté des tonnes de petits fours et de boissons alcoolisées ou non.

Siréna but une coupe de champagne et j'en fis de même. Il me fallait un truc fort pour avaler tout ça, mais je me contentai du champagne. Ma sœur me jeta un regard réprobateur. Pourtant, elle capitula également.

Putain ! Je tue des gens !

J'avais du mal à encaisser. Je ne supportais pas l'idée. C'était immonde et immoral ! Le pire, c'est que je n'en avais même pas conscience.

Soudain, je repensai au type en kilt qui m'avait aidée à sauver la fille.

C'était quoi son non, déjà ? Delan ? David ? D… Declan !

— Qui est Declan ? demandai-je enfin.

Mes paroles étaient plus lentes que d'habitude. Je devais être un peu pompette mais, à cet instant, je bénis les effets de l'alcool qui anesthésiaient mon cerveau juste ce qu'il fallait.

— Comment vous le connaissez ? questionna Martin.

Le son de sa voix me provoqua une sensation étrange, comme si les mots se bousculaient dans ma gorge pour sortir en un flot continu.

— Il m'a aidée à soigner la fille blessée, débitai-je à toute allure.

J'écarquillai les yeux en reprenant mon souffle, une main sur la poitrine, puis échangeai un regard incrédule avec ma sœur.

C'est quoi ce délire ?

— Qu'est-ce qui s'est passé… ? murmurai-je en reportant mon attention sur le conseil.

— Lorsque je pose une question, on est obligé de me répondre, expliqua Martin.

Je relevai les yeux vers lui avec angoisse. Ce type me chamboulait et me donnait envie de partir en courant.

— Je vous en ai parlé la dernière fois, lors de mon rapport, intervint Alex à côté de moi.

J'avais presque oublié sa présence tant les quatre personnes devant moi captivaient mon attention.

— C'est exact, acquiesça Nicolas. La personne que vous avez soignée est notre future reine. Elle s'appelle Melinda.

Je les observai, toujours un peu sous le choc et incrédule. J'avais beaucoup de mal à croire à tout ça, même si une partie de moi m'intimait que c'était réel. Je sentais ma sœur complètement paniquée à côté de moi et je ne savais pas quoi faire pour la rassurer. En temps normal, c'était elle qui jouait ce rôle...

— Declan est une nouvelle espèce. Pour l'instant, il est unique et a beaucoup de pouvoirs, dit Martin. Il est capable d'utiliser les pouvoirs de n'importe qui du moment qu'il touche la personne qui les détient. Il est d'une aide précieuse dans certains cas.

Je finis ma coupe de champagne cul sec et m'en resservis. Alex me prit la bouteille des mains avant que ma coupe ne soit de nouveau pleine. Je le fusillai du regard.

— Je n'ai pas envie de me retrouver couvert de vomi, lâcha-t-il d'un ton calme et autoritaire.

Je grognai de frustration et croisai les bras sur ma poitrine en m'enfonçant dans le canapé, tandis que Siréna récupérait la bouteille qu'Alex m'avait confisquée pour se resservir. Elle avala quelques petits fours et les trois hommes en firent autant. La conversation semblait terminée et je n'osais pas parler. J'étais encore un peu sous le choc et je savais que j'aurais sûrement d'autres questions à leur poser d'ici peu mais, pour l'instant, mon cerveau était vide et un peu anesthésié par l'alcool.

Dieu merci !

— Vous pouvez disposer, dit enfin Nicolas en se levant pour prendre congé.

Je jetai un œil vers Alex avec angoisse et me levai à mon tour.

— Est-ce que… je pourrai appeler un taxi ? demandai-je avec espoir aux quatre membres du conseil.

— Faites comme vous voulez, éluda Rodolf en rejoignant Nicolas qui s'apprêtait à sortir de la salle.

Je lâchai un soupir de soulagement en cherchant mon portable tandis que Martin et Siréna s'en allaient à leur tour. Théo s'approcha de Carole puis l'emporta avec elle. Je me retrouvai seule avec Alex alors que je tâtais encore mes poches vides, à la recherche de mon téléphone.

Merde ! J'ai pas pris mon portable !

Il était resté chez ma sœur…

Alex m'observait d'un air moqueur, toujours affalé dans le grand canapé à côté de moi, les bras largement étendus sur le dossier, sa cheville droite nonchalamment posée sur son genou gauche.

— Soit je te laisse ici toute seule, soit je te ramène chez ta sœur, commença-t-il en me scrutant de ses yeux verts magnifiques.

Je serrai les dents. Il était hors de question que je rentre avec ce connard. D'un autre côté, je n'avais pas envie de me retrouver seule dans cette espèce de château avec tous ces gens bizarres…

Alex disparut pour se retrouver face à moi, à seulement quelques centimètres de mon corps ramolli par l'alcool. Je tentai de reculer d'un pas, mais il passa un bras autour de ma taille et me plaqua contre lui.

— Je n'ai pas dit oui…, balbutiai-je, apeurée.

Il me fixa avec impatience en attendant probablement ma réponse. J'aurais voulu le repousser loin de moi, mais je savais que je n'en aurais pas la force et cela risquait de l'énerver. Tout ce que je voulais éviter. J'avalai difficilement ma salive avant de hocher faiblement la tête et de passer mes bras autour de son cou avec réticence.

— OK...

— Arrête de te comporter comme si je te répugnais. Toutes les nanas sont dingues de moi, lâcha-t-il avant de m'emporter avec lui.

Quel connard suffisant !

Mon estomac m'empêcha de réfléchir davantage et se contracta violemment sous les effets de la téléportation. Lorsque je distinguai enfin le salon de ma sœur, Alex me repoussa brusquement et agrippa mes cheveux pour me pencher vers le sol. Je gémis de douleur avant de vomir tout le champagne et les petits fours que j'avais ingurgités.

— De rien ! lâcha Alex avec humeur. Et trouve un truc contre la nausée pour la prochaine fois.

Puis il disparut alors que j'avais à peine eu le temps de me remettre de tout ça. Carole accourut près de moi.

— Bon sang ! Tu vomis à chaque fois ? demanda-t-elle.

— Ouais... désolée, répondis-je en m'essuyant la bouche avec le mouchoir qu'elle me tendait. Je déteste ça.

Carole hocha la tête en signe de compassion et m'aida à nettoyer les dégâts. La soirée était déjà bien avancée et je crois que nous étions toutes les deux exténuées. Ce trop-plein d'émotions nous avait beaucoup trop chamboulées.

— Tu y crois, toi, à tout ça ? demanda ma sœur au bout d'un moment.

Elle avait l'air vraiment perdue et cela me serra le cœur. Pourtant, je n'avais aucune solution pour la rassurer. Alors, je haussai simplement les épaules.

— J'en sais rien…, mais je crois que j'ai vraiment sauvé la vie de Morgan et de cette fille. Contrairement à toi, j'ai réellement été confrontée à mes pouvoirs. C'est bizarre et terrifiant à la fois, mais je ne peux pas le nier, Sist. Une partie de moi sait que c'est la vérité.

Carole pinça les lèvres et ses yeux partirent dans le vague.

— Tu crois vraiment que maman est morte à force qu'on lui efface la mémoire ? me questionna-t-elle encore. Enfin, papa était déjà mort depuis tellement longtemps…

— Peut-être… Pourquoi pas, après tout ? Les médecins n'ont jamais compris ce qu'elle avait vraiment et c'est peut-être pour ça qu'elle a écrit son journal intime. Elle voulait sûrement nous mettre au courant de notre métissage à un moment ou un autre…

Carole me dévisagea avec incrédulité. Je savais que c'était difficile d'avaler toutes ces informations surréalistes alors je choisis de la confronter à ses propres pouvoirs. J'attrapai une fleur du bouquet posé sur la table du salon et l'écrabouillai dans ma main.

— Qu'est-ce que tu fais ? hurla Carole en tentant d'empêcher mon massacre.

Je jetai la fleur abîmée sur la table et croisai le regard de ma sœur outrée.

— Vas-y, répare-la, maintenant. Tu verras que tout ce qu'on nous a dit est vrai.

Carole pinça les lèvres et me fixa avec dureté avant de s'emparer de la fleur. Puis, celle-ci reprit vie entre ses doigts. Exactement de la même façon que devant le conseil. Tous ses pétales repoussèrent à une vitesse fulgurante tandis qu'un parfum entêtant s'échappait de la plante.

— Alors, tu y crois, maintenant ? la questionnai-je.

Carole reposa la fleur dans le vase à côté des autres qu'elle toucha aussi pour leur redonner un peu de vie.

— Tu fais ça constamment sans t'en rendre compte, Carole. Mais personne n'est capable d'en faire autant.

Carole prit une profonde inspiration et se tourna de nouveau vers moi.

— C'est vrai. Je n'en avais pas conscience.

— Est-ce que tu trouves ça bizarre ?

Elle haussa les épaules à son tour.

— Non.

— Alors, je pense que le conseil nous a dit la vérité.

Pourtant, leur façon de nous avoir reçues et leurs propos faisaient monter mon angoisse au maximum. Nous ne connaissions rien de ce nouveau monde qui s'offrait à nous et j'avais peur que certaines choses ne soient pas en adéquation avec notre façon de vivre.

Comme la téléportation...

Carole hocha la tête et je l'enlaçai pour lui souhaiter une bonne nuit avant de rentrer chez moi avec mon chien.

Le lundi matin, je retrouvai ma classe de maternelle et le petit Jordan. Je l'aidai dans les différentes activités. La journée passa très vite et l'heure des parents arriva. Jessica se plaça à côté de moi et attrapa ma main.

— Tu viens encore à la maison, ce soir ? demanda-t-elle tout excitée.

Sophie, la maîtresse avec qui je plaisantais souvent, me jeta un regard interrogateur, ce qui me mit un peu mal à l'aise.

— Non, c'était exceptionnel, répondis-je en me forçant à sourire.

Jessica râla et croisa les bras sur sa poitrine comme une petite ado. Les premiers parents arrivèrent et mon cœur se mit à battre la chamade avec le fol espoir de revoir Morgan. La moitié des enfants sortirent en moins de dix minutes, y compris Jordan. Puis une grande rousse magnifique arriva à la porte et Jessica courut dans ses bras. J'eus un petit pincement de déception mais, en même temps, je devais oublier Morgan.

Patricia m'adressa un sourire chaleureux et vint à ma rencontre.

— Morgan ne peut jamais se libérer pour récupérer notre fille, dit-elle en attachant le manteau de Jessica.

— Oui, avec son travail, ça ne doit pas être facile.

— Je suis contente qu'il vous ait rencontrée, ajouta-t-elle, radieuse.

— Ah bon ? Pourquoi ? balbutiai-je.

Je jetai un regard vers Sophie qui était occupée avec d'autres parents. Elle ne semblait pas nous entendre.

Ouf.

— Je crois qu'il vous aime bien, mais ne comptez pas sur lui pour vous l'avouer, plaisanta-t-elle.

Mon cœur fit une embardée. Je restai muette un instant, sous le choc, tandis que Patricia me saluait et s'en allait. Je ne comprenais pas pourquoi elle m'avait dit ça.

Peut-être qu'elle croit que nous sommes amis…

Oui, je ne voyais pas d'autre explication.

— Tout va bien ? me demanda Sophie qui avait rendu les enfants à leurs parents et confié ceux qui restaient aux animatrices du centre.

— Oui, murmurai-je.

— Alors comme ça, tu as été chez Morgan, le papa de Jessica ? enchaîna-t-elle, en quête d'informations. Je ne l'ai pas vu souvent, mais il a vraiment de la classe.

— Il… enfin, c'était pour une de ses affaires…, bégayai-je en devenant probablement rouge comme une pivoine.

Sophie lâcha un petit rire. Je m'entendais plutôt bien avec cette maîtresse, même si je n'aimais pas trop parler de Morgan. Ce n'était pas très réglementaire de fantasmer sur le papa d'un élève, à mon avis. Encore moins se rendre chez lui…

— Pourquoi il avait l'air de te connaître, la dernière fois, quand il est venu chercher Jessica ?

Je mis quelques secondes à répondre. Je ne voulais pas tout raconter à Sophie. Nous travaillions ensemble et si jamais elle apprenait mon attirance pour Morgan, je ne donnais pas cher de ma peau.

— En fait, on se connaît depuis longtemps. On s'était juste perdus de vue et on s'est recroisés, il n'y a pas longtemps.

Sophie hocha la tête et rangea quelques affaires sur son bureau, l'air de rien. Puis, elle se tourna de nouveau vers moi.

— Et vous étiez proches ? continua-t-elle.

Je soupirai, un peu étonnée par sa question, et je fis mon possible pour rester neutre.

— Plus ou moins… Mais il n'a pas toujours eu le look qu'il a aujourd'hui, lui révélai-je.

Sophie me questionna encore sur Morgan et je fus obligée de lui donner quelques informations sur sa période gothique. Elle était mariée depuis des années, mais je la soupçonnai d'avoir eu un sérieux coup de cœur pour Morgan et cela me contrariait.

Peut-être qu'il a une ribambelle de groupies...

Sophie m'avait mise en retard avec toutes ses questions. Je la saluai et attrapai mes affaires pour rejoindre ma sœur à la boutique.

Lorsque j'arrivai, Carole était en train de nettoyer le plan de travail rempli de terre et de feuilles.

— Marc est déjà passé, lâcha-t-elle sans me regarder.

Je m'arrêtai près d'elle.

— Tu parles de lui comme si vous vous connaissiez, maintenant, la taquinai-je. Il t'a enfin invitée à sortir ?

Carole haussa les épaules en faisant tomber les feuilles et la terre dans une petite poubelle à l'aide d'une balayette.

— Non. C'est juste que je le vois tous les jours, c'est un peu comme si je le connaissais, même si on ne se parle pas beaucoup...

— Mouais, lâchai-je, peu convaincue. S'il revient quand je suis là, tu peux être sûre que je vais m'en mêler.

Ma sœur me jeta un regard meurtrier.

— Tu n'as pas intérêt ! s'énerva-t-elle en brandissant la balayette dans ma direction.

Au même instant, un client franchit la porte d'entrée et elle dut retenir sa colère, ce qui m'arracha un petit rire.

Chapitre 11

Je rentrai chez moi vers 20h30. Mon chien me sauta dessus dès que je franchis le portail. Comme à chaque fois, il était surexcité, car il savait que j'allais l'emmener en promenade. Je le caressai en rigolant et déverrouillai ma porte d'entrée pour récupérer sa laisse et son harnais. Il faisait déjà nuit, mais les lampadaires offraient un éclairage suffisant. Sam connaissait le chemin par cœur. Je marchai sans vraiment réfléchir et finis par me retrouver dans la rue de Morgan.

Mon cœur se mit à palpiter sans raison apparente. Je passais devant chez lui à chaque promenade avant de savoir où il habitait. Mais c'était la première fois que je me retrouvais aussi proche de sa maison depuis que je savais. Au fond de moi, il y avait toujours cet infime espoir de le croiser et de lui plaire autant qu'il me plaisait. Pourtant, la partie rationnelle de mon cerveau savait que je me faisais des films… Surtout depuis que j'avais rencontré sa femme, aussi magnifique qu'adorable.

Le poids dans mon estomac contrastait avec la frénésie de mon cœur et je ralentis le pas, au grand désarroi de mon chien. Sur le trottoir opposé, je fixai la maison de Morgan tandis que Sam tirait comme un malade sur sa laisse pour que j'accélère. Lorsque j'arrivai à hauteur de son portail, la porte s'ouvrit et Patricia en sortit, suivie de Morgan qui portait une Jessica endormie dans les bras.

Je retins mon souffle, me figeant en plein milieu de la rue. J'aurais voulu dire quelque chose pour attirer son attention, mais je n'en eus pas le courage.

La grande rousse traversa la route et passa juste devant moi pour atteindre sa voiture. Elle me reconnut au dernier moment.

— Vicky ? dit-elle, étonnée.

— Heu… oui, je promenais mon chien…, balbutiai-je. J'habite à seulement deux rues d'ici…

Morgan nous rejoignit aussitôt et mon corps se mit à trembler en le détaillant de la tête aux pieds.

— Salut…, lâcha-t-il de sa voix profonde qui faisait toujours résonner quelque chose à l'intérieur de moi.

— Salut, répétai-je d'une petite voix.

J'avais du mal à soutenir son regard et la pénombre rendait ses traits encore plus durs que d'habitude. Patricia déverrouilla sa voiture et ouvrit la portière arrière.

— Tu peux l'installer, dit-elle à l'attention de Morgan.

Morgan m'adressa un regard hésitant qui me surprit, avant d'obéir à sa femme et de déposer le petit corps assoupi de sa fille dans le siège auto.

Je ne savais pas trop quoi lui dire. Tout ce que je savais, c'est qu'il connaissait mes sentiments à son égard et cela me mettait vraiment mal à l'aise. Surtout devant sa femme.

Lorsque Patricia ferma doucement la portière, elle salua Morgan en lui déposant un baiser sur la joue.

— Bon, alors à demain ? lui dit-elle.

— À demain, ma puce, répondit Morgan en l'étreignant d'un bras.

— Un jour, il faudra que tu arrêtes de m'appeler comme ça, ajouta Patricia en s'installant sur le siège conducteur. À plus tard, Vicky.

Morgan bougonna tandis que je saluais Patricia d'un signe de la main. Elle démarra en nous adressant un sourire radieux, nous laissant seuls tous les deux.

Mon chien commença à couiner comme un enfant parce que j'avais interrompu sa promenade, mais je n'y prêtai pas attention. J'étais captivée par Morgan. Il regarda la voiture s'éloigner et passa nerveusement une main dans ses cheveux. Puis, il se tourna de nouveau vers moi et avisa mon chien qui chouinait.

— On devrait avancer un peu…, lâcha-t-il simplement.

Comme à chaque fois, sa voix grave se répercuta dans tout mon corps. Il faisait frais, ce soir-là. La température avoisinait les douze degrés et Morgan portait une simple chemise. Toutefois, je commençai à marcher en comprenant qu'il voulait se promener avec moi.

Mon chien arrêta son cinéma. Il renifla joyeusement le trottoir tandis que Morgan enfonçait les mains dans ses poches.

— Vous n'habitez pas ensemble ? ne pus-je m'empêcher de demander en repensant à Patricia et Jessica.

Morgan resta silencieux quelques secondes avant de me répondre.

— On est séparés, avoua-t-il faiblement.

Je fis de mon mieux pour ne pas me réjouir de cette nouvelle. Pourtant, Morgan semblait toujours très attaché à sa femme.

— Pourquoi ? osai-je encore.

— Pour une autre femme, dit-il simplement.

L'espoir qui m'avait étreinte un peu plus tôt s'envola. Voilà, il regrettait d'avoir trompé sa femme et voulait retourner en arrière. C'est pour ça qu'il se comportait comme ça avec elle…

— Je veux dire qu'elle m'a quitté pour une autre femme, ajouta Morgan d'une voix fébrile.

Et je compris qu'il ne s'était toujours pas remis de cette rupture.

— Oh… je suis désolée, dis-je sans trop savoir comment le réconforter.

Morgan n'ajouta rien et nous arrivâmes devant chez moi. J'avisai son visage en détachant mon chien. Il semblait triste et un peu perdu.

— Tu veux entrer quelques minutes ? proposai-je. Boire quelque chose…

— Je ne veux pas t'embêter, répondit-il en regardant le bout de la rue.

— Tu ne m'embêtes pas du tout, je t'assure. En plus, tu risques d'attraper froid comme ça.

Morgan esquissa un faible sourire et accepta ma proposition, ce qui augmenta les palpitations de mon cœur. Je déverrouillai ma porte d'entrée avec des gestes maladroits puis entrai en faisant signe à Morgan de me suivre. Je l'entraînai dans ma cuisine et ouvris le frigo.

— De la bière ? proposai-je.

— Tu bois de la bière ? s'étonna-t-il.

Je me redressai pour l'observer, sans savoir s'il plaisantait ou non.

— Heu… oui. Ce n'est pas réservé qu'aux hommes, tu sais ? le taquinai-je. C'est de la 1664. Ça te dit ? Sinon, j'ai d'autres trucs… Du cidre ?

— Non, une bière, c'est bien.

J'en attrapai deux et les décapsulai avant de tendre la sienne à Morgan. J'avais l'impression que l'ambiance était électrique et je ne savais pas quoi dire pour meubler le silence pesant qui régnait dans la pièce. Il but une gorgée de sa bière sans cesser de m'observer. Je ne savais pas du tout à quoi il pensait.

Puis, Alex apparut entre nous deux et je poussai un petit cri de surprise alors que la panique m'envahissait. Morgan fit un pas de côté pour me jeter un regard inquiet et observa Alex du coin de l'œil.

— Qu'est-ce que tu veux ?! l'attaquai-je, sans réussir à me retenir.

— Alors comme ça, tu es passé au tutoiement, lâcha Alex d'un ton ironique et suffisant qui me donna envie de le gifler malgré la frayeur que je ressentais.

Morgan réagit au quart de tour et vint se placer près de moi, comme pour me protéger. Alex le jaugea une seconde avant de reporter son attention sur moi.

— Je t'ai apporté du Canada Dry pour tes nausées, ajouta Alex en posant la bouteille de soda sur mon bar.

— OK, merci…, balbutiai-je.

Mais Alex n'avait visiblement pas l'intention d'en rester là. Il regarda de nouveau Morgan avec une lueur dans le regard qui me fit froid dans le dos.

— C'est ton mec ? demanda-t-il enfin.

— Non, répondis-je en même temps que Morgan affirmait le contraire et attrapait ma main.

La décharge électrique qui me transperça me fit légèrement vaciller. Je le dévisageai un bref instant avant de revenir à Alex.

— Pourquoi ? répliquai-je. Qu'est-ce que ça peut te faire ?

— Parce que tu dois me détester, répondit Alex en esquissant un sourire calculateur.

Sans prévenir, il se jeta sur Morgan, le frappa au visage puis au ventre sans qu'il ne puisse se défendre. Je hurlai et tentai de frapper Alex en retour, mais il s'éclipsait beaucoup trop souvent. Il était trop rapide… Même si Morgan ne se laissait pas totalement faire.

Mon chien se posta à mes pieds et aboya sur Alex et Morgan.

— Arrête !!! hurlai-je de nouveau. Alex, s'il te plaît…

J'étais en panique totale et au bord des larmes quand il m'écouta enfin. Morgan gisait au sol, crachant du sang sur mon carrelage immaculé en se tenant les côtes. Puis Alex apparut juste devant moi, beaucoup trop près, et me saisit à la gorge. Il me fixa avec un regard noir et déterminé.

— Estime-toi heureuse, parce que j'aurais pu te séduire, te faire tomber amoureuse de moi, te baiser et te larguer comme une merde ! gronda-t-il avant de me relâcher et de s'écarter d'un pas.

J'étais terrorisée et abasourdie, sans parler de la rage que son discours avait provoquée en moi.

— Laisse-la tranquille, espèce de connard ! grogna Morgan qui tentait de se relever, mais la douleur l'arrêta net et mon angoisse augmenta.

Alex lui jeta à peine un regard avant de fixer de nouveau ses yeux verts sur moi.

— Et n'oublie pas de boire ça, dit-il en pointant le soda du doigt.

— Je te déteste !!! hurlai-je en massant mon cou douloureux.

Alex esquissa un sourire suffisant.

— Parfait !

Il disparut et je me précipitai vers Morgan qui avait le visage en sang. Mon chien était déjà blotti contre lui et mes larmes se mirent à couler en silence.

— Je suis tellement désolée…, murmurai-je. Ce type est complètement cinglé… Je vais… je vais te soigner.

— Vicky, calme-toi. Ça va ? Il t'a fait mal ? demanda Morgan d'un calme olympien en caressant doucement ma joue.

Nos regards se croisèrent et ses yeux d'un bleu pâle me sondèrent avec inquiétude.

— Oui, ça va. Et toi ?

— J'ai probablement une côte cassée, répondit-il avec difficulté. Et peut-être d'autres trucs, je n'arrive pas à me relever.

— OK… OK…, dis-je en réfléchissant. Tu as très mal ?

Morgan esquissa un sourire grimaçant à travers son nez ensanglanté.

— Ouais, c'est pas tellement agréable.

Super, je vais encore douiller…

— OK…, répétai-je en réfléchissant. Je vais manger une tonne d'œufs et, ensuite, je vais te soigner.

— Pourquoi tu n'appelles pas une ambulance ?

— Parce que je peux te soigner, Morgan. Comme la dernière fois…

Morgan me dévisagea.

— La dernière fois, je t'ai portée jusque dans l'ambulance parce que tes signes vitaux étaient très faibles. Il est hors de question que ça te mette en danger, Vicky !

Je le fixai, sans savoir quoi lui répondre. Je savais qu'il avait raison, mais je ne pouvais pas le laisser dans cet état. Je devais le soigner, c'était plus fort que moi. Peu importe les conséquences…

— Je me rappelle de tout, lâcha-t-il en m'observant calmement. Maintenant, dis-moi qui est ce type.

À genoux devant Morgan, je pris ma tête entre mes mains, car il ne devait rien savoir. Il attrapa un de mes poignets pour voir mon visage et je croisai de nouveau son regard.

— Je n'ai pas le droit de t'en parler… Je peux juste te dire qu'il est censé me protéger mais, qu'en retour, je dois le détester. C'est pour ça qu'il a fait ça. Tout ça, c'est de ma faute… Laisse-moi te soigner. Il m'a expliqué comment faire pour éviter les effets secondaires.

Morgan serra les dents puis s'allongea complètement au sol en grimaçant de douleur.

— D'accord…, accepta-t-il enfin. Je ne suis pas en état de négocier, de toute façon...

— Merci, dis-je en me relevant précipitamment pour ouvrir le frigo et gober cinq œufs.

Je grimaçai et faillis vomir tellement c'était dégoûtant, mais je n'avais pas le temps de faire autrement. Pour faire passer le tout, je bus un verre de Canada Dry puis retournai près de Morgan. Je m'agenouillai de nouveau à ses côtés.

— Où est-ce que tu as mal ? demandai-je, sans trop savoir comment m'y prendre.

Il posa ses doigts sur son flanc gauche. Je remplaçai sa main par la mienne et croisai son regard d'un bleu pur assombri par la douleur.

— Je risque de m'évanouir et de dormir pendant un moment après ça, le prévins-je.

Il posa ses doigts sur les miens et me fixa avec intensité. Mon cœur s'emballa un peu plus.

— Je resterai avec toi.

— Tu n'es pas obligé…, murmurai-je en détournant les yeux.

— Si, Vicky. Je veux m'assurer que tu vas bien.

Cette révélation me toucha au plus haut point, mais je ne voulais pas lui montrer mes émotions. Je hochai simplement la tête et il libéra ma main. J'essayai de me concentrer sur mes pouvoirs, mais j'étais un peu trop chamboulée pour y arriver.

Puis, sans prévenir, Morgan perdit connaissance et son corps se raidit sous mes doigts.

Oh, bon sang ! Il ne peut pas être mort…

Il commença à convulser et la panique ainsi que la peur activèrent quelque chose que je ne savais pas maîtriser. Je sentis la chaleur de mon pouvoir se répandre dans tout mon corps et mes paumes devinrent de plus en plus chaudes. Ma main libre vint rejoindre l'autre sur le torse de Morgan et je déversai mon pouvoir brûlant dans tout son corps.

La sensation était tellement apaisante que j'en fermai les yeux, jusqu'à ce que la douleur me transperce la poitrine, le nez et plusieurs autres endroits. Je gémis sans lâcher Morgan. Je devais le soigner entièrement. Comme avec Mélinda, je sentis sous mes doigts chacune de ses cellules se reconstruire et je vis son nez retrouver une apparence normale.

Une fois le processus terminé, je vacillai en me penchant vers lui et attrapai son visage entre mes mains pour être sûre qu'il était sauvé.

— Morgan ? murmurai-je, à bout de force.

Ses yeux papillonnèrent et il les posa lentement sur moi. Je lui adressai un faible sourire avant de m'étaler de tout mon long à côté de lui.

— J'ai réussi, chuchotai-je.

— Comment tu te sens ? demanda-t-il avec inquiétude en se redressant.

Sa paume glissa sur ma joue et m'arracha un frisson délicieux.

— Je suis juste un peu fatiguée, articulai-je faiblement, les yeux fermés. Mon lit est à l'étage.

Il glissa ses bras sous mes jambes et sous ma nuque pour me hisser dans ses bras. Je me blottis instinctivement contre lui alors qu'il m'emportait jusque dans ma chambre, où il me déposa délicatement sur le lit. Je sombrai instantanément dans un sommeil profond.

J'émergeai enfin, le corps encore engourdi et la tête en vrac. Mon estomac gronda férocement et m'obligea à me lever. Je mis quelques instants à me souvenir de ce qui s'était passé avec Morgan. Puis je le cherchai dans toute ma maison, mon chien sur les talons, sans succès.

Je massai mon crâne douloureux en me préparant un bon petit déjeuner, même s'il était 19h passées… Lorsque mes yeux se posèrent sur la bouteille de soda, une rage sans nom me submergea en repensant à ce qu'Alex avait fait. Néanmoins, je fis une rapide recherche sur Google pour comprendre son choix. Le gingembre contenu dans la boisson aidait à faire passer les nausées.

À contrecœur, je bus un verre de Canada Dry et rangeai la bouteille au frais. Puis je pris une douche et m'habillai. Ma sœur m'avait bombardée de textos. Je la tranquillisai et m'excusai de mon absence. Ensuite, je pris mon courage à deux mains. Je devais savoir si on avait encore une fois effacé la mémoire de Morgan et pourquoi il avait été si protecteur avec moi…

J'enfilai ma veste noire et attrapai mon sac avant de sortir de chez moi. Je marchai jusque chez lui, le cœur battant et les jambes en coton. Une fois devant son portail, je sonnai et fermai les yeux pour calmer les battements de mon cœur. Quand la porte s'ouvrit, mes palpitations redoublèrent. Je croisai les iris bleu pâle de Morgan et me perdis dedans alors qu'il descendait les quatre marches du perron pour déverrouiller le portail.

— Qu'est-ce qui s'est passé hier soir ? demanda-t-il, sans préambule, d'un air soucieux.

— J'étais sûre qu'ils t'avaient encore effacé la mémoire…, soupirai-je.

Morgan fronça les sourcils sans cesser de me fixer.

— Alors tu sais quelque chose à propos de ça ?

Il me fit signe de le suivre et nous entrâmes chez lui. Le salon embaumait un délicieux parfum de nourriture qui me mit l'eau à la bouche.

Chapitre 12

— Tu as mangé ? me demanda Morgan en se dirigeant vers la cuisine. J'ai cuisiné un risotto au chorizo.

J'avais plutôt bien mangé une heure plus tôt, mais je ne pouvais pas résister à l'envie de goûter un plat préparé par Morgan.

— Je ne veux pas t'embêter, dis-je timidement alors qu'il se servait une assiette.

— Il y en a assez pour deux, continua-t-il en me jetant un bref regard.

— D'accord, acceptai-je. Ça sent vraiment bon…

Morgan esquissa un petit sourire et attrapa une seconde assiette pour me servir. Puis il sortit des couverts et deux verres.

— Est-ce qu'il s'est passé quelque chose entre nous, hier ? demanda-t-il sans oser me regarder.

Mon cœur palpita en réaction.

— En quelque sorte, dis-je.

Morgan appuya soudain ses deux mains sur le plan de travail et eut un temps d'arrêt avant de reporter son attention sur moi. Il pinça les lèvres.

— Tu m'as soigné…, lâcha-t-il sur un ton de reproche.

Il me détailla de la tête aux pieds, comme pour s'assurer que j'étais indemne.

— Oui…, murmurai-je. Je vais tout t'expliquer…

Morgan hocha la tête puis attrapa les deux assiettes et se dirigea vers la table du salon où il les déposa. Je le suivis avec les couverts et les verres. J'enlevai ma veste pour la déposer sur le dossier de ma chaise et nous nous installâmes l'un en face de l'autre en nous dévisageant mutuellement.

— Je t'écoute, m'enjoignit Morgan avant d'enfourner une bouchée de risotto dans sa bouche.

J'en fis de même et fermai les yeux sous les saveurs délicieuses.

— Putain, Morgan ! C'est super bon…, lâchai-je malgré moi.

— Merci, répondit-il avec ce petit sourire qui commençait à devenir une habitude chez lui.

Ses yeux s'assombrirent aussitôt et je compris qu'il attendait que je parle. Je tripotai nerveusement ma fourchette en fixant mon assiette.

— Il faut que je te dise un truc top secret, commençai-je en relevant lentement les yeux vers lui.

Morgan fronça les sourcils en m'observant attentivement.

— Et tu vas probablement me prendre pour une cinglée…, continuai-je avec angoisse.

Il garda le silence et attendit la suite.

— Il paraît que je ne suis pas tout à fait humaine… Je… je suis une guérisseuse… Enfin, on m'a dit que je faisais partie d'un peuple ancien. Bref, j'ai pas tout compris, mais voilà… j'ai des pouvoirs. Et d'autres personnes se chargent d'effacer la mémoire des humains lorsqu'ils sont témoins de choses étranges. Mon père était un guérisseur et ma mère une humaine. Ils lui ont tellement effacé la mémoire qu'elle est morte d'une tumeur au cerveau…

Je me tus en observant les réactions de Morgan. Il croisa les bras sur sa poitrine.

— D'accord. Donc, je risque une tumeur au cerveau…, grimaça-t-il.

— Je suis désolée…

Il recommença à manger et le silence retomba entre nous. Puis il reporta son attention sur moi.

— Et pour les meurtres, c'était un truc surnaturel ? demanda-t-il enfin de façon beaucoup trop pragmatique à mon goût.

— En quelque sorte…, murmurai-je. C'est à cause de moi…

Je cachai mon visage de mes mains et fondis en larmes, car cette réalité me rongeait à petit feu.

— Les blessures que j'ai soignées se sont répercutées sur d'autres personnes, sanglotai-je. Je ne savais pas... Et c'est pour ça qu'Alex agit comme un vrai connard avec moi, c'est pour que le pouvoir se répercute sur lui. Il est immunisé…

Morgan se leva et attrapa doucement mes poignets pour voir mon expression. Il s'accroupit à ma hauteur et ses yeux bleus me transpercèrent. Mon cœur s'accéléra subitement et je retins mon souffle une seconde.

— Je suis un monstre…, chuchotai-je.

Morgan me prit dans ses bras. Son parfum m'envahit aussitôt et la chaleur de sa peau sous le fin tissu de sa chemise m'apaisa en un instant. Je fermai les yeux en passant mes bras autour de son cou. Mes doigts caressèrent doucement sa nuque tandis que ses mains glissaient dans mon dos.

Bon sang, qu'est-ce qu'il sent bon !

Une chaleur diffuse se répandit dans mon ventre et entre mes jambes. Il s'écarta lentement et mon corps trembla un peu lorsque sa joue frôla la mienne. Nos regards se croisèrent pendant un long moment. J'étais à deux doigts de l'embrasser quand il se releva en passant nerveusement une main dans ses cheveux. Il reprit sa place en face de moi et je fis mon possible pour calmer les battements frénétiques de mon cœur. J'étais encore toute chamboulée.

— Tu n'es pas un monstre, Vicky, lâcha-t-il enfin en recommençant à manger.

Ses mots me soulagèrent un peu.

— C'est tout ? répliquai-je tout de même. Enfin… tout ça n'a pas vraiment l'air de te perturber…

Morgan me dévisagea de ses yeux pâles magnifiques et envoûtants.

— Je me souviens d'absolument tout. Si tu étais un monstre, tu n'aurais pas tout fait pour me sauver. Deux fois.

Je restai muette une seconde, avant de reprendre la parole.

— Mais je tue des gens, Morgan… Enfin… je ne sais pas comment ça fonctionne, mais les faits sont là.

Morgan continua à manger comme si tout était normal.

— Ce n'était pas de ta faute, lâcha-t-il simplement. Et ce connard d'Alex semble avoir trouvé une solution à ce problème, non ?

— Comment… comment tu peux être si rationnel face à tout ça ? Comment ça se fait ? le questionnai-je, abasourdie.

— J'en sais rien. C'est juste que ça ne me surprend pas. J'ai vu pas mal d'horreurs dans mon métier alors, que certaines choses soient surnaturelles, ça ne me choque pas. Disons que j'ai l'esprit plutôt ouvert, dit-il en haussant légèrement les épaules.

Je détournai les yeux de Morgan et triturai le riz dans mon assiette à l'aide de ma fourchette.

— Je peux te poser une question ? demandai-je, hésitante.

— Bien sûr.

Je me tus quelques secondes avant de me lancer.

— Pourquoi tu as dit qu'on était ensemble à Alex ? demandai-je dans un souffle sans oser le regarder.

Mon cœur se mit à palpiter dans l'attente de sa réponse.

— C'était un mauvais réflexe… Je n'aurais pas dû dire ça.

Je hochai la tête avec déception et pinçai les lèvres.

— Ouais…, lâchai-je dans un murmure.

— Tu ne finis pas ? enchaîna Morgan, comme si de rien n'était.

Je secouai la tête.

— Je vais y aller. Merci pour le repas.

Lorsque je me levai pour partir, Morgan en fit de même et s'approcha de moi.

— Écoute, Vicky, je ne voulais pas te blesser…

Je me détournai pour atteindre la sortie et enfilai ma veste.

— C'est rien, mentis-je en ouvrant la porte. À plus tard…

Alex apparut devant moi au même instant et je poussai un cri de surprise en reculant d'un pas. Je heurtai Morgan qui était juste derrière moi et il posa ses mains sur ma taille, ce qui me déclencha une bouffée de chaleur.

— Siréna veut vous voir. Tous les deux, lâcha Alex en fixant Morgan par-dessus ma tête.

Je sentis les doigts de Morgan se crisper à travers ma veste et mon cœur fit une nouvelle embardée.

— Pourquoi ? m'inquiétai-je.

Alex soupira.

— Ce sont les ordres, je ne peux rien dire. Maintenant, viens par là, continua-t-il en me tendant sa main.

Sans vraiment y penser, je me collai un peu plus contre Morgan qui resserra sa prise sur ma taille. Alex fit retomber son bras. Je n'étais pas vraiment en état de réfléchir. La proximité de Morgan me grillait le cerveau.

— Je peux vous emporter tous les deux, mais c'est beaucoup plus dangereux. L'un d'entre vous pourrait en mourir si je le lâche en cours de route, ajouta Alex en affichant un sourire suffisant.

Morgan me libéra aussitôt et me contourna pour faire face à Alex.

— Alors, emmenez-moi en premier, lâcha Morgan.

— Hors de question ! m'écriai-je.

Mais Alex l'avait déjà attrapé pour l'emporter subitement avec lui. Je hurlai de frustration et de panique avant qu'Alex ne réapparaisse seul, une bouteille de soda à la main.

— Tu n'as pas intérêt à lui avoir fait du mal ! crachai-je en me retenant de me jeter sur lui pour le frapper.

— Calme-toi et bois ça, ordonna-t-il. Il est avec Siréna. Elle t'attend.

Je bus quelques gorgées de soda directement au goulot en le fusillant du regard. Je n'étais pas convaincue par le produit, mais bon… je ne voulais pas risquer de provoquer Alex qui me fixait avec attention. Ce taré…

Je n'avais pas non plus envie de vomir tripes et boyaux devant Morgan…

Je posai la bouteille à terre et Alex m'attrapa par la taille pour me plaquer contre lui. Il m'emporta dans un nouveau voyage. La nausée me vrilla l'estomac lorsque nous atterrîmes dans le grand salon de la dernière fois. Alex agrippa mes cheveux comme à chaque fois et m'arracha un cri de douleur en me penchant en avant, loin de lui.

— C'est bon, soufflai-je, alors qu'un mouvement sur le côté attirait mon attention.

— Lâche-la, grogna Morgan près de moi.

Alex lui obéit quand il vit que je ne vomissais pas. Une petite victoire en soi, même si j'avais toujours mal au cœur. Je me redressai lentement, une main sur l'estomac, et avisai Morgan qui me fixait avec inquiétude.

— Je t'avais dit que ça marcherait, intervint Alex avec une fierté mal placée que je lui aurais bien fait bouffer.

Je le fusillai du regard et m'apprêtai à répliquer lorsque Siréna prit la parole.

— Asseyez-vous, ordonna-t-elle. Alex, tu peux disposer.

Ce dernier effectua une espèce de révérence avant de disparaître et Morgan se rapprocha de moi dans une attitude protectrice qui était probablement due à son travail. Nous nous installâmes l'un à côté de l'autre sur le grand canapé en face de Siréna. Il y avait également un jeune homme asiatique auquel je n'avais pas fait attention avant cet instant. Il avait des cheveux d'un noir profond et raides, coiffés en pétard. Il semblait jeune, dans la vingtaine, peut-être moins.

— Ça ne va pas ? chuchota Morgan avec inquiétude.

— J'ai juste mal au cœur.

Il hocha la tête, l'air légèrement rassuré.

— Bien. Vicky, vous êtes soupçonnée d'avoir enfreint nos lois en révélant votre identité à Morgan.

Comment elle sait ?

Je commençais à avoir la trouille. Je savais bien que tout ça n'allait pas me plaire lorsque j'avais appris que je n'étais pas humaine et que les lois auxquelles j'obéissais jusqu'à maintenant ne régissaient plus mon mode de vie.

— Et vous devriez être punie pour cette faute, continua-t-elle.

Cette dernière phrase me provoqua un affreux frisson dans le dos. Morgan attrapa instinctivement ma main pour me rassurer, ce qui me fit ressentir une toute autre émotion. Nos regards se croisèrent un bref instant puis il reporta son attention sur Siréna.

— Elle ne m'a rien dit, mentit-il alors que je ne savais pas quoi répondre à cette accusation.

— Peu importe ! répliqua Siréna. Nous allons vérifier cela tout à l'heure.

— Je me souviens de tout, ajouta Morgan en crispant ses doigts sur les miens.

Le seul geste apparent qui montrait son anxiété et qui faisait battre mon cœur à cent à l'heure.

— Effectivement, dit Siréna. Le dévotionniste qui s'est occupé de vous effacer la mémoire nous a parlé de votre résistance et de votre capacité à retrouver vos souvenirs. C'est une faculté plutôt rare… Et cela marche uniquement lorsque la personne est surstimulée pour se souvenir d'un événement précis. C'est exactement pour ça que Vicky est convoquée aujourd'hui. Heureusement, nous avons des dévotionnistes plus puissants comme Dae-Jung.

Siréna désigna le jeune homme asiatique assis à côté d'elle et j'eus un mauvais pressentiment.

— Un dévotionniste ? répétai-je, abasourdie.

— Oui. Ce sont eux qui se chargent d'effacer la mémoire des humains lorsque c'est nécessaire, répondit Siréna. Ils peuvent aussi modifier les souvenirs et intervenir sur l'état émotionnel des gens dans les cas extrêmes. Ils sont également très utiles lors de certains conflits au sein de notre communauté.

Comment peut-on jouer avec la mémoire des gens ?

Je trouvais ces révélations plus que limites au niveau éthique et je ne pus réprimer ma réaction.

— Ne lui effacez pas la mémoire ! m'écriai-je en me levant d'un bond. Je vous en prie...

Siréna me dévisagea quelques secondes.

— Dae-Jung, tranquillisez Vicky, s'il vous plaît, ordonna-t-elle.

Ce dernier s'avança lentement vers moi et je paniquai. Je détaillai la pièce sous tous les angles, car j'avais une furieuse envie de m'enfuir. Mais je ne pouvais pas laisser Morgan dont le visage soucieux m'inquiéta encore plus. Je ne voulais pas qu'on lui fasse du mal. Comme s'il avait lu dans mes pensées, il se leva pour s'interposer entre moi et Dae-Jung.

Ce dernier posa une main sur l'épaule de Morgan avant même qu'il n'ouvre la bouche.

— Tout va bien, articula le dévotionniste d'une voix apaisante qui le calma instantanément.

Morgan reprit sa place à côté de moi. Je dévisageai Dae Jung avec incrédulité.

— Qu'est-ce que vous lui faites ?! m'emportai-je en tentant de repousser Dae-Jung loin de Morgan.

Mais il me fit la même chose qu'à Morgan. Il m'apaisa d'un simple contact sur le bras et je repris ma place avec calme. J'étais détendue et zen lorsque je reportai mon attention sur Siréna. La scène m'apparaissait comme lointaine, comme si je n'étais qu'une simple spectatrice.

— Merci, Dae-Jung. Dites-moi maintenant si Vicky a trahi nos lois.

Le dévotionniste relâcha lentement Morgan, qui nous observait sans broncher, puis posa sa deuxième main sur ma joue. Une vibration de pouvoir me secoua et mes souvenirs défilèrent devant mes yeux comme un film en accéléré. Puis, tout ralentit pour repasser mon dernier échange avec Morgan. Cet instant où je lui avouais toute la vérité…

— Elle lui a dit, lâcha Dae-Jung en me libérant enfin.

J'étais encore un peu anesthésiée et je n'arrivais pas à réagir à cette révélation. Pourtant, je savais que j'aurais dû être terrorisée…

— Il en savait déjà beaucoup trop…, tentai-je en restant étrangement calme.

Mon cœur et ma respiration étaient apaisés et mes émotions restaient neutres. Un état que je n'avais encore jamais atteint. Pendant un instant, je songeai à me mettre à la méditation, même si le moment était très mal choisi pour y penser.

— C'est certainement vrai, répondit Siréna. Mais ce n'était pas une raison suffisante pour tout avouer sur notre identité. Vous auriez dû venir m'en parler.

— S'il vous plaît, ne lui effacez pas la mémoire, suppliai-je en sentant mon calme s'effriter peu à peu. Ma mère est morte à cause de ça…

Dae-Jung continuait à contrôler Morgan, qui nous observait tour à tour, sans ajouter quoi que ce soit. En temps normal, il n'était pas très bavard et l'intervention de ce dévotionniste ne devait pas arranger les choses.

— Ce genre de cas est très rare, vous savez ? répliqua Siréna. Cela ne lui fera absolument rien.

— Qu'est-ce que vous en savez ? me braquai-je. Je suis sûre qu'on ne vous a jamais effacé la mémoire…

— Écoutez-moi bien, Vicky Bonaldi ! Si j'ai choisi de ne pas mêler les autres membres du conseil à cette petite réunion, c'est qu'il y a une bonne raison à cela. Vous encourez la peine maximale si tout ceci vient à se savoir. J'agis pour votre bien et celui de votre ami. Alors, cessez de vous comporter comme si c'était moi la méchante ! Nous avons besoin de vous, mais le conseil ne tolère pas les écarts de conduite.

Je la fixai avec attention alors qu'une peur viscérale me vrillait les entrailles.

— C'est quoi la peine maximale ? osai-je demander, la voix tremblante d'angoisse.

Siréna ferma les yeux une seconde avant de les braquer de nouveau sur moi.

— Procès public, châtiment et prison à perpétuité… et, croyez-moi, les conditions de vie sont loin d'être décentes dans ces cachots.

Je sentis mon corps se ramollir tandis que le désespoir m'étreignait.

— Pourtant, ma mère était au courant pour mon père. J'ai lu son journal intime…

Siréna pinça les lèvres et son visage afficha une tristesse qui me déstabilisa.

— Votre père était un fugitif. Il s'est enfui lorsque la situation a dégénéré. Nous étions en guerre, Vicky. Son guerrier était mort en le protégeant et il n'y en avait plus assez pour lui en attribuer un autre. À cette époque, nous avions d'autres priorités.

J'étais tellement curieuse de connaître l'histoire de mon père que je ne pus m'empêcher de poser une autre question.

— Pourquoi vous étiez en guerre ? Que s'est-il passé ?

Siréna soupira et fit une moue en réfléchissant.

— J'imagine que vous avez le droit de savoir…, lâcha-t-elle d'une voix douce, empreinte de mélancolie. J'étais jeune, j'avais à peine 20 ans. À l'époque, il n'y avait pas encore de conseil. Ma famille a été éradiquée par ceux que l'on appelait les Reds. Ils avaient la peau rouge et une soif de pouvoir sans précédent. Ils refusaient nos lois et se croyaient au-dessus de toutes les autres espèces parce qu'ils avaient une intelligence hors du commun. Ils ont voulu s'approprier les guérisseurs, les dévotionnistes et les guerriers. Certains se sont ralliés à eux, d'autres ont préféré se donner la mort ou lutter et se faire tuer. Les Reds avaient pour projet de détruire toutes les espèces qu'ils trouvaient inutiles ou susceptibles de s'opposer à eux. Pour les empêcher d'accomplir leur plan, nous nous sommes rassemblés pour lutter et c'est à ce moment-là que j'ai proposé de créer le conseil. Il y a eu de nombreuses pertes, mais nous avons réussi à détruire les Reds jusqu'au dernier. Nous n'avions pas le choix. Il fallait montrer l'exemple pour que personne ne veuille reproduire leurs actes à l'avenir.

Je n'en revenais pas… Tout ça me semblait tellement improbable… Tout ce que j'avais appris jusqu'à maintenant était en train d'être remis en cause. Mes repères s'effondraient peu à peu, mais j'étais tellement fascinée par les révélations de Siréna que j'oubliais un instant les menaces qui pesaient contre moi.

— Vous comprenez, maintenant ? m'interrogea Siréna.

Je me tournai vers Morgan et croisai ses yeux d'un bleu pur avant de reporter mon attention sur le dévotionniste.

— Vous pouvez le faire redevenir normal ? lui demandai-je. Je voudrais avoir son avis sur la question. Il s'agit de sa vie…

Dae-Jung questionna Siréna d'un regard et elle acquiesça silencieusement. Il libéra Morgan de son contrôle et ce dernier recommença à s'animer. Il semblait plus anxieux que jamais lorsque ses iris pâles plongèrent dans les miennes avant de se poser sur Siréna.

— Et si je promets de garder le silence, commença Morgan, le corps crispé à l'extrême.

J'attendis la réponse de Siréna avec angoisse alors qu'elle se levait en faisant les cent pas devant nous, un doigt tapotant son menton.

— Il y a peut-être un moyen, lâcha-t-elle enfin.

Je retins mon souffle lorsque Siréna se tourna de nouveau vers Morgan. Il ne la quittait pas des yeux et son corps était toujours crispé près de moi. J'avais envie de le toucher pour essayer de l'apaiser, mais je n'en eus pas le courage. De toute façon, je ne savais pas si ça l'aurait aidé...

Chapitre 13

— Quel moyen ? demanda Morgan avec méfiance.

Siréna prit une profonde inspiration et se laissa retomber sur son fauteuil en affichant une moue contrite.

— Eh bien… Si vous faites partie de notre peuple, cela ne posera plus aucun problème.

— Est-ce que c'est possible ? s'étonna Morgan, me coupant l'herbe sous le pied.

— Ça le sera bientôt, lorsque le couple royal sera réuni et qu'il sera en mesure de créer l'Harmonie. Dans des thermes plus simples : il donne des pouvoirs aux humains. Je me suis renseignée sur vous, Morgan, et vous seriez un candidat idéal pour être un guérisseur.

Morgan serra les dents.

— Très bien. Je vais y réfléchir, mais il me faudrait toutes les informations avant de prendre ma décision.

— Ce que vous devez savoir, c'est qu'un guérisseur sauve des vies. Ce sont les médecins de notre communauté, si vous préférez. Bien sûr, vous pourrez continuer votre métier en parallèle.

— Morgan, tu ne peux pas accepter sur un coup de tête, intervins-je.

Siréna m'adressa un regard réprobateur et Morgan se tourna lentement vers moi.

— Elle a raison, Vicky. Si j'avais le pouvoir de soigner les autres, ça changerait tout… Tu ne serais plus en danger. Est-ce qu'on peut se soigner soi-même ? demanda-t-il ensuite.

Ma mâchoire se décrocha.

Morgan veut faire ça pour moi ?

— Oui, lorsque la blessure n'est pas trop grave, répondit Siréna.

Morgan hocha la tête.

— Alors, j'accepte.

— Mais tu ne connais rien de leurs lois, protestai-je, abasourdie.

— Toi non plus, ironisa-t-il.

Je ne savais plus quoi dire pour le faire changer d'avis. Non que j'aie envie qu'on lui efface la mémoire, mais se faire changer en guérisseur me paraissait dangereux et inconsidéré.

Je croisai les bras sur ma poitrine. J'étais contrariée et je ne voulais pas que Morgan risque sa vie pour moi.

— Vous ne nous avez pas dit si le rituel était dangereux, continuai-je avec inquiétude.

Morgan me jeta un bref coup d'œil.

— Ne t'inquiète pas pour moi, souffla-t-il de sa voix grave et profonde.

Et mon cœur s'emballa.

— Ce n'est pas dangereux dès lors que l'humain accepte de remettre en cause tous ses principes. Je pense que Morgan a l'esprit assez ouvert pour survivre au processus.

Je tiquai à cette révélation.

— Que se passe-t-il dans le cas contraire ? demandai-je avec méfiance.

— Certains deviennent fous, tout simplement…, éluda Siréna en secouant machinalement la main.

J'observai Morgan avec attention alors que son expression devenait pleine de détermination. Il serra les mâchoires sans cesser de fixer Siréna.

— J'accepte, dit-il.
— Tu es fou…, murmurai-je.
— Pas encore…, lâcha-t-il avec un demi-sourire en reportant son attention sur moi.

J'avais envie de le gifler pour cette note d'humour déplacée.

— Parfait ! enchaîna Siréna. Dae-Jung, merci pour votre intervention, vous pouvez disposer à présent.

Le dévotionniste, qui était toujours debout à côté de moi, hocha respectueusement la tête et marcha vers la double porte en bois massif pour sortir de la pièce.

— Je vais faire appeler deux guerriers pour vous ramener.

Siréna sortit son téléphone de sa poche et pianota dessus. Quelques secondes plus tard, deux hommes bruns à la peau mate, qui se ressemblaient étrangement, apparaissaient entre nous. Ils saluèrent Siréna avec un accent espagnol prononcé. Ils étaient probablement mexicains.

— Luis et Diego, veuillez ramener Vicky et son ami chez eux.

Siréna leur donna mon adresse et le plus jeune s'approcha de moi.

— Il me faut du Canada Dry, paniquai-je.

Les deux guerriers échangèrent un regard perplexe.

— Si c'est pour le mal des transports, j'ai des pastilles à la menthe dans ma poche, intervint Morgan en sortant une petite boîte en métal de son pantalon.

Le soulagement que je ressentis me fit lâcher un soupir tremblant. Morgan mit un bonbon dans sa bouche avant de me tendre la boîte.

— Merci, dis-je en faisant glisser une pastille entre mes lèvres.

Je rendis la boîte à Morgan qui la rangea aussitôt dans sa poche. Puis, Luis et Diego nous emportèrent avec eux et nous atterrîmes tous les quatre devant chez moi. Cette fois, je n'avais presque pas senti la nausée qui découlait toujours de ce type de voyage.

Peut-être que la menthe est plus efficace que le gingembre ?

Les deux guerriers nous saluèrent succinctement avant de se volatiliser. Je me tournai vers Morgan avec appréhension.

— Tu veux entrer quelques minutes ? lui proposai-je avec un sourire timide.

— Je… je pense que je vais rentrer, répondit Morgan qui semblait tout à coup un peu embarrassé.

— D'accord, soufflai-je avec déception.

Mais, après tout, à quoi je m'attendais ?

Morgan croisa brièvement mon regard puis commença à partir.

— Attends ! m'exclamai-je en le rattrapant.

Morgan pinça les lèvres et fixa un point devant lui. Son attitude était vraiment déstabilisante. En un instant, il était redevenu froid et distant.

— Pourquoi tu fais tout ça ? commençai-je d'une voix douce.

Il se tourna enfin vers moi et ses yeux bleus rencontrèrent les miens.

— Parce que je te suis redevable, Vicky. Tu m'as sauvé deux fois. Et je ne veux pas qu'on joue avec ma mémoire.

C'est donc ça… Il m'est redevable, rien de plus…

— Je comprends, dis-je avec amertume.

Morgan posa une main sur mon bras et le pressa affectueusement, ce qui me fit légèrement vaciller.

— Rentre chez toi, maintenant. Et fais attention à toi. J'ai besoin de réfléchir à tout ça…

Je hochai la tête et le laissai partir.

Avec déception, je retournai chez moi. Mon chien m'accueillit avec joie et m'arracha un sourire, malgré la situation. Je déposai mes affaires dans l'entrée, lui donnai à manger, puis enfilai un pyjama avant de me pelotonner dans mon lit. J'étais à la fois triste et choquée par ce qui venait de se passer. Je n'arrivais pas à comprendre le comportement de Morgan, même s'il devait avoir un sens de l'honneur à toute épreuve avec son travail. Accepter de devenir un guérisseur juste parce qu'il m'était redevable me paraissait totalement stupide et dangereux. Pourtant, je comprenais qu'il ne veuille pas qu'on lui efface la mémoire. À ma connaissance, personne n'accepterait qu'on joue avec ses souvenirs.

Au fond de moi, je gardais malgré tout un infime espoir qu'il éprouve quelque chose pour moi. Je voulais être plus qu'une obligation de me rendre la pareille…

J'attrapai mon portable et me décidai à appeler ma sœur pour tout lui expliquer. Je savais qu'elle allait devenir hystérique en apprenant ce qui s'était passé, mais je ne pouvais pas la mettre à l'écart. Elle devait comprendre, elle aussi, que le conseil ne blaguait pas lorsqu'il s'agissait de garder un secret.

Je passai plus d'une heure au téléphone avec elle avant de raccrocher. À présent, j'étais totalement épuisée et, par chance, je réussis à m'endormir quelques minutes plus tard.

Quand mon réveil sonna, j'eus du mal à émerger. J'entendis du bruit au rez-de-chaussée et supposai que c'était mon chien qui commençait à s'impatienter. J'enfilai mon peignoir et bâillai en descendant les escaliers. Lorsque j'atteignis la dernière marche, je m'arrêtai net en découvrant Alex qui papouillait Sam. La colère m'envahit aussitôt.

Pour qui il se prend, celui-là ?!

— Qu'est-ce que tu fais ici ? l'attaquai-je en croisant les bras sur ma poitrine. Et laisse mon chien tranquille !

Alex leva les yeux vers moi en continuant de grattouiller l'encolure de Sam.

— Il est temps que tu apprennes à te servir de tes pouvoirs. Declan t'attend.

— Qui est Declan ? demandai-je, un peu étonnée par ses paroles.

— Ton professeur. Le type en kilt qui t'a aidée la dernière fois.

Je plissai les yeux en observant Alex avec méfiance.

— Eh bien, dis à ce Declan que j'ai du boulot et que je ne serai pas disponible avant ce soir.

Alex disparut pour réapparaître juste devant moi, ce qui m'arracha un cri de surprise. Je voulus reculer, mais mon talon heurta la dernière marche de mon escalier et je tombai en arrière. Je me retrouvai assise devant la carrure imposante d'Alex et perdis tous mes moyens en appréhendant sa réaction. Il attrapa mon bras pour me relever brusquement. À présent, j'étais beaucoup trop proche de lui. Son visage était dur et froid, ce qui déclencha en moi une vague de panique.

— C'est un ordre, Vicky ! gronda-t-il juste devant mon visage.

Le ton de sa voix m'arracha un frisson d'angoisse.

— OK..., murmurai-je.

Il me relâcha enfin et s'éloigna d'un pas pour me détailler de la tête aux pieds.

— Maintenant, va t'habiller. Je vais t'apporter un truc à manger. Je t'emmène juste après.

J'allais protester et lui signaler que ce n'était pas très prudent de me téléporter juste après le petit déjeuner, mais il avait déjà disparu. Sam s'avança enfin vers moi pour me réclamer une caresse et je commençai à m'activer. Je lui donnai à manger, remplis sa gamelle d'eau et me précipitai à l'étage pour m'habiller.

J'étais à la fois furieuse et angoissée. Alex me tapait sur le système ! Il apparaissait n'importe où et n'importe quand en ignorant complètement mon intimité. C'était tout simplement insupportable ! D'ailleurs, j'étais sûre que si j'en touchais deux mots à Siréna, cela ne changerait rien...

Lorsque je rejoignis mon salon, Alex était nonchalamment assis sur mon canapé en train de grignoter une poignée d'oléagineux. Il remarqua ma présence et observa ma tenue sans aucune gêne.

— Va mettre un jogging, soupira-t-il en attrapant une autre poignée d'amandes.

— Pourquoi ? m'agaçai-je. Un jean c'est passe-partout.

— Parce que tu vas devoir faire un peu de sport en plus de la pratique. Un jean, c'est tout ce qu'il y a de plus merdique pour ça ! Et magne-toi ! On n'a pas toute la journée.

Je serrai les dents, pour me retenir de l'insulter, avant de retourner dans ma chambre. Je n'avais aucune envie de l'écouter, mais ce mec me faisait tellement flipper quand il était contrarié que je préférais éviter de me rebeller.

Pour l'instant...

Contrairement à ma sœur, j'étais plutôt patiente comme fille et je ne pétais jamais les plombs. Mais avec lui… J'étais à deux doigts de devenir aussi hystérique que Carole, malgré la peur que sa réaction provoquerait.

Pour la deuxième fois, je rejoignis Alex dans mon salon. Il me jeta un bref coup d'œil en buvant une gorgée de café.

— C'est mieux. Maintenant, viens manger. Je t'ai apporté plein de trucs protéinés et équilibrés.

Je m'approchai lentement en découvrant le plateau sur la table. Il y avait du fromage blanc, des amandes, des noisettes, des noix de cajou, des cranberries séchées ainsi que des œufs brouillés. Deux tasses de café trônaient à côté de plusieurs tranches de pain de seigle et quelques kiwis accompagnaient le tout. Ça avait l'air plutôt appétissant.

Avec prudence, je m'installai à côté d'Alex et commençai par les fruits.

— Merci, murmurai-je.

Je mangeai tout ce qu'il y avait sur le plateau pendant qu'Alex caressait mon chien qui s'était blotti contre lui de l'autre côté du canapé. À croire que ces deux-là s'appréciaient vraiment. Mais, pour sa défense, Sam aimait toutes les personnes qui le caressaient ou jouaient avec lui…

— Je crois que j'ai trop mangé…, lâchai-je en me laissant tomber en arrière pour m'appuyer sur le dossier du canapé.

Alex se leva aussitôt tandis que Sam lui jetait un regard de chien battu en restant en boule sur le canapé.

Bon sang, mais c'est moi ta maîtresse !

— On y va, trancha Alex en me tendant sa main.

— Je ne suis pas sûre que ce soit une bonne idée…, répliquai-je. On devrait attendre un peu, sinon je risque d'être malade.

— On y va en voiture pour cette fois. On est à trente minutes du château.

Je me redressai d'un bond.

— Seulement trente minutes ? m'exclamai-je, surprise.

Alex me jeta un regard impatient.

— Dépêche-toi ! On va être en retard.

Je soupirai, me levai et enfilai mes chaussures ainsi qu'une veste légère. Dehors, le soleil brillait et il faisait une quinzaine de degrés. J'attrapai mes clés de voiture lorsqu'Alex se posta juste à côté de moi, une main tendue.

— C'est moi qui conduis.

— Hors de question ! Personne ne touche à ma vieille Porsche, m'exclamai-je.

Les yeux verts d'Alex me fixèrent avec détermination.

— C'est ça ou la téléportation. À toi de choisir...

Je fermai les yeux une seconde pour garder mon calme. Cette voiture, j'y tenais comme à la prunelle de mes yeux. C'était celle de mon père et je faisais tout pour la garder en bon état. Ce chantage me faisait détester Alex encore plus… Et c'était probablement ce qu'il cherchait.

— J'en prendrai soin. J'ai une Lamborghini Super Trofeo dans mon garage et plusieurs autres voitures du même genre.

— Et alors ? me braquai-je.

— Alors, je suis un passionné de bolides et je conduis mieux que personne. En plus, tu ne connais pas le chemin…

Je serrai les dents. À contrecœur, je lui donnai mes clés en priant d'avoir fait le bon choix. Alex m'adressa un sourire suffisant et ouvrit la porte pour se rendre à ma voiture. Je le suivis, mon chien sur les talons, et verrouillai ma maison avant d'ouvrir le portail pour qu'il sorte ma

Porsche de sa place de parking. Je me crispai lorsqu'il fit la manœuvre, car c'était un peu étroit et il fallait s'y connaître pour ne pas rayer la carrosserie.

Je donnai une petite friandise à Sam et le laissai derrière la grille que je refermai. Il m'adressa son regard de chien battu dont il avait le secret. Ensuite, je rejoignis Alex avec une angoisse grandissante. Pour la première fois depuis que j'avais cette voiture, je montai sur le siège passager. Cela ne me plaisait pas du tout. Surtout lorsqu'Alex appuya sur l'accélérateur pour faire rugir le moteur dès que nous rejoignîmes la route principale.

Je me crispai sur le siège et attrapai la poignée de la porte.

— Laisse-lui le temps de chauffer, bougonnai-je. C'est un vieux moteur...

— Je sais, lâcha-t-il simplement. Arrête de t'inquiéter.

C'était facile à dire pour lui. Il ne connaissait pas l'histoire de cette voiture.

Alex choisit de prendre la N104, puis l'A6 pour sortir à Mennecy et prendre la D191. Durant tout le trajet, il accéléra de façon excessive et se prit pour un pilote de rallye. Je me retins de lui hurler dessus et me cramponnai nerveusement à la poignée de la porte. Sa conduite était des plus dangereuses. Je crus que ma voiture allait s'encastrer dans une autre plus d'une fois.

Il ralentit enfin dans le centre-ville de Ballancourt-sur-Essonne. Il tourna dans la rue des écoles et avança calmement jusqu'au bout de la route. Quelques minutes plus tard, nous étions garés devant les grilles en fer forgé d'un grand château.

— On est arrivé, la froussarde, lâcha Alex en coupant le moteur.

Il sortit de ma Porsche et claqua la porte. Je mis quelques secondes à reprendre mes esprits, puis sortis à mon tour. Alex était déjà devant les grilles du château. Je dus presser le pas pour le rattraper.

Chapitre 14

— Rends-moi mes clés ! ordonnai-je.

Alex me jeta un regard en coin et ses yeux verts étincelèrent.

— Je garde ta voiture en otage, lâcha-t-il avec un sourire suffisant.

— Pourquoi ?! Tu n'en as pas besoin !

— Parce que je sais que ça te rend dingue, rigola-t-il.

Je me retins de me jeter sur lui pour lui reprendre mes clés de force. Et heureusement, car quelqu'un vint nous ouvrir la grille. J'aurais vraiment eu l'air d'une cinglée si je m'étais laissée aller.

Je suivis Alex de mauvaise grâce, et de mauvaise humeur, jusqu'à un grand jardin. Les arbres en fleurs, les oiseaux et la douceur ambiante m'apaisèrent en un instant. Je fermai les yeux et respirai un grand coup pendant qu'Alex rejoignait un homme en kilt un peu plus loin.

— Ramène-toi, rat crevé, ou je te téléporte jusqu'ici ! cria Alex, au bout d'un moment.

La colère m'envahit aussitôt et je rouvris les yeux avec fureur. J'enfonçai les mains dans mes poches et marchai d'un pas lourd pour le rejoindre.

Nan mais, quel connard !

J'étais d'une humeur massacrante lorsque j'arrivai à sa hauteur. Les dents serrées, je saluai l'homme en kilt.

— Je te laisse avec Declan, intervint Alex, une fois les salutations faites. Je reviens te chercher tout à l'heure.

Il disparut avant même que je ne puisse lui répondre.

— Mes clés ! criai-je dans le vide, sous le regard réprobateur de mon nouveau professeur.
— Alex a toujours été un emmerdeur, lâcha Declan en installant une couverture sur l'herbe.
— Ça doit être pour ça que c'est mon guerrier, répliquai-je, dépitée.
— Sûrement. Il n'y a pas mieux placé pour faire péter les plombs à quelqu'un.
Je bougonnai en croisant les bras sur ma poitrine.
Pourquoi, est-ce que c'est tombé sur moi ?
Declan s'installa sur un bout de la couverture et m'invita à m'asseoir en face de lui, ce que je fis.
— Bien. Nous allons commencer par un peu de méditation. Vous devez trouver ce qui active vos pouvoirs.
Ah, la méditation...
J'avais toujours voulu en faire, mais je ne savais pas du tout comment m'y prendre. Il paraît que ça soigne et que ça rééquilibre le corps.
— Fermez les yeux, m'enjoignit Declan.
Je pinçai les lèvres et finis par lui obéir. Je n'étais pas encore assez calmée pour être agréable avec mon nouveau professeur.
— Bien. Maintenant, écoutez la nature autour de vous. Les oiseaux, le vent dans les arbres, sentez le parfum des fleurs...
Je l'écoutai attentivement me guider vers un état de calme proche de la semi-conscience et me laissai porter par sa voix.
J'entrai progressivement dans un bien-être miraculeux où la notion de temps n'existait pas. Declan continua à parler et à maintenir ma concentration. Plusieurs images passèrent sous mes paupières. Je les laissai filer. Il y avait

presque toujours Morgan, notamment les deux fois où je l'avais soigné. Des flashs avec Alex me revinrent également en mémoire. Avec le recul, je voyais les choses sous un autre angle.

— Vous devez trouver ce qui déclenche vos pouvoirs, continua calmement Declan. Quelle émotion ? Il y a toujours quelque chose qui nous aide à activer le processus. La plupart n'en ont pas conscience et utilisent leurs pouvoirs comme une fonction vitale qui ne demande aucune réflexion, comme la respiration.

Je plongeai à l'intérieur de mes souvenirs pour découvrir ce qui s'était passé lorsque j'avais soigné Morgan. La seule chose dont je me souvenais, c'était que j'étais triste et paniquée. J'avais peur de le perdre…

C'est ça… la peur…

— Une fois que vous avez trouvé, vous pouvez rouvrir doucement les yeux, ajouta Declan.

Je refis lentement surface et relevai les paupières pour observer Declan qui me fixait avec concentration.

— Je vous écoute, dit-il, toujours aussi sérieux.

— Je crois que c'est la peur.

Ma voix était un peu enrouée. J'avais l'impression de me réveiller d'une longue sieste. Mon corps était encore tout engourdi et j'avais envie de retourner dans mon lit. Mais, au moins, j'étais d'un calme olympien, ce qui contrastait avec mon humeur de tout à l'heure.

— La peur…, répéta Declan d'un air un peu sceptique. Ça ne va pas être facile.

Je fronçai les sourcils, sans comprendre où il voulait en venir, et il se releva pour attraper quelque chose dans une petite bourse accrochée à sa ceinture. Il me tendit une grosse aiguille.

— Piquez-vous le doigt, m'ordonna-t-il.
— On n'est pas dans la belle au bois dormant..., ironisai-je en fixant l'aiguille avec méfiance.

Declan m'observa avec patience, la main toujours tendue vers moi, et je serrai les dents en observant l'objet emprisonné dans ses doigts.

— Pourquoi ? demandai-je au bout d'un moment.
— Pour vous soigner ensuite. Ça ne fait pas mal, vous ne sentirez presque rien.
— C'est vous qui le dites..., marmonnai-je en me relevant à mon tour.

J'attrapai l'aiguille en grimaçant et l'examinai sous tous les angles tandis que Declan attendait calmement que je lui obéisse.

— Allez, Vicky. On ne va pas y passer la journée, si ?

Je pris une grande inspiration et perçai enfin mon doigt. Cela me piqua un peu, mais c'était tout à fait supportable. Une goutte de sang perla et tomba sur le sol.

Declan me reprit l'aiguille des mains alors que je fixais toujours la minuscule blessure de mon doigt.

— Ressentez la peur, maintenant, et activez votre pouvoir de guérison.

Je levai les yeux vers Declan avec un air probablement stupide, car je ne savais pas du tout comment faire. Néanmoins, je me concentrai pour tenter de me soigner. Je posai ma main indemne au-dessus du point ensanglanté qui continuait à goutter. Je mis toute ma volonté pour réussir à me guérir et, malgré la peur qui s'insinuait progressivement dans mon corps, rien ne se passa.

Declan patienta plusieurs minutes avant d'intervenir. Sans me prévenir, il posa une main sur mon épaule. Une vague de pouvoir déferla en moi, telle une claque invisible et fulgurante. Ma magie se déclencha et le point de sang sur mon index se referma instantanément.

Lorsque Declan me relâcha, je vacillai légèrement pour reprendre mes esprits.

— Ce n'est pas la peur, déclara mon nouveau professeur. C'est l'amour.

Je le fixai avec incrédulité.

— Vous êtes sûr ? m'étonnai-je.

Declan hocha simplement la tête et nous recommençâmes l'expérience.

Il me fallut une dizaine de tentatives pour enfin maîtriser mon pouvoir. Et encore, cela marchait uniquement lorsque j'étais suffisamment concentrée. Declan m'avait appris à m'encrer pour retrouver facilement cet état émotionnel qui me permettait d'utiliser ma magie.

Après cela, il me montra plusieurs postures de Yoga pour maintenir mon corps en forme et, surtout, pour produire suffisamment d'endorphines. Je trouvais ce sport vraiment doux et reposant, malgré la difficulté de certaines postures. Mes muscles travaillaient en profondeur et je transpirais beaucoup. J'avais même extrêmement chaud.

L'heure du déjeuner arriva enfin et je fus libre de rentrer chez moi. Declan rangea ses affaires pendant que j'envoyais un message à Alex pour qu'il vienne me chercher. Et, surtout, pour qu'il me rende mes clés. Il mit quelques minutes à apparaître devant moi.

Mes clés tournaient nonchalamment autour de son index et il me fixait avec arrogance. Je le toisai en tendant ma paume vers lui.

— Rends-moi mes clés, maintenant, lui ordonnai-je.

— C'est moi qui conduis. Je ne monte jamais sur le siège passager, répliqua Alex en se dirigeant vers les grandes grilles en fer forgé noir.

Je fulminai de colère en lui emboîtant le pas. Il s'installa au volant de ma Porsche et, pour la deuxième fois depuis que j'avais hérité de cette voiture, je montai sur le siège passager.

Le retour se fit comme l'allée. C'est-à-dire qu'Alex conduisait comme un fou. Je réprimai plusieurs fois un cri de panique lorsqu'il slaloma entre les voitures. Il s'arrêta enfin devant chez moi, coupa le moteur et me rendit mes clés.

— Voilà, le moteur est décrassé. De rien…, lâcha-t-il.

— Comment ça ?

— Tu dois rouler comme une grand-mère et ce genre de voiture a besoin d'être sollicitée. Maintenant, elle accélère au quart de tour, m'expliqua Alex avant de me faire un petit clin d'œil.

Je le toisai sans répondre et il m'adressa un signe de la main avant de disparaître. Je descendis de ma Porsche, ouvris mon portail, en faisant signe à mon chien de rester tranquille, et la garai correctement.

Je rentrai chez moi et me préparai à manger. L'odeur des spaghettis à la bolognaise envahit mon salon. Je rajoutai un peu de parmesan dessus, attrapai le sachet de salade verte dans mon frigo et m'installai dans mon canapé. Puis je lançai une série pour me tenir compagnie et, surtout, pour décompresser.

Declan m'avait expliqué que je devais pratiquer au moins une heure de Yoga par jour et adapter mes repas en privilégiant des aliments protéinés. J'avais donc mis double ration de steak haché. J'espérais que ses recommandations me permettraient de ne pas m'évanouir la prochaine fois que je soignerais quelqu'un...

S'il y a une prochaine fois...

Durant l'après-midi, je me rendis à l'école primaire pour assurer mon poste d'AVS. Je rejoignis ensuite Carole à sa boutique de fleurs. Tout semblait normal pour une fois et j'oubliai les derniers événements pendant quelques heures. Je taquinai encore ma sœur à propos de son admirateur et elle rougit comme une adolescente inexpérimentée. Un comble ! Mais ça avait le mérite de me faire rire et d'alléger l'ambiance de ces derniers jours.

Lorsque je retournai chez moi, j'avais encore un infime espoir de continuer à vivre une vie normale.

Je m'apprêtais à sortir mon chien lorsqu'Alex apparut dans mon salon, l'air sombre. Durant cette courte pause, je l'avais presque oublié... Mais son expression soucieuse m'arracha un désagréable frisson dans le dos.

— Tu promèneras ton chien plus tard, lâcha-t-il d'un ton sec.

Je soupirai et détachai le harnais de Sam.

— Qu'est-ce qu'il y a encore ? J'ai suivi toutes les instructions de Declan ! Tu ne peux pas me laisser tranquille quelques jours ? Bon sang...

— Notre princesse est blessée. Tu dois la soigner.

Je levai les yeux au ciel en soupirant. Je détestais qu'on m'impose des choses et Alex détenait la palme dans ce domaine. Mais il était aussi imprévisible que terrorisant, alors je prenais sur moi la plupart du temps.

Sans lui accorder un regard, je me dirigeai vers la cuisine pour boire quelques gorgées de Canada Dry.

Juste au cas où...

— Est-ce que tu m'entends ? gronda Alex en me suivant de près.

— Comment je pourrais faire pour ne pas t'entendre ? soupirai-je.

Il agrippa brusquement mon bras pour me tourner face à lui. Ses yeux d'un vert lumineux étaient sombres et inquiets.

— Tu devras t'incliner devant elle, lâcha-t-il avec autorité.

— Et puis quoi encore ?

Alex plissa les yeux, me relâcha subitement et attrapa mon chien dans ses bras.

— Tu ne me laisses pas le choix, dit-il avant de disparaître avec Sam.

Je hurlai dans le vide, complètement terrorisée. Lorsqu'il réapparut seul, je me jetai sur lui et tentai de le frapper de toutes mes forces.

— OÙ EST MON CHIEN ???!!! hurlai-je, hors de moi.

Alex me maîtrisa en à peine quelques secondes. Je me retrouvai plaquée au sol, face contre terre, prisonnière d'une clé de bras douloureuse. Il était accroupi près de moi et me toisait avec colère.

— Il est en sécurité. Si tu fais ce que je te dis, il ne lui arrivera rien ! gronda-t-il.

— T'es qu'un putain de connard manipulateur !!! m'époumonai-je.

J'étais dans une fureur telle que je ne l'avais encore jamais été et cela me perturba beaucoup trop à mon goût. J'avais envie de tout casser autour de moi et de péter la gueule à cet enfoiré !

Je me débattis pendant un long moment avant d'être totalement épuisée et de rendre les armes. Mais ma colère était toujours ancrée en moi.

— Je vais te lâcher, maintenant. T'as intérêt à rester tranquille.

Je serrai les dents, tandis qu'Alex me libérait de sa prise, et roulai sur le dos pour le surveiller en me relevant.

— Donc, tu devras t'incliner devant Melinda. Et tu l'appelleras princesse.

Je me retins de faire du sarcasme et croisai les bras sur ma poitrine en écoutant Alex débiter ses conneries. Je l'ignorai un instant pour aller chercher ma bouteille de soda. J'en bus encore quelques gorgées pendant qu'Alex parlait toujours. À présent, il m'expliquait dans quel état d'esprit était Melinda. C'est-à-dire bouleversée, triste et épuisée. Je devrais donc marcher sur des œufs pour la ménager.

Génial !

— Tu as bien tout compris ? insista Alex en s'approchant de moi.

Malgré son ton autoritaire, je sentais bien qu'il avait l'air vraiment inquiet. Et cela le fit remonter un peu dans mon estime. S'il s'inquiétait pour quelqu'un d'autre que lui, c'est qu'il ne devait pas être si mauvais que ça…

Pas vrai ?

— Oui, acquiesçai-je prudemment.

— Si tu fais tout ce que je te dis, je te rendrai ton chien. Même si je suis tenté de le garder…

Je plissai les yeux avec agacement tandis qu'Alex attrapait ma taille avec fermeté. Je m'accrochai à lui de toutes mes forces, malgré mes sentiments à son égard. Je détestais qu'il pose ses mains sur moi, mais je n'avais pas le choix… Alors, je pensais à mon chien et me concentrai pour éviter la nausée.

Lorsque la pièce se flouta autour de nous, je fermai les yeux et me cramponnai au cou d'Alex. Je haïssais la téléportation encore plus que ce dernier. C'est dire à quel point je n'aimais pas ce mode de déplacement.

Quand mes pieds touchèrent de nouveau le sol, je m'écartai avec précipitation d'Alex.

Nous étions dans une pièce qui ressemblait à une chambre d'hôpital. Une odeur aseptisée caractéristique imprégnait les lieux. Comme Alex m'en avait informée, un guerrier était allongé dans un lit. Il était dans un sale état. Son visage et son corps étaient couverts d'hématomes et de blessures. Il avait une perfusion au bras et quelques capteurs qui prenaient ses constantes. Je crois que je l'avais déjà vu lorsque Melinda était blessée. Un vieil homme lui prodiguait des soins tandis que Melinda pleurait à chaudes larmes à son chevet.

Mon cœur se serra en voyant son chagrin et l'état de l'homme allongé. Puis elle croisa mon regard et je m'inclinai avec réticence.

— Bonjour, Princesse, dis-je mal à l'aise.

Elle avait l'air stoïque en me regardant et Alex prit les devants.

— Melinda, voici la guérisseuse. Elle va te soigner.

Elle hocha simplement la tête et, bizarrement, Alex se fit aussi prévenant qu'attentif.

— Suis-moi, ça ne prendra que quelques minutes. Ensuite, tu pourras revenir auprès de Nathan, lui dit-il.

Je les observai discuter en silence.

— Non… il faut qu'elle le soigne d'abord, implora Melinda toujours en larmes.

Alex passa une main dans ses cheveux et parut extrêmement embarrassé. Je me fis la plus discrète possible. En réalité, je ne savais pas trop quoi faire d'autre...

— Melinda… elle ne peut rien faire pour lui. Tu sais bien que nous sommes immunisés contre tous les pouvoirs… même si elle essaie, ça ne changera rien.

— Il faut qu'elle essaie, sanglota-t-elle en agrippant la main de l'homme inconscient sur le lit.

J'aurais voulu intervenir, car son chagrin faisait résonner quelque chose à l'intérieur de moi, mais je me retins en voyant qu'Alex se rapprochait d'elle d'un pas prudent. Il posa doucement ses mains sur ses épaules.

— Melinda, regarde-moi. Sylvert fait de son mieux pour garder Nathan en vie, alors écoute-moi : tu as besoin d'être soignée. Tu crois que Nathan accepterait de te voir dans cet état ?

— Pourquoi est-ce qu'il ne guérit pas ? gémit-elle encore. Je croyais qu'une fois la plaie ressoudée vous ne risquiez plus rien…

— Ce n'est pas aussi simple… Nous ne sommes pas immortels, Melinda. Nathan a perdu presque tout son sang et je l'ai trouvé beaucoup trop tard. Notre corps guérit peut-être plus vite que celui d'un simple humain, mais nous avons les mêmes faiblesses. La seule chose à faire est d'attendre, continua Alex.

Le voir aussi prévenant me surprit.

— Combien de temps ? demanda Melinda.

— Ça peut durer des mois, intervint le vieil homme sur un ton bourru. Il est dans le coma, et je pense qu'il a une commotion cérébrale qui pourrait le rendre amnésique. Sans compter ses multiples blessures qui n'arrangent pas la situation. L'arme qui l'a blessé était probablement enchantée pour ralentir ainsi sa guérison.

— Mais il est immunisé contre tous les pouvoirs…, se lamenta Melinda.

Elle semblait désemparée et j'avoue que je ne comprenais pas bien toute cette conversation.

— Pas contre les enchantements ! s'emporta le vieil homme, comme si elle n'y connaissait rien.

— Il ne peut pas mourir…, pleura-t-elle encore.

— Viens, intervint enfin Alex en passant un bras autour de ses épaules. Je te ramène ici dans moins de cinq minutes, d'accord ?

Melinda acquiesça et Alex la guida jusqu'au salon. Je les suivis discrètement, restant en retrait autant que possible.

— Assieds-toi sur le canapé et essaie de te détendre pendant que la guérisseuse s'occupe de toi, continua Alex.

Melinda s'effondra sur les coussins de cuir et prit sa tête entre ses mains en pleurant de plus belle.

— Pourquoi lui ? Pourquoi est-ce que Gaël l'a attaqué alors qu'il lui suffisait juste de m'enlever ? sanglota-t-elle encore.

J'observai Alex en quête d'un signe de sa part. Je ne savais pas à quel moment je devais intervenir et cette situation me mettait de plus en plus mal à l'aise. J'avais l'impression de m'immiscer dans la vie de cette fille que je ne connaissais pas.

— Eh, ma belle, Nathan faisait son devoir… il connaissait les risques, dit Alex en s'agenouillant devant elle.

Il attrapa ses poignets avec délicatesse pour dégager son visage et ils se fixèrent un instant. Je trouvais ça étrange de voir Alex réconforter quelqu'un alors qu'il avait toujours été odieux avec moi.

— Melinda, ressaisis-toi ! gronda-t-il. Ça n'aide personne que tu réagisses comme s'il était déjà mort.

Melinda sursauta et le fixa avec étonnement pendant qu'il la relâchait lentement.

— Laisse la guérisseuse te soigner maintenant.

Il pourrait au moins m'appeler par mon prénom...

Chapitre 15

Melinda renifla en essuyant ses joues pleines de larmes. Alex me fit signe d'approcher. J'hésitai un instant avant de m'asseoir près d'elle. Je pris une grande inspiration en analysant ses blessures. Les marques violacées autour de son cou m'inquiétèrent un peu.

Qu'est-ce qui a bien pu lui arriver ?

Je posai délicatement une main contre son cou et une autre derrière sa tête, m'en remettant à mon instinct pour cibler la guérison de ses blessures. Je me rappelai mon entraînement avec Declan et me permis de lui faire une suggestion.

— Fermez les yeux et essayez de vous détendre, dis-je en essayant de paraître sûre de moi. Imaginez un endroit paisible ou pensez simplement aux personnes que vous aimez.

Melinda s'effondra de nouveau et je la relâchai pour regarder Alex avant de reporter mon attention sur elle.

— Je peux d'abord guérir votre cœur si vous le souhaitez, Princesse.

— Comment ? demanda-t-elle.

— De la même façon que je guéris les blessures. Cela ne durera que quelques heures, mais vous vous sentirez mieux.

Je l'avoue, je ne savais pas du tout ce que je racontais. Mais cette femme avait l'air tellement mal que je me devais d'essayer. Si je pouvais guérir les blessures physiques pourquoi ne pourrais-je pas guérir les blessures psychiques ?

— D'accord… allez-y, accepta-t-elle.

J'observai Alex pour avoir son consentement et il me fit un signe de tête qui me soulagea.

Avec précaution, je plaçai mes mains contre le cœur de Melinda. J'essayai de me rappeler les conseils de Declan et de retrouver l'état de concentration que je devais atteindre pour utiliser mes pouvoirs. Il me fallut plusieurs secondes pour y arriver.

La chaleur caractéristique se répandit enfin dans mes paumes et je sentis immédiatement Melinda se détendre. Je lâchai prise et suivis encore une fois mon instinct. Mon pouvoir se déversa dans le corps de Melinda et guérit la moindre petite blessure physique. Je commençais à avoir mal à la gorge et je sentais plusieurs douleurs diffuses se manifester dans mon corps.

Puis son chagrin me percuta de plein fouet et je compris pourquoi elle pleurait autant. La douleur qui m'étreignait était insupportable. J'avais l'impression d'avoir perdu une partie de moi et je me sentais aussi vide qu'anéantie.

Je m'écartai enfin de Melinda qui somnolait sur le canapé. J'étais un peu hagarde et sous le choc. J'avais tellement mal que je pressai ma poitrine comme si ça pouvait me soulager. L'image de Morgan inonda mes pensées et je ressentis un manque tellement violent que des larmes affluèrent sous mes paupières.

— Je vais te ramener, dit Alex en attrapant mon bras et en me tirant doucement vers lui pour que je me lève.

Je n'étais pas vraiment consciente de ce qui se passait autour de moi. J'étais perdue dans mon chagrin et mon corps me faisait affreusement souffrir. Alex attrapa ma taille et je glissai instinctivement mes bras autour de son cou.

Au moins, je ne me suis pas évanouie.

Mais je me sentais faible et tellement mal que je ne savais pas quoi faire. Alex nous emporta jusque chez moi tandis que je pleurais dans ses bras sans réussir à me retenir. Il me décrocha maladroitement de lui et me fit asseoir sur mon canapé.

— Je vais chercher ton chien, m'informa-t-il avant de disparaître.

Il réapparut avec Sam dans les bras. Il le déposa près de moi et mon chien vint se blottir contre mon flanc. Il me lécha le visage puis posa la tête sur mon épaule et Alex disparut de nouveau. Je pleurai un long moment en serrant mon chien contre moi, puis m'endormis comme une loque.

Des coups puissants contre ma porte me réveillèrent en sursaut. Sam commença à aboyer et j'eus l'impression que ma tête allait exploser. Je me traînai jusqu'à l'entrée en faisant signe à mon chien de se taire. Je devais être affreuse, mais je me sentais toujours aussi mal.

J'entrouvris la porte et me figeai un instant en découvrant Morgan, la mine sombre. Il ne semblait pas dans son assiette et il avait l'air nerveux, ce qui ne lui ressemblait pas.

— Est-ce que ça va ? demanda-t-il en remarquant mon visage triste.

Le chagrin m'assaillit de nouveau, mais je fis mon possible pour ne rien lui montrer.

— C'est rien, balbutiai-je. Ça va passer.

Morgan pinça les lèvres et s'approcha de moi. Il poussa sur la porte pour l'ouvrir un peu plus. Il semblait triste et hésitant, ce qui me surprit un peu. Il me fixa un instant et passa nerveusement une main dans ses cheveux.

— Il fallait… Il fallait que je te voie, lâcha-t-il d'une voix grave et profonde.

Ma peau se couvrit de chair de poule. Je l'observai sans réussir à aligner deux mots.

Morgan s'approcha encore et glissa ses bras autour de ma taille avec hésitation. Il me serra contre lui et lâcha un profond soupir auquel je fis écho. Je m'agrippai à son cou et reposai ma tête sur son épaule. Bon Dieu qu'il sentait bon…

Ma gorge était nouée et, cette fois, ce n'était pas à cause du chagrin.

Il passa une main dans mes cheveux et s'écarta juste assez pour croiser mon regard.

— Je ne comprends pas très bien ce qui se passe, Vicky. Je ne sais même pas comment j'ai fait pour arriver jusque chez toi, mais j'avais besoin de te voir, continua-t-il avec incompréhension.

Je hochai simplement la tête alors qu'il me fixait toujours avec son regard bleu translucide si magnétique. J'avais l'impression qu'il sondait mon âme.

Sa main glissa sur ma nuque et un délicieux frisson traversa mon ventre, masquant les douleurs insidieuses que j'avais gagnées en soignant Melinda.

Morgan se pencha jusqu'à ce que ses lèvres frôlent délicatement les miennes. J'étais paralysée et sous le choc.

Ses doigts se crispèrent contre ma nuque et son baiser se fit plus appuyé. Sa langue chercha la mienne et je me liquéfiai dans ses bras. Il me poussa doucement à l'intérieur de chez moi et claqua la porte avec son pied.

— Pardon, murmura-t-il contre ma bouche. Je ne sais pas ce qui m'arrive…

Je m'activai enfin et le plaquai contre la porte d'entrée. Je l'embrassai encore. Sa langue était exquise et enivrante. Mes mains parcoururent ses muscles à travers sa chemise et je sentis ses doigts se crisper contre ma taille. Il m'écarta légèrement de lui. Nous étions tous les deux à bout de souffle et mon cœur battait frénétiquement contre mes côtes.

— Je ne fais jamais ça, d'habitude..., murmura-t-il.

— Moi non plus, lâchai-je en fixant ses lèvres.

Morgan déglutit et posa sa tête contre la porte en observant le plafond.

— Je n'ai jamais eu d'autres femmes que Patricia dans ma vie..., avoua-t-il. Et elle a viré lesbienne.

Il croisa de nouveau mon regard et je vis toute la peine dans ses yeux magnifiques.

— C'est pas grave, dis-je en caressant sa joue.

Je ne savais pas trop quoi lui répondre, mais je voulais Morgan quoi qu'il arrive. J'avais besoin de lui pour apaiser le chagrin qui me rongeait depuis que j'avais soigné Melinda.

— Si je reste ici, je ne vais pas seulement t'embrasser..., continua Morgan d'une voix grave et profonde qui fit vibrer quelque chose à l'intérieur de moi.

Je vacillai entre ses bras et ne pus m'empêcher de fermer les yeux une seconde.

— Moi non plus...

Morgan comprit enfin que nous étions sur la même longueur d'onde. Il hocha lentement la tête et raffermit son étreinte pour me maintenir contre son corps musclé. Il plongea dans mon cou et fit glisser sa langue juste sous mon oreille. Je frissonnai et tremblai un peu sous sa caresse. Ma main parcourut son dos pour atteindre ses fesses fermes. Je refermai mes doigts dessus. Il tressaillit. En réponse, il caressa mon corps de ses grandes mains. Puis il attrapa mes jambes et me souleva contre lui. Sa tête plongea dans ma poitrine et il avança de quelques pas.

— Est-ce qu'on pourrait aller dans ta chambre ? demanda-t-il. Je n'ai pas envie de me donner en spectacle devant ton chien.

Je revins sur terre et lui souris. Il avait raison, Sam nous regardait étrangement. Je l'avais presque oublié.

— Oui.

Morgan ne me rendit pas mon sourire. Il avait l'air concentré et soucieux. Il m'emporta avec lui dans les escaliers et marcha jusqu'à ma chambre. Il m'allongea sur le lit et se coucha sur moi, ses coudes encadrant mon visage. Il me détailla avec insistance et je me perdis dans le bleu de ses yeux.

Je promenai mes mains sur son dos, le tripotant sans retenue alors que mon cœur et ma respiration avaient pris un rythme beaucoup trop rapide.

— À quoi tu penses ? lui demandai-je.

Morgan secoua la tête.

— À rien, dit-il, avant de se pencher pour m'embrasser enfin.

Quand sa langue glissa contre la mienne, j'agrippai ses cheveux et lâchai un petit gémissement. Je n'avais pas envie d'avoir l'air trop folle de lui, mais je ne pouvais pas me retenir de me tortiller contre lui. Une de ses mains passa sous mon T-shirt et remonta jusqu'à ma poitrine. Mon ventre se noua un peu plus et la tension entre mes jambes devint presque insoutenable. Je tirai sur la chemise de Morgan pour la sortir de son pantalon.

Il s'écarta de moi pour enlever quelques boutons et la passer au-dessus de sa tête. Et là, ma mâchoire se décrocha en admirant les courbes de ses muscles. Il avait absolument toutes les tablettes de chocolat et ses pectoraux étaient... waouh !

— Il y a un problème ? demanda-t-il avec inquiétude.

Je me repris aussitôt et rencontrai ses yeux clairs.

— Pas du tout. Tu es juste…

— Quoi ? me coupa-t-il avec méfiance.

— Heu… super bien foutu…, dis-je timidement.

J'étais sûre d'avoir un peu de bave au coin de la bouche et je me sentais un peu conne qu'il me regarde avec autant de méfiance. Sans le quitter des yeux, je tendis la main vers lui et laissai glisser mes doigts sur ses pectoraux, descendant lentement pour dessiner chacune de ses courbes fermes.

Il m'observa en silence et je me redressai pour me tenir face à lui. Je posai mes mains sur ses épaules et touchai ses bras musclés. J'avais envie de le dévorer. Et c'était encore plus intense maintenant que je le voyais sans sa chemise. Il était beaucoup plus beau que dans mes fantasmes…

Il ne dit toujours rien, alors je pris les devants. Je posai ma bouche au creux de son cou et déposai un baiser humide en détachant la boucle de sa ceinture. Il trembla légèrement et inspira rapidement. Je déposai d'autres baisers humides un peu plus bas et fis descendre son pantalon. Son boxer était tendu par son érection. Je l'attrapai délicatement à travers le tissu et il laissa échapper un souffle tremblant.

Le sentir réagir à mes caresses augmenta mon excitation. Il attrapa ma nuque et m'embrassa avec passion.

— Bordel ! jura-t-il. J'ai tellement envie de toi…

Mon cœur s'accéléra subitement.

— Je suis toute à toi, lâchai-je, malgré moi.

Il me renversa sur le dos et dévora ma bouche. Sa langue était exquise contre la mienne. Je n'avais pas envie que ça s'arrête. J'aurais pu l'embrasser pendant des heures.

Il agrippa mon T-shirt et l'arracha presque en le faisant passer par-dessus ma tête, puis il dégrafa mon soutien-gorge et plongea sa tête dans ma poitrine. Sa langue traça un chemin humide autour de mes tétons et je crus mourir d'impatience lorsqu'il aspira délicatement l'un d'eux. Mon corps se cambra sous le sien et j'agrippai les draps à pleines mains.

Une de ses paumes brûlantes se posa sur mon ventre et disparut sous la ceinture de mon pantalon. Ses doigts se frayèrent un chemin dans ma culotte et je lâchai un gémissement.

Morgan se redressa pour croiser mon regard.

— Tu es tellement trempée…, dit-il avec étonnement.

Je ne sus quoi lui répondre. Mon cerveau avait grillé sous ses caresses, mais j'étais quand même un peu embarrassée. Il retira sa main et enleva son pantalon ainsi que son boxer. J'observai le spectacle avant de faire de même.

Voilà, nous étions nus tous les deux et je ne me sentais pas très à l'aise face à son corps terriblement beau et sexy. Et le pire c'est qu'il semblait ne pas en avoir conscience. Je me retins de lui sauter dessus comme une obsédée et attendis qu'il revienne près de moi. Pourtant, je fixai son érection avec envie et je sentais mon bas ventre palpiter d'impatience.

Il revint enfin sur le lit, s'allongea au-dessus de moi et attrapa mon visage entre ses mains.

— Personne ne m'a jamais regardé comme ça…, murmura-t-il.

— Désolée…, chuchotai-je en soutenant son regard bleu enivrant.

Il m'embrassa encore et je m'agrippai à lui comme si ma vie en dépendait, comme si c'était ma seule et unique chance de profiter de son magnifique corps. Et de l'avoir pour moi toute seule.

Il sentait tellement bon et sa chaleur contre ma peau me rendait dingue. Son érection glissait contre mon intimité et j'accompagnai ses mouvements en gémissant. Mon corps tremblait. J'avais l'impression que j'allais exploser tant c'était merveilleux d'être avec lui. Puis, il s'immobilisa et se redressa légèrement. Son expression soucieuse m'inquiéta.

— Merde ! jura-t-il en passant une main nerveuse dans ses cheveux.

— Qu'est-ce qu'il y a ?

— J'ai pas de préservatif, lâcha-t-il d'une voix torturée.

— Je… J'en ai. Ma sœur a blindé ma table de nuit de plusieurs boîtes. Il y a toutes les tailles… Je n'ai pas voulu la contrarier, même si je n'en ai encore jamais eu besoin.

J'esquissai un sourire en bénissant ma sœur un peu cinglée sur les bords. Morgan se détendit aussitôt. Il se jeta sur le tiroir de ma table de nuit et déroula le préservatif sur son membre imposant. Mais il ne souriait toujours pas et j'eus un léger pincement au cœur. Quand il revint sur moi, je le fis rouler sur le dos pour prendre les commandes. Il fronça les sourcils en caressant doucement mes fesses.

— Je préfère cette position, dis-je en me penchant pour embrasser son cou.

Morgan ne dit rien et se laissa faire lorsque je m'enfonçai lentement sur lui. Il ferma les yeux et crispa ses doigts sur mes fesses en suivant mes mouvements. Son corps trembla légèrement lorsque je fis doucement monter la pression entre nous. Puis, je mordillai délicatement sa lèvre et sa main attrapa brusquement ma nuque pour m'embrasser sauvagement.

Ses coups de reins devinrent plus rapides et profonds. La tension dans mon bas ventre augmenta en conséquence. Puis mon corps se contracta violemment et mon orgasme dura de longues secondes en m'envoyant dans les étoiles. Morgan lâcha un grognement contre mes lèvres et trembla dans mes bras en augmentant encore le rythme.

Il ralentit enfin et son corps se détendit sous le mien. Il avait fermé les yeux et ses doigts caressaient délicatement mon dos.

Chapitre 16

Mon cœur fondit, même si je ne savais pas trop à quoi m'attendre maintenant. Le point positif de tout ça, c'est que je n'avais plus aucune douleur et que mon chagrin avait enfin disparu. Je compris soudain que j'avais sûrement renvoyé ce chagrin sur Morgan… Et que tout ce qui venait de se passer n'était pas réel…

Mon cœur se brisa un peu et je ravalai ma tristesse tant bien que mal.

— Explique-moi ce qui s'est passé, maintenant, lâcha Morgan de sa voix profonde et posée, comme s'il avait deviné mes pensées.

Je frissonnai d'appréhension, mais il devait savoir.

— J'ai soigné Melinda, la princesse. Elle était triste et blessée… Vraiment très triste.

Je me tus une seconde pour rassembler mes pensées tandis que Morgan continuait ses caresses sur mon dos.

— J'ai récupéré son chagrin…, continuai-je sans trop savoir comment lui avouer la vérité. Et puis, ça m'a fait penser à toi… Ensuite, tu es venu frapper à ma porte…

La main de Morgan s'immobilisa sur ma peau et je ressentis une peur mêlée de chagrin qui me vrilla les entrailles.

— Tu m'as envoyé sa peine, dit-il avec une pointe de colère dans la voix.

Je me redressai pour voir son expression. Je n'arrivais pas à soutenir le bleu pur de ses yeux.

— Je n'ai pas fait exprès…, murmurai-je embarrassée. Je ne savais même pas que c'était possible…

Morgan crispa les mâchoires. Il s'assit tout en me faisant basculer sur le côté. Je m'agenouillai près de lui tandis qu'il s'adossait à la tête de lit.

— L'homme qu'elle aime est dans un état critique. C'est pour ça que j'ai pensé à toi… Tu sais que j'ai des sentiments pour toi, avouai-je sans réfléchir.

Morgan m'observa avec intensité, mais je n'avais aucun moyen de savoir ce qu'il pensait. Et ça me frustrait au plus haut point.

— Tu aurais pu me faire du mal…, marmonna-t-il.

Je retins mon souffle une seconde.

— Est-ce que tu avais mal quelque part ? demandai-je avec appréhension.

Il détourna le regard.

— Non…

— Alors tu n'as pas à t'inquiéter pour ça, parce que j'avais aussi mal partout, juste avant qu'on… enfin bref.

Il y eut un silence de quelques secondes entre nous. Morgan était immobile et fixait un point devant lui, comme si je n'existais pas.

— Pourquoi est-ce que tu es venu me voir ? demandai-je au bout d'un moment.

Il reporta brièvement son attention sur moi.

— Parce qu'il fallait que je te voie…, lâcha-t-il avec agacement.

— Pourquoi moi ? insistai-je alors qu'un frisson d'appréhension traversait mon ventre.

Mon cœur se mit à battre la chamade.

— C'est toi qui as provoqué ça, répondit-il avec une pointe de mépris.

— Non, Morgan. Je t'ai transmis le chagrin de Melinda, et j'en suis désolée, mais je ne suis pas responsable de ça. Tu aurais pu aller chez Patricia ou chez n'importe qui d'autre, mais tu as préféré venir ici.

Morgan garda le silence en se levant brusquement. Il ramassa ses affaires et s'habilla rapidement. Il ne me jeta pas un seul regard tandis que je l'observais, sidérée.

— Tu vas partir comme un voleur ? demandai-je avec amertume.

Il rajusta sa chemise et se tourna enfin vers moi. Son visage était dur et froid, ce qui me brisa un peu plus.

— Tout ça est trop bizarre. Même pour moi…, marmonna-t-il avant de partir.

Je n'eus même pas la force de lui courir après, parce que je ne savais pas quoi lui dire pour le faire changer d'avis. La porte d'entrée claqua une minute plus tard. Je me sentais seule et triste.

Il était bien plus de minuit, mais je n'avais plus du tout envie de dormir. Je me repassai toute la scène plusieurs fois d'affilée. Elle tournait en boucle dans ma tête.

Morgan a peur de moi...

J'étais déçue et je me sentais trahie par Morgan. Je savais que je n'aurais pas dû coucher avec lui, mais je n'arrivais pas à le regretter. Ça avait été tellement exceptionnel…

Allongée, nue dans mon lit, je me mis à trembler en retenant le chagrin qui menaçait d'exploser.

À quoi je m'attendais ?

Il ne m'adressera plus jamais la parole après ça...

Je m'endormis sur les coups de 4h du matin.

Lorsque mon réveil sonna 3h plus tard, j'eus toutes les peines du monde à émerger. Je me forçai à me lever. J'agissais machinalement, le cerveau complètement déconnecté. J'avais l'impression d'être un robot. D'ailleurs, la journée à la maternelle se passa en mode pilotage automatique. Heureusement, personne ne sembla s'en apercevoir.

Par contre, lorsque je rejoignis ma sœur à la boutique, elle me grilla dès que je franchis l'entrée.

— Pourquoi tu fais cette tête d'enterrement ? fit-elle en s'approchant pour m'enlacer.

Je lui rendis son étreinte et pinçai les lèvres quelques secondes pour retenir mes paroles. En vain.

— J'ai couché avec Morgan, avouai-je sans préambule.

Elle s'écarta en me dévisageant.

— Et c'était si nul que ça ? s'inquiéta-t-elle.

J'aurais voulu rigoler, mais je n'en eus pas la force.

— Ce n'est pas le problème.

Carole fronça les sourcils en attendant la suite.

— C'est un peu compliqué, murmurai-je.

Elle me libéra de ses bras et repartit vers le comptoir.

— Alors, explique-moi. Tu veux un thé ?

J'acquiesçai en la suivant dans la cuisine. Elle fit chauffer la bouilloire, puis fouilla dans un placard et en sortit une tablette de chocolat Milka aux noisettes.

— Je crois que tu vas avoir besoin de ça, dit-elle avec un petit sourire compatissant.

— Merci.

J'attaquai la première ligne de chocolat en commençant mes explications. Heureusement, la boutique était déserte. Dehors, l'orage et la pluie se déchaînaient, de quoi enlever toute envie de sortir de chez soi…

Lorsque je finis de tout raconter à ma sœur, sur la façon dont j'avais soigné Melinda et sur ce qui s'était passé ensuite, la tablette de chocolat y était passée et mon thé avait légèrement refroidi.

— Je vois, commenta Carole.

Elle réfléchit avant de reprendre la parole.

— Tu dis qu'il n'a jamais connu d'autres femmes que Patricia ? Et qu'elle est devenue lesbienne ? questionna Carole.

Je hochai la tête, ne sachant pas très bien où elle voulait en venir.

— Je pense que tu l'as fait flipper, grimaça ma sœur.

— Je sais, à cause de mes pouvoirs, soupirai-je en tripotant le sachet de thé à la menthe qui flottait dans ma tasse.

— Peut-être pas uniquement.

— Comment ça ? demandai-je, curieuse.

— Eh bien... il n'a jamais connu d'autres nanas et il t'a littéralement sauté dessus. Enfin... C'est un mec, tu sais. Ils se prennent toujours la tête pour ce genre de conneries. En plus, il porte toujours son alliance, alors il a peut-être vécu le truc comme s'il trompait sa femme. Et si ce n'est pas ça, il doit être traumatisé par ce qui est arrivé avec Patricia. Il a peut-être peur que tu deviennes lesbienne, toi aussi...

Elle sourit légèrement.

— Tu crois ? m'inquiétai-je.

Carole haussa les épaules.

— C'est toi l'experte en conseil conjugal, pas moi, rigola-t-elle.

— C'est ça... D'ailleurs, merci d'avoir rempli mon tiroir à ras bord de capotes, lâchai-je en me retenant de rire.

— Ah, tu vois que j'avais raison. On n'est jamais trop prudent !

— Mouais... même si ça ne m'arrive pratiquement jamais..., marmonnai-je.

Je bus une gorgée de mon thé à la menthe alors que la porte d'entrée de la boutique tintait. Carole m'abandonna pour rejoindre le nouveau client. Pendant ce temps, je réfléchis à ses paroles. Elle avait peut-être raison. Morgan semblait être quelqu'un de fidèle et de tellement droit qu'il était difficile de le faire sortir du bon chemin. Peut-être qu'il m'en voulait un peu pour ça, d'ailleurs.

Ouais, ça avait l'air d'être tout à fait le genre...

Génial...

Lorsque Carole revint, elle souriait béatement.

— C'était Marc, n'est-ce pas ?

Elle hocha simplement la tête et attrapa ma tasse vide pour la nettoyer.

— On pourrait aller faire un tour à la fête de la musique ce soir ? proposa-t-elle sans préambule.

Je m'appuyai contre l'évier.

— Pourquoi pas. Tu as invité Marc aussi ? la taquinai-je.

Carole secoua la tête avec embarras.

— Tu sais bien que non, dit-elle en rougissant légèrement.

— Alors, qu'est-ce que tu attends ? Vous comptez passer dix ans à vous dire juste bonjour tous les jours ? Il finira sûrement par rencontrer quelqu'un de plus entreprenant, tu sais ?

Carole soupira en essuyant nos deux tasses.

— Laisse-moi encore du temps. C'est pas si facile...

— J'ai couché avec Morgan. C'était pas si compliqué, ironisai-je avec amertume.

Carole leva ses yeux chocolat vers moi et m'adressa un sourire compatissant. Elle rangea les deux tasses dans le placard au-dessus de l'évier et m'enlaça tendrement. Je me laissai faire comme une poupée de chiffon. La boule de chagrin était toujours incrustée dans mon ventre, mais je la retenais du mieux que je le pouvais.

— Ça va s'arranger, Sist.

Je hochai la tête en laissant couler quelques larmes.

— Je ne suis qu'une idiote idéaliste. On ne devrait pas nous faire regarder tous ces contes de fées avec le prince charmant. Ce mec est le pire des mensonges !

Carole étouffa un rire en frottant mon dos.

— C'est vrai, acquiesça-t-elle.

Lorsque nous quittâmes la boutique, le temps s'était légèrement amélioré. Les nuages avaient laissé place à un ciel bleu et le soleil montrait le bout de son nez. Le sol était encore humide, mais il faisait doux. Nous marchâmes jusqu'à l'allée du Parc de Saint-Pierre-du-Perray où une scène avait été installée. Il y avait déjà pas mal de monde autour et l'ambiance était plutôt agréable.

Des musiciens montaient sur scène tandis que je discutais avec ma sœur. Les premières notes de radioactive d'Imagine Dragon résonnèrent et le chanteur enchaîna sur les premières paroles. La musique m'envoûta, m'obligeant à reporter mon attention sur le groupe qui jouait, et mon corps se figea. C'était Morgan…

Contrairement à d'habitude, il était habillé d'un T-shirt et d'un jean noirs qui le rendaient sacrément sexy. Ses cheveux étaient ébouriffés et il semblait beaucoup plus à l'aise qu'en temps normal. Il avait l'air… cool. Je distinguai même une chaîne autour de son cou.

La foule s'agita devant la scène et plusieurs filles se mirent à jouer les groupies. Sans réfléchir, je me ruai vers Morgan. Ma sœur m'agrippa le bras pour me retenir.

— Qu'est-ce que tu fais ? s'étonna-t-elle. On dirait que tu as vu un fantôme.

Je clignai des yeux en réalisant que je l'avais totalement zappée.

— Le chanteur... c'est Morgan.

Mon cœur battait à cent à l'heure et j'avais ce besoin urgent de me rapprocher de lui et d'éloigner toutes ces filles qui semblaient en extase en l'admirant.

Ma sœur jeta un œil vers la scène et sa bouche s'ouvrit légèrement.

— Ah ouais... pas mal, balbutia-t-elle.

— Pas touche ! m'emportai-je en libérant mon bras.

Carole laissa échapper un petit rire qui fut étouffé par la musique.

— T'en fais pas pour ça, Sist.

— Si, je m'en fais, répliquai-je. Tu as vu toutes ces nanas qui bavent devant lui, là-bas ?

Carole acquiesça et nous rejoignîmes la scène en essayant de ne bousculer personne. La voix de Morgan s'infiltrait dans chaque cellule de mon corps et me mettait en transe. J'avais des frissons partout et j'étais totalement hypnotisée par sa prestation. Il bougeait avec fluidité et semblait s'éclater. Pour une fois, il souriait.

J'avais envie de lui arracher ses fringues et c'était vraiment perturbant. Ses yeux scannèrent la foule et il s'arrêta sur moi. Son visage se ferma aussitôt, mais il continua de chanter à la perfection. Il était en sueur et son T-shirt lui collait à la peau. Ses yeux ne quittaient pas les miens, me foudroyant sur place.

La chanson se termina et il reposa le micro sur son trépied avant de descendre à mes côtés d'un bond. Je sursautai et son parfum m'envahit instantanément. Putain qu'il sentait bon…
— Qu'est-ce que tu fais là ? demanda-t-il d'une voix tendue.
Mon cerveau avait grillé, je détaillai son corps sans vergogne. J'avais certainement l'air débile, comme souvent lorsque Morgan était à proximité.
— Vicky ? appela-t-il encore.
Je reportai enfin mon attention sur son visage.
— Je ne savais pas que tu chantais, lâchai-je d'une voix fébrile.
Ses yeux d'un bleu pur me sondèrent avec insistance.
— Pourquoi tu es parti si vite ? repris-je, sans réussir à retenir mes paroles.
Il déglutit et passa une main sur son visage. Machinalement, je vérifiai sa main gauche et remarquai qu'il lui manquait son alliance.
— Tu as perdu ton alliance ? m'étonnai-je.
Morgan me fixa encore, les yeux sombres et la mâchoire serrée.
— Non. Je l'ai enlevée…
Mon cœur s'accéléra subitement.
— Hey, Morgan ! nous interrompit le batteur, qui était toujours sur l'estrade. Tu viens ?
— J'arrive, répliqua Morgan qui semblait un peu perturbé.
Il s'apprêta à remonter lorsqu'une fille près de nous s'interposa. Elle lui demanda un autographe sur son sein gauche en lui tendant un marqueur noir. Son décolleté plongeant laissait libre accès à Morgan. J'avais envie de

l'étriper et ma sœur choisit ce moment pour intervenir. Elle me tira vers elle pour m'éviter de faire une bêtise. Deux autres poufs suivirent avec une requête similaire et je faillis péter un câble.

— Laisse tomber, Sist, chuchota ma sœur en se penchant vers mon oreille. Ces filles-là n'en valent pas la peine.

— Mais il leur sourit, me plaignis-je.

— Justement, il n'en a peut-être rien à faire…, dit-elle en haussant les épaules.

— C'est un mec, Carole…, murmurai-je avec tristesse.

Morgan remonta enfin sur l'estrade. Il me jeta un regard indéchiffrable tandis que son groupe jouait les premiers accords d'une nouvelle chanson. Puis sa voix résonna de nouveau et mon corps fut parcouru de frissons.

— Tu ressens la même chose, toi aussi ? Les frissons quand il chante ? demandai-je à ma sœur.

Nous regardions le groupe avec concentration.

— Oui, acquiesça-t-elle. Il a une voix magnifique…

Le concert dura une bonne demi-heure. Tout le monde applaudit lorsque la dernière note de musique résonna. Puis le groupe rangea ses affaires pour laisser place au suivant.

Cette fois, Morgan descendit par les marches sur le côté de la scène. J'entraînai Carole avec moi pour le rejoindre, mais les trois poufs de tout à l'heure m'avaient prise de court. Elles prenaient des photos chacune leur tour comme si Morgan était une star. Je levai les yeux au ciel.

— Elles sont ridicules, grommelai-je.

Carole acquiesça en faisant la grimace. Les autres musiciens saluèrent Morgan avant de partir. Le nouveau groupe commença à jouer, mais les trois poufs ne voulaient toujours pas lâcher Morgan. Pourtant, d'autres filles se mirent à crier en découvrant le nouveau chanteur.

Je m'approchai quand même pour lui parler. Lorsque Morgan me vit, il congédia les trois nanas, qui ne manquèrent pas de me jeter un regard venimeux avant de partir enfin.

— Donc, il y a une tonne de filles à tes pieds…, dis-je en le dévisageant.

Morgan haussa les épaules, mal à l'aise.

— La plupart sont des ados…

— Les trois poufs là-bas n'ont rien d'ado, répliquai-je avec agacement.

Et pour la première fois depuis des lustres, Morgan me sourit. Je me figeai un instant, surprise, alors qu'une douce chaleur se répandait dans mon cœur.

— Quand je leur dis que je suis flic, elles partent en courant, plaisanta-t-il.

— Ça m'étonnerait… Je suis sûre que la plupart adorent l'uniforme, grommelai-je.

Morgan haussa encore les épaules et la musique nous enveloppa.

— Pourquoi tu es parti comme un voleur, hier soir ? demandai-je enfin.

Le visage de Morgan se ferma aussitôt et je regrettai presque d'avoir posé la question. Il passa encore une fois sa main dans ses cheveux en détournant le regard.

— Écoute, je… Je travaille demain. Je ne peux pas rester…, balbutia-t-il en cherchant visiblement à s'échapper.

Je ne pus m'empêcher de poser ma main sur son avant-bras. Cela capta immédiatement son attention.

— Je ne te ferais jamais de mal, Morgan. N'aie pas peur de moi, s'il te plaît…

Il serra les dents et attrapa ma main posée sur son bras pour m'entraîner à l'écart de la musique qui couvrait un peu trop nos paroles. Mon cœur se mit à battre plus vite et mon corps fut parcouru de tremblements. Il s'arrêta enfin pour me faire face. Autour de nous, il n'y avait que des arbres, de l'herbe et des maisons, mais personne à portée d'oreilles. Ma sœur était restée près de la scène.

— Je n'ai pas peur de toi, dit-il enfin. Ce n'est pas ça…

Pour être honnête, j'avais du mal à le croire.

— Alors, c'est quoi ? dis-je d'une voix plaintive.

Il passa une nouvelle fois une main dans ses cheveux et se détourna légèrement.

— J'ai besoin de réfléchir.

— Réfléchir à quoi ? m'emportai-je.

Il ne répondit pas et se contenta d'observer les musiciens derrière nous.

— C'est pour ça que tu as enlevé ton alliance ? continuai-je.

— Oui.

Comme Morgan refusait de parler, j'en profitai pour détailler ses bras et découvris plusieurs numéros de téléphone inscrits au marqueur noir sur sa peau. La colère m'envahit aussitôt.

— Je vois, répliquai-je avec amertume. Amuse-toi bien avec tes groupies.

J'allais partir d'un pas rageur lorsqu'il me retint par le bras. La chaleur de ses doigts m'arracha un frisson et mon cœur palpita en conséquence.

— Qu'est-ce que tu racontes ? demanda-t-il en fronçant les sourcils.

— Je parle de ça, dis-je en montrant du doigt les chiffres sur sa peau.

Morgan laissa échapper un soupir et me relâcha.

— Ça arrive tout le temps, Vicky. Je ne les appelle jamais…

Il se tut un instant en me dévisageant.

— Je te l'ai dit, continua-t-il. Je n'avais connu que Patricia avant hier soir…

Ses paroles apaisèrent ma colère et je m'adoucis de nouveau.

— Alors, quel est le problème ? insistai-je d'une voix suppliante.

Je détestais avoir l'air si vulnérable face à lui. Morgan pinça les lèvres et j'eus toutes les peines du monde à me retenir de l'embrasser.

— J'ai besoin d'un peu de temps…

Il y eut un autre silence entre nous, durant lequel l'abominable vérité me sauta aux yeux.

— Parce que tu aimes toujours ta femme…, lâchai-je avec tristesse.

Morgan ne répondit rien, mais son absence de réaction valait tous les mots du monde. Mon cœur se serra douloureusement alors que je l'abandonnais pour rejoindre Carole. Je passai à côté de la pouf au sein gribouillé de noir et elle me jeta un regard agressif. Heureusement, Carole se plaça devant elle et m'entraîna un peu plus loin pour qu'on puisse discuter.

— Alors ? demanda-t-elle lorsque nous atteignîmes l'Avenue des Jasmins.

— Il aime toujours sa femme…, lâchai-je, désespérée.

Carole passa un bras autour de mes épaules avec compassion.

— Je suis désolée, Sist.

Je haussai les épaules et nous repartîmes vers le parking d'Intermarché pour récupérer nos voitures et nous rendre chez ma sœur. Une pluie diluvienne s'abattit sur nous lorsque nous arrivâmes devant l'entrée. Carole chercha ses clés frénétiquement avant de nous ouvrir enfin.

— Au moins, le temps est en accord avec mon humeur…, ironisai-je sans conviction.

Carole me jeta un coup d'œil réprobateur puis se dirigea vers la cuisine. Je la suivis machinalement, l'esprit ailleurs. Je ne pouvais m'empêcher de penser à Morgan et à cette soirée où nous avions fait l'amour…

Carole sortit quelques carottes du réfrigérateur et me demanda de les éplucher. Je m'exécutai tandis qu'elle sortait la cocotte-minute et épluchait des pommes de terre. Une fois le tout coupé en morceaux, elle disposa un poulet dans la cocotte avant de mettre les légumes et d'assaisonner avec du cumin et deux grands verres d'eau.

— Ce sera prêt dans trente minutes, dit-elle en allumant le gaz.

Je n'avais pas très faim, mais je ne lui dis rien. Nous nous installâmes dans le salon avec un verre de soda et des Curly.

Chapitre 17

Pendant plusieurs jours, je broyai du noir en me posant mille et une questions sur Morgan. Je ne comprenais pas pourquoi il avait enlevé son alliance s'il ne voulait pas tourner la page avec son ex-femme…

La fin de l'école arriva très vite, puis l'été suivit. Je passai le plus clair de mon temps avec Carole. Je l'aidais toujours à la boutique, même s'il y avait beaucoup moins de monde à la période estivale. Chaque jour, Marc venait lui rendre visite et leurs petits échanges succincts et timides continuaient sans qu'aucun des deux ne fasse le premier pas. Je trouvais ça mignon, même si j'éprouvais une certaine mélancolie.

Je n'avais pas revu Morgan depuis la fête de la musique et je n'osais pas toquer chez lui…

À la rentrée, je commençai à me faire une raison. Si Morgan ne m'avait pas donné de nouvelles depuis plus de deux mois, c'est qu'il n'était pas intéressé… Malgré tout, je repensais souvent à cette soirée où nous avions fait l'amour. En fait, elle me hantait…

Je n'étais pas le genre de femme à ressasser le passé, mais Morgan avait cet effet inexplicable sur moi. Une attraction que je n'avais encore jamais éprouvée pour quelqu'un d'autre.

Cette année, Jordan n'était pas dans la classe de Jessica, ce qui me facilita un peu la vie. Poser les yeux sur cette petite fille adorable me rappelait toujours Morgan et aussi sa mère, que je voyais tous les jours à la sortie d'école, l'année passée.

Alex était également aux abonnés absents, ce qui me convenait parfaitement. Je caressai enfin l'espoir de mener une vie normale même si, pour l'instant, elle était sans saveur…

J'appliquais néanmoins les recommandations de Declan sur mon alimentation, le yoga et la méditation. Je m'étais beaucoup affinée et musclée depuis que j'avais commencé, mais c'était bien l'un des seuls points positifs de mon existence…

Le mois de septembre passa très vite, puis celui d'octobre, toujours sans nouvelles de Morgan ni d'Alex. J'y pensais de moins en moins, me disant que tout ce que ce dernier m'avait fait subir n'était qu'un lointain souvenir, tandis que Morgan restait toujours dans un coin de ma tête et de mon cœur.

La fête d'Halloween arriva. Ma sœur et moi l'avions toujours fêtée en arpentant les rues en quête de bonbons lorsque nous étions gamines, puis dans des bars branchés ou en boîte lorsque nous avions atteint la majorité.

Ce soir-là, Carole était surexcitée, comme chaque année à vrai dire. Elle toqua succinctement à ma porte avant d'entrer en trombe, deux déguisements à la main. Je n'avais pas envie de sortir, j'étais déjà en pyjama, mon chien roulé en boule contre moi sur le canapé, et je lisais un livre.

— Tu croyais vraiment qu'en ignorant mes appels, je lâcherais l'affaire ? se moqua gentiment Carole en s'approchant pour me donner une robe noire.

Je soupirai.

— Ça fait une semaine que tu me bassines avec cette soirée et je n'ai pas envie de sortir. Il fait trop froid cette année.

— Allez...On va bien s'amuser.

— Alex travaille là-bas, je n'ai pas envie de le voir. Si ça se trouve, il m'a oubliée. Inutile de lui rappeler mon existence.

Carole fit la moue en s'asseyant à mes côtés.

— Il y aura un monde fou, je suis sûre qu'il ne te reconnaîtra pas avec ton déguisement.

— Mouais…, dis-je, peu convaincue.

Néanmoins, je n'étais pas sortie depuis un moment et Carole avait raison sur un point : j'avais besoin de m'amuser un peu.

— OK…, acceptai-je finalement en détaillant la robe noire qu'elle avait posée à côté de moi.

Elle ne perdit pas une minute et se déshabilla devant moi pour enfiler la robe rouge ultra moulante qu'elle avait prévue pour elle. Elle sortit un serre-tête avec des cornes de son sac et me tendit deux fausses canines de vampires. Je me préparai à contrecœur, puis nous nous maquillâmes. Je devais admettre que le rendu était vraiment pas mal. La robe noire était du plus bel effet sur mon corps mince et sculpté grâce au sport et à mon nouveau régime alimentaire.

Carole avait l'air ravie à côté de moi.

— On est trop canon, Sist ! s'exclama-t-elle.

J'acquiesçai en évitant de parler. Les fausses canines que j'avais collées sur mes dents m'empêchaient d'articuler correctement.

Nous nous rendîmes au club où il y avait une queue gigantesque. Ceux qui n'étaient pas déguisés se faisaient recaler et j'espérais que nos tenues feraient l'affaire. Nous patientâmes au moins vingt minutes avant d'atteindre le vigile.

— Nous sommes des amies d'Alex, commença ma sœur sans me concerter.

Je lui adressai un regard noir. Le vigile nous détailla sans retenue en affichant progressivement une expression concupiscente qui me dégoûta légèrement.

— Vous pouvez entrer, dit le vigile en nous laissant passer.

Une fois à l'intérieur, la musique nous enveloppa. Je regardai autour de moi pour découvrir tout un tas de personnes déguisées de façon très éclectique. Puis, je décollai mes fausses canines pour pouvoir parler correctement. Ma sœur n'en fut pas très ravie.

— Tu as vu comment il nous a regardées ? m'insurgeai-je. C'est dégradant…

— Je sais…, répliqua Carole en faisant la moue. Ça arrive souvent. Parfois, les mecs me font peur, on dirait de vrais prédateurs.

— Alors pourquoi tu nous as choisi des déguisements pareils ? demandai-je en m'installant à une table.

— Ce sont des robes, Vicky. Et elles ne sont même pas trop courtes… Si on n'a plus le droit de mettre des robes, ça devient grave…

— La société est grave…, râlai-je.

Ma sœur ne répondit rien et héla un serveur pour commander des cocktails. Nous bûmes nos verres en discutant. Discrètement, je détaillai les autres clients avec une certaine anxiété. Je repérai enfin Alex, déguisé en Spartacus. Il était installé au bar avec une fille. Mon angoisse augmenta, mais le fait qu'il semble absorbé par sa cavalière me rassura un peu. Elle était déguisée en Neytiri, arborant une combinaison bleue ornée de rayures noires et d'une grande queue. Une autre fille les rejoignit et Neytiri se leva pour la suivre, laissant Alex seul.

Je me crispai tandis que les deux filles marchaient vers nous pour s'installer deux tables plus loin avec trois autres filles, dont une grande rousse qui me fit penser à Patricia. Elle lui ressemblait beaucoup, d'ailleurs, et arborait un déguisement de petite sirène.

— Qui est-ce que tu regardes comme ça ? demanda ma sœur en remarquant que je ne l'écoutais plus.

— Alex est au bar, lui révélai-je. Et je crois qu'il y a Patricia et ses copines, là-bas. C'est l'ex-femme de Morgan...

Mon ventre se noua. J'avais envie d'aller lui parler, de lui poser des questions sur Morgan pour savoir comment il allait. Je savais que ce n'était pas une bonne idée et, pour l'instant, le courage me manquait un peu. Tous les sentiments que j'avais mis de côté refirent surface pour me sauter au visage et la mélancolie qui m'étreignait ces derniers temps fut plus vive que jamais.

— Tu veux qu'on aille la saluer ? proposa ma sœur en m'observant.

Je haussai les épaules.

— J'en sais rien...

— On peut aussi aller danser un peu, dit-elle avec un sourire compatissant.

J'acceptai et la suivis sur la piste de danse au milieu des tables. Plusieurs personnes se déhanchaient sur le rythme électro de la musique. Carole entama une chorégraphie que je connaissais bien. Je fis de même et nous rigolâmes toutes les deux pendant plusieurs minutes. Trois hommes se mêlèrent à notre danse et tentèrent de nous imiter. Ils avaient l'air sympa et nous passâmes un bon moment avec eux.

Puis la musique baissa et l'élection du meilleur costume de la soirée débuta, ce qui nous obligea à regagner notre table. Un animateur monta sur scène et appela Melinda Violette. Je recrachai ma gorgée de Mojito à l'évocation de son nom. Neytiri marcha maladroitement jusqu'à la scène en pouffant de rire, comme si elle était complètement pompette.

— Qu'est-ce qui t'arrive ? s'inquiéta ma sœur.

— Neytiri… C'est la princesse, lâchai-je en la regardant, éberluée.

— Quoi ?

Je reportai mon attention sur Carole.

— C'est la princesse que j'ai soignée plusieurs fois. La fille qu'on a amenée chez moi à l'article de la mort…

Carole ouvrit grand les yeux avec étonnement et j'entendis à peine le présentateur appeler Alex sur l'estrade. Ce dernier rejoignit Melinda et lui sourit. Je songeai qu'il ne m'avait jamais souri de cette façon ni même jamais témoigné la moindre sympathie alors qu'il en était visiblement capable…

Morgan non plus ne me souriait jamais... Ou si peu…

Voilà, quoi qu'il se passe, mon esprit revenait toujours à Morgan…

La musique reprit de plus belle et je vis Patricia s'éclipser dans le coin fumeurs.

— Je dois aller lui parler, lâchai-je en me levant d'un bond.

— À qui ? demanda ma sœur, septique.

— À Patricia… Je crois qu'elle est partie fumer.

Carole se leva à son tour.

— Je viens avec toi.

J'acquiesçai et elle m'accompagna à l'extérieur où le coin fumeurs avait été balisé par des barrières. L'odeur de cigarette me prit à la gorge, mais je scrutai les gens et me frayai un chemin pour retrouver l'ex-femme de Morgan, ma sœur sur les talons.

Je la vis enfin. Elle tripotait sa bague de fiançailles tout en tirant une taffe. Mon cœur se comprima douloureusement, mais je ne me dégonflai pas. Sans doute grâce aux deux verres d'alcool que j'avais bus.

— Salut, commençai-je d'une voix mal assurée.

Patricia leva ses magnifiques yeux verts sur moi.

— Oh, Vicky, ça va ? Je ne savais pas que tu serais là, ce soir, dit-elle en souriant chaleureusement.

— Moi non plus, ironisai-je. Je suis venue avec ma sœur.

Carole lui adressa un signe de main en la saluant.

— Je ne savais pas que tu connaissais Melinda, enchaînai-je sans réfléchir.

— Tu connais Melinda ? s'étonna-t-elle.

— Oui, tout le monde connaît la princesse, ajoutai-je.

Carole me donna un coup de coude dans les côtes et je me rappelai trop tard que je ne devais pas parler de ça.

— Elle plaisante, ajouta Carole.

Patricia ne releva pas.

— Tu n'es pas avec Morgan ? me demanda-t-elle ensuite.

Cette question me prit de court, mais les deux verres que j'avais bus m'avaient rendue assez pompette pour ôter tous mes filtres.

— Je ne l'ai pas revu depuis la fête de la musique… Il avait besoin de réfléchir après être passé chez moi pour me faire l'amour en plein milieu de la nuit…

Patricia sembla sous le choc pendant quelques secondes avant de reprendre une contenance.

— Pardon pour ma sœur, l'alcool lui fait parfois dire des bêtises, intervint Carole en essayant de m'entraîner avec elle pour ne pas aggraver mon cas.

Je résistai tant bien que mal.

— Mais je croyais que vous sortiez ensemble, lâcha Patricia. Il a même enlevé son alliance.

Je regardai machinalement la sienne.

— Contrairement à toi…, soufflai-je avec tristesse.

Patricia cacha immédiatement sa main.

— Non, ce n'est pas… ce n'est pas celle de Morgan…, balbutia-t-elle mal à l'aise.

Un immense soulagement m'étreignit.

— D'accord, pardon. J'ai cru… J'ai cru un instant que Morgan m'avait menti quand il m'a dit que tu étais lesbienne.

Le visage de Patricia se décomposa et elle sembla affolée en regardant tout autour de nous.

— C'est le seul à être au courant, dit-elle d'une voix paniquée.

— Vicky est la reine des gaffes, ajouta ma sœur pour détendre l'atmosphère.

— C'est vrai, grimaçai-je.

Patricia retrouva une contenance et reprit son sérieux.

— J'irai parler à Morgan, dit-elle avec détermination.

— Non ! Surtout pas ! m'affolai-je à mon tour.

Elle finit sa cigarette et la déposa dans le cendrier juste à côté.

— Morgan est du genre borné et il déteste avouer ses sentiments, mais s'il a enlevé son alliance, c'est qu'il y a une bonne raison.

— Il sait ce que je ressens pour lui, pourtant…, ajoutai-je. Le visage de Patricia refléta soudain une certaine culpabilité.

— Écoute, reprit-elle avec tristesse. Lorsque je lui ai avoué ce que tu sais, ça l'a complètement anéanti. Depuis, il n'a plus du tout confiance en lui. Il croit que tout ça est de sa faute, alors que je lui ai répété des centaines de fois que ça n'avait rien à voir… Et sa famille qui n'arrête pas d'en rajouter des couches… Je crois qu'il a peur de souffrir encore une fois. Et il réfléchit beaucoup trop. Surtout avec son travail. Il voit tellement d'horreurs… Mais je vais essayer d'arranger ça.

Je n'étais pas très fan de ce genre de méthode. Pourtant, un nouvel espoir vint gonfler mon cœur. Patricia venait de me rassurer bien plus que n'importe qui d'autre.

— Merci, c'est vraiment gentil, dis-je avec un sourire timide qu'elle me rendit.

Nous retournâmes à l'intérieur du pub, puis nous nous séparâmes pour rejoindre nos tables respectives. Carole insista pour que je danse une nouvelle fois avec elle. J'acceptai malgré mon esprit ailleurs. Je ne pensais qu'à Morgan et ça me rendait dingue d'imaginer le revoir.

Nous rentrâmes tard dans la nuit et je m'endormis comme une masse en retrouvant mon lit.

Les jours suivants, je ressentis une sorte d'impatience en imaginant que Morgan viendrait me voir ou me donnerait signe de vie. Au bout d'une semaine, je n'avais toujours aucune nouvelle de lui. Je repris donc ma routine en essayant de l'oublier.

Je me concentrai sur mes deux métiers pour éviter de penser. Jordan, le petit garçon que j'aidais à l'école, faisait beaucoup de progrès et la boutique de ma sœur accueillait de plus en plus de clients à mesure que Noël approchait. Carole et moi avions d'ailleurs décoré la boutique ensemble ainsi que nos maisons respectives. Nous avions bien rigolé, malgré la pointe de nostalgie en ressortant certaines décorations présentes chez nos parents.

Les jours se répétaient inlassablement et j'avais l'impression que ma vie s'était mise en pause. J'étais absorbée dans la contemplation des rosiers en m'imaginant avoir, moi aussi, un admirateur qui viendrait m'acheter des douzaines de roses chaque jour, lorsqu'Alex se matérialisa devant moi. Je poussai un cri de panique en reculant d'un pas. La peur me paralysa soudain. Je me rappelai avec beaucoup trop d'intensité tout ce qu'il m'avait fait subir.

— Il faut que tu viennes avec moi, lâcha-t-il, sans même m'adresser un « bonjour ».

— Qu'est-ce qui se passe ? s'affola ma sœur en courant vers nous.

Elle se stoppa à quelques pas de moi en reconnaissant Alex qui lui jeta un coup œil distrait.

— La princesse est blessée. Tu dois la soigner, ajouta-t-il avec détermination.

Il attrapa mon bras et je tentai de me dégager sans succès. Alex s'impatienta puis sortit une petite boîte de sa poche, l'ouvrit et me tendit une pastille à la menthe.

— Prends ça, ordonna-t-il, tandis que ma sœur nous observait.

— Vicky ? demanda-t-elle au bout d'un moment.

Je repris mes esprits et attrapai le bonbon qu'Alex me tendait pour le glisser dans ma bouche. Mon cœur battait à cent à l'heure et j'avais du mal à tenir sur mes jambes tant Alex me terrorisait.

— Ça va, murmurai-je à l'attention de Carole, même si c'était totalement faux.

— Maintenant, viens avec moi ! gronda Alex en me tirant brusquement contre lui.

J'agrippai son cou avec force et me cramponnai à lui, malgré mon aversion à son égard. Je savais qu'il était inutile de discuter avec Alex. Il trouvait toujours un moyen de me plier à sa volonté et je ne voulais pas qu'il prenne ma sœur en otage comme il l'avait fait avec mon chien, quelques mois plus tôt…

La pièce devint floue et la nausée me vrilla l'estomac lorsque nous atterrîmes. Alex s'écarta de moi. Je mis plusieurs secondes à endiguer mon mal de cœur. La pastille à la menthe m'aida un peu et je regardai enfin où nous étions. C'était une grande chambre. La princesse était allongée sur un lit et l'homme que j'avais vu dans le coma était assis près d'elle. Il appliquait un gant de toilette sur son visage.

Nathan, me rappelai-je.

Alex s'approcha de la princesse et elle émit quelques gémissements de douleur. Nathan voulut se lever, mais Melinda agrippa sa main avec frénésie.

— Reste avec moi, supplia-t-elle.

Je m'approchai prudemment.

— Je suis juste là, Méli. Je dois laisser la guérisseuse te soigner, répondit-il en s'éloignant d'un pas.

Alex effleura le visage de la princesse d'un geste tendre qui ne lui ressemblait pas et elle poussa un autre gémissement. J'étais sidérée de voir qu'un type aussi odieux que lui pouvait montrer autant de délicatesse.

— On est là, Melinda…, dit-il avec une certaine affection.

Je me sentais un peu de trop face à toutes ces effusions, alors je fis mon possible pour rester discrète.

— Ne me touche pas…, sanglota la princesse en s'éloignant de la main d'Alex.

Il se rembrunit immédiatement.

— Je suis désolée, murmura-t-elle ensuite. Je ne voulais pas être désagréable…

Alex la dévisagea une seconde et j'en profitai pour me glisser près d'elle. À mon grand soulagement, il disparut. J'examinai Melinda d'un bref coup d'œil. Je n'étais pas médecin, loin de là, mais elle semblait souffrir de multiples contusions et elle avait l'air vraiment mal en point.

Cela faisait des mois que je ne m'étais pas servi de mes pouvoirs et j'avais presque oublié comment faire. Heureusement, je pratiquais le Yoga et la méditation tous les jours pour m'aider à me concentrer et à me détendre.

Je contins la vague de panique qui menaçait de me faire perdre mes moyens et posai timidement mes mains sur le cœur de Melinda. La dernière fois, cette méthode avait soigné tout son corps et je n'avais pas très envie de la déshabiller pour cibler chaque blessure… Je n'étais déjà pas très à l'aise avec mes pouvoirs, alors tripoter une inconnue, très peu pour moi...

— Fermez les yeux et essayez de vous détendre, lui recommandai-je.

Je sentais Nathan nous observer et je fis mon maximum pour avoir l'air sûre de moi, même si je ne savais pas du tout ce que je faisais…

Melinda acquiesça et je me concentrai pour retrouver l'état de calme qui me permettrait de la guérir. La douce chaleur caractéristique mit du temps à se manifester. Heureusement, elle inonda enfin mon corps pour se déverser dans mes paumes et irradier chaque cellule de Melinda. Je la sentis immédiatement se détendre sous mes doigts.

Puis la douleur me foudroya. J'avais presque oublié les effets secondaires. Je m'accrochai tant bien que mal pour terminer de soigner la princesse, malgré la souffrance qui se propageait à un rythme effréné.

Ensuite, je tombai à genoux près du lit. J'avais l'impression d'avoir des bleues partout et le cœur en miettes. J'avais du mal à comprendre pourquoi cette fille souffrait autant. Je n'avais pas besoin de ça.

Chapitre 18

Tous mes muscles se mirent à trembler lorsque j'essayai de me relever. J'étais épuisée et anéantie. Mes larmes se mirent à couler en silence et Nathan m'attrapa doucement pour me remettre sur mes jambes.

— Est-ce que ça va ? me demanda-t-il avec inquiétude.

— J'ai… récupéré toutes ses douleurs…, murmurai-je, à moitié dans les vapes. Pourquoi est-elle si triste ?

Nathan afficha un air contrarié et me prit dans ses bras.

— Accrochez-vous, je vais vous ramener.

— Non…, dis-je mollement. Si vous faites ça, je vais vomir…

Mais il ne m'écouta pas et nous emporta chez moi. J'eus un violent haut-le-cœur et Nathan s'écarta de moi juste au moment où je vomissais sur le carrelage de mon salon. Mon chien se précipita pour tout lécher et je n'eus pas la force de l'engueuler.

Tant pis…

Nathan me tendit gentiment un mouchoir et je me nettoyai tant bien que mal.

— Ça va aller ? s'inquiéta-t-il.

Je le dévisageai avec surprise.

— Vous vous inquiétez pour moi ? balbutiai-je en luttant contre la fatigue.

Nathan pinça les lèvres.

— Je ne savais pas que cela vous faisait souffrir.

— Alex s'en contrefout, alors pourquoi ce serait différent pour vous ? lâchai-je avec amertume.

— Alex est un connard ! cracha Nathan. C'est pour ça que c'est votre guerrier.

— Génial…

Il y eut un silence de quelques secondes entre nous. Si ça avait été Alex, je lui aurais probablement demandé de me foutre la paix, mais Nathan avait l'air sympa.

Je vacillai légèrement et m'appuyai contre le mur. Nathan vint immédiatement me soutenir.

— Vous voulez que je vous porte jusque dans votre chambre ? proposa-t-il.

Je lâchai un rire nerveux.

— Non, je vais m'asseoir dans mon canapé.

Hors de question que ce mec pose un pied dans ma chambre. Même s'il avait l'air gentil, je ne le connaissais pas.

Nathan hocha la tête et m'accompagna jusqu'à mon sofa où je me laissai tomber. Puis il attrapa un stylo qui traînait sur ma table basse et nota quelque chose sur le coin d'une feuille, avant de me jeter un coup d'œil.

— Appelez-moi si vous avez un problème.

Je fronçai les sourcils.

— Pourquoi vous faites ça ?

Nathan soupira et sembla contenir sa colère.

— Parce qu'Alex est un enfoiré ! Et on n'est pas tous comme lui…, dit-il les dents serrées.

— OK… Merci…, murmurai-je en l'observant avec méfiance.

— Désolé…, se reprit-il. Reposez-vous bien.

Et il disparut. Je lâchai un soupir de soulagement et m'allongeai sur mon canapé en essayant d'oublier le chagrin et les multiples douleurs que j'avais récoltés… Mon chien se glissa à mes jambes et posa sa tête sur mes mollets tandis que je sombrais lentement dans l'inconscience. En cet instant, Morgan me manquait plus que tout au monde...

La sonnette me fit sursauter et mon chien sauta sur le sol pour se mettre à aboyer comme un fou furieux.
— C'est pas vrai…, râlai-je.
Je ne savais pas quelle heure il était et il faisait nuit noire dehors.
C'est peut-être Carole qui s'inquiète…
Je n'avais même pas pris le temps de la prévenir. Je me redressai lentement, alors que de petits coups retentissaient sur la porte. Mon corps me faisait toujours autant souffrir et le chagrin qui me consumait était insupportable. Je ravalai difficilement les larmes qui menaçaient de couler.
— J'arrive, grommelai-je en intimant à mon chien de se taire.
Contre toute attente, il m'obéit et s'assit près de l'entrée. Je me levai et marchai maladroitement jusqu'à ouvrir la porte. Mon cœur loupa un battement et ma respiration eut quelques loupés lorsque je découvris Morgan sur mon palier. Je restai figée un moment. J'étais trop surprise et bien trop chamboulée pour aligner deux mots.
— Salut…, commença-t-il avec embarras.
J'avalai difficilement ma salive en essayant de retrouver le contrôle de mon corps.
— Est-ce que… je peux entrer ?
Ses yeux d'un bleu magnétique me sondèrent avec incertitude et un frisson balaya mon ventre. J'ouvris un peu plus la porte pour le laisser passer, mais je n'avais pas encore suffisamment repris mes esprits pour parler. Mon chien le tacla immédiatement pour lui lécher la figure et Morgan faillit tomber en arrière.

— Sam ! m'énervai-je, en retrouvant enfin ma voix. À ta place !

Mon chien me jeta un de ses regards tristes, baissa les oreilles et s'exécuta.

— Il est mignon, même s'il a essayé de me rouler une pelle, plaisanta Morgan qui semblait tout de même un peu mal à l'aise.

— Qu'est-ce que tu fais là ? répliquai-je en croisant les bras sur ma poitrine.

Morgan pinça les lèvres et son visage se fit beaucoup plus sérieux.

— Je voulais te voir…

— Après plus de six mois ? l'attaquai-je malgré-moi. Patricia t'a peut-être enfin parlé…

Morgan devint légèrement plus pâle et passa une main dans ses cheveux. Puis il m'observa de nouveau et s'approcha d'un pas. Il était bien trop près pour que je reste rationnelle. Son parfum m'envahit aussitôt et mon corps commença à défaillir, même si je ressentais toujours les douleurs de Melinda et son chagrin insoutenable.

J'aurais dû en vouloir à Morgan. Pourtant, j'avais envie de m'agripper à lui et de le serrer contre moi pendant des heures.

— Est-ce qu'il s'est passé quelque chose, dernièrement ? enchaîna-t-il en me sondant avec insistance.

Je repensai soudain à la dernière fois. Puis je réalisai avec horreur que je lui avais certainement renvoyé la douleur de Melinda.

— Oh… merde…, murmurai-je. J'ai soigné Melinda tout à l'heure… Et, oui, j'ai récupéré sa peine et ses blessures…

Morgan hocha la tête, sans cesser de me dévisager.

— Je m'en doutais…

Il s'approcha encore et posa une main contre ma joue. Je retins mon souffle tandis que mon cœur s'accélérait subitement. Il passa son autre bras autour de ma taille et me prit dans ses bras en lâchant un soupir tremblant. Je lui rendis son étreinte en fermant les yeux et en savourant sa proximité, même si j'aurais dû le repousser. C'était trop facile de faire le mort pendant des mois et de se pointer comme une fleur pour reprendre où nous nous étions arrêtés.

J'en étais là de mes réflexions lorsqu'il se redressa légèrement. Sa barbe de trois jours frotta sur ma joue et ses yeux d'un bleu pur me sondèrent un instant. Puis il m'embrassa. J'aurais dû l'envoyer chier mais, au lieu de ça, je m'agrippai à lui de toutes mes forces. Je plongeai ma langue dans sa bouche avec frénésie. La sienne était toujours aussi exquise. Mon corps trembla d'impatience tandis que nos souffles s'emmêlaient. Ses mains glissèrent dans mon dos, atterrirent sur mes fesses qu'il pressa étroitement contre son érection.

Je lâchai un faible gémissement et il m'embrassa de plus belle. Puis je retrouvai un semblant de lucidité. À bout de souffle, je m'écartai de lui et plongeai dans ses yeux translucides assombris par le désir.

— Tu ne peux pas venir chez moi quand ça t'arrange juste pour me baiser…, murmurai-je.

Morgan se crispa et baissa les yeux.

— Je sais…

Puis il reporta son attention sur ma bouche et s'en empara encore une fois. Je succombai un peu plus et attrapai ses cheveux en savourant son baiser.

Tu m'as tellement manqué…

Je fis un énorme effort pour le repousser de nouveau.
— Est-ce que tu as réfléchi ? lui demandai-je en sentant mon cœur s'emballer un peu plus.

Il mit du temps à me répondre, sans doute parce qu'il se demandait ce que sa réponse impliquerait. Et je crois que même s'il m'avait dit non, je lui aurais quand même sauté dessus…

Je suis pathétique…

— Oui…, souffla-t-il enfin.

Il tenta de reprendre possession de ma bouche, mais j'eus un mouvement de recul pour l'en empêcher, malgré mon corps en ébullition.

— Vicky…, soupira-t-il comme une supplique.

C'était étrange d'avoir le contrôle sur Morgan alors que je l'avais désiré pendant des mois et que je croyais ne jamais le revoir…

Je pressai succinctement mes lèvres sur les siennes et il faillit m'emporter dans un autre baiser brûlant, mais je m'écartai juste à temps. Ses yeux bleus s'assombrirent encore. Il me tenait fermement dans ses bras et mes mains étaient posées sur son torse pour l'empêcher d'aller plus loin.

— Qu'est-ce qui va se passer ensuite ? insistai-je avec appréhension.

J'avais le cœur dans la gorge et ma culotte était trempée tellement j'avais envie de lui.

— J'en sais rien…, murmura-t-il en tentant de me voler un baiser.

— Est-ce que tu vas t'enfuir comme la dernière fois ?

Il ne répondit rien et nous nous fixâmes un instant.

— Je ne suis pas ce genre de filles, Morgan…. Je ne veux pas que tu me brises le cœur. Ça fait six mois que j'essaie de t'oublier…

Son visage se ferma soudain et son corps se crispa un peu plus.

— Je suis désolé…, chuchota-t-il avec culpabilité.

— Tu es une telle énigme que ça me rend dingue, ajoutai-je en l'observant attentivement.

— Je ne m'enfuirai pas, dit-il enfin.

Ses mots résonnèrent en moi et m'arrachèrent un soupir de soulagement. Je glissai mes mains sur ses épaules, puis descendis sur ses bras musclés et il s'anima de nouveau. Ses lèvres attrapèrent les miennes et sa langue plongea dans ma bouche avec une passion décuplée. Mon ventre se comprima et une chaleur diffuse se répandit dans mon bas ventre lorsqu'il me pressa plus étroitement contre son érection.

— Emmène-moi dans ma chambre, murmurai-je contre sa bouche.

Il m'agrippa avec force et me souleva contre lui. Ses pas étaient maladroits, mais sa langue gardait le rythme, caressant la mienne avec une douceur enivrante. J'enroulai mes bras autour de son cou en perdant pied.

Il me déposa enfin sur mon lit. Je le tirai pour qu'il s'allonge sur moi. Mes jambes le retinrent prisonnier et mes mains caressèrent tendrement ses cheveux.

— Tu embrasses tellement bien, soufflai-je, en extase.

Et, pour la première fois, Morgan m'adressa un sourire attendrissant qui me fit chaud au cœur. Il prit mon visage d'une main et plongea dans mon cou pour déposer une série de baisers brûlants. Je fermai les yeux en savourant le moment.

Ses doigts effleurèrent mon ventre pour descendre plus bas et ma peau se couvrit de chair de poule. Il s'aventura sous la ceinture de mon pantalon, passa la barrière de ma culotte et me caressa doucement. Je me cambrai violemment en retenant un gémissement.

— Tu es tellement excitée…, gronda Morgan en attrapant ma bouche pour retrouver ma langue.

Il plongea lentement un doigt en moi et mon corps trembla de nouveau. Son pouce joua avec mon clitoris et la pression monta à une vitesse fulgurante. Ma respiration s'accéléra, mon cœur pulsa à mes tempes et mon intimité se contracta de plus en plus.

J'étais à deux doigts d'exploser lorsqu'il retira sa main. Mon bas ventre palpita frénétiquement. Lorsque je rouvris les yeux pour voir qu'il se déshabillait avec hâte, j'étais à l'agonie. Je m'activai pour enlever mes vêtements et Morgan se jeta sur le tiroir de ma table de nuit pour attraper un préservatif.

Avant qu'il ne l'ouvre, je le lui confisquai.

— Qu'est-ce que tu fais ? s'inquiéta-t-il.

— Chut, dis-je en attrapant son pénis de ma main libre.

Son corps eut un sursaut, sa bouche s'entrouvrit légèrement alors que j'entamai de petits va-et-vient. Sa peau était d'une douceur incomparable. Je le repoussai sur le lit et il s'allongea sans résister en me dévisageant de ses yeux bleus magnifiques.

Je me penchai pour embrasser chacun de ses muscles parfaits et il lâcha un faible grognement. Puis je descendis plus bas, sans cesser mes aller-retours sur son pénis. Ma bouche se posa sur son gland et il se crispa en inspirant rapidement.

— Bordel, Vicky… Ne fais pas ça…, gronda-t-il.

— Pourquoi… ? murmurai-je en l'observant attentivement.

Il ne répondit pas, mais attrapa brusquement mon poignet pour me retourner sauvagement sur le lit. Il se jeta sur ma bouche pour me dévorer. Sa main m'arracha presque le préservatif des mains et il se redressa pour l'enfiler.

— Désolé…, dit-il en me jetant un bref regard. Je ne voulais pas être si brusque.

Je lui souris.

— Si je ne me retenais pas, je t'aurais arraché tes fringues au moment où tu as passé la porte, répliquai-je.

Je vis son regard pétiller et il s'allongea de nouveau sur moi, embrassa mon cou, puis le lobe de mon oreille. Son membre brûlant s'enfonça lentement à l'intérieur de moi et je lâchai un faible gémissement. Morgan trembla dans mes bras comme s'il était en transe. Je sentais son souffle contre mon oreille alors qu'il s'activait en moi. Mes ongles se plantèrent dans sa peau. Chaque nouveau coup de reins faisait monter la pression dans mon bas-ventre d'une façon rapide et puissante.

— Plus fort, soufflai-je.

Morgan se crispa un instant avant de s'exécuter. Il accéléra subitement. Ses va-et-vient devinrent beaucoup plus profonds. Mon sang pulsa à mes tempes et mon bas-ventre se contracta violemment dans un orgasme fulgurant. Un long gémissement m'échappa tandis que Morgan tremblait entre mes bras en lâchant un râle presque inaudible. Il ralentit enfin jusqu'à s'écrouler sur moi.

Nous restâmes un moment enlacés. Mes douleurs et ma peine avaient disparu. Pendant les minutes qui suivirent, je redoutais que Morgan change d'avis et prenne la fuite.

J'avais le cœur lourd et je ne savais pas si je survivrais s'il m'abandonnait une deuxième fois.

J'étais à deux doigts de m'endormir lorsque Morgan bougea pour retirer le préservatif. Il l'enveloppa dans un mouchoir puis s'adossa à la tête de lit. Il avait l'air tellement tourmenté que ça me fit paniquer.

Il passa une main sur son visage alors que je l'observais en essayant de contenir l'angoisse qui me comprimait la poitrine. Parce que je sentais bien que quelque chose n'allait pas.

— Je ne vais pas y arriver…, lâcha-t-il au bout d'un moment. Je ne suis pas prêt…

Mon cœur se brisa et la panique m'envahit de plus belle.

Chapitre 19

Morgan n'osait pas me regarder et fixait un point devant lui comme si je n'étais pas dans la pièce. J'attrapai sa main et entrelaçai mes doigts aux siens en ressentant une peur viscérale. Il reporta son attention sur moi.

— Pourquoi ? demandai-je simplement.

Son pouce caressa tendrement le dos de ma main et mon cœur se serra un peu plus.

— Parce que Patricia est devenue lesbienne…

Il se tut un instant alors que j'étais sidérée par sa réponse.

— Je ne veux pas que ça recommence…, murmura-t-il au bout d'un moment.

Une partie de moi eut envie de rigoler, mais l'autre fut trop émue par la détresse de Morgan.

— On ne devient pas gay, Morgan. C'est inné…

Il secoua la tête comme s'il refusait mes paroles.

— Écoute, quand j'ai parlé avec Patricia, elle a eu l'air paniquée quand je lui ai dit que j'étais au courant. Elle n'assume pas, c'est tout.

Je me redressai pour me mettre à genoux devant lui. Son visage était impassible et je sentais qu'il faisait son possible pour me cacher ses émotions.

— Peut-être que sa famille est homophobe ou quelqu'un de son entourage… Peut-être qu'elle s'est mariée avec toi juste pour avoir l'air normale…

J'avais conscience de la violence de mes paroles, mais je crois que Morgan avait besoin de les entendre.

— Je l'ai demandée en mariage parce qu'elle était enceinte… C'était un accident et je voulais assumer, faire les choses bien…

Je me retins de lui dire que toutes ces conneries sur le mariage étaient devenues obsolètes, mais peut-être que ses parents étaient du genre conservateur…

— OK… Et comment vous vous êtes rencontrés ?

— Elle était dans ma classe au lycée… C'est elle qui m'a dragué. Je n'étais pas du genre « populaire » et j'étais trop timide pour m'intéresser aux filles.

— Je vois.

Morgan me jeta un bref coup d'œil.

— Et donc, vous faisiez souvent l'amour ? ne pus-je m'empêcher de demander.

— Vicky…, murmura-t-il, embarrassé.

— C'est juste une question… Tu as le droit de m'en poser aussi, tu sais…

Morgan sembla hésiter avant de me répondre enfin.

— Non, pas souvent… Peut-être une fois par mois pas plus. Elle disait que j'étais le seul à ne pas lui mettre la pression, mais elle n'avait pas vraiment l'air d'aimer ça…

— Et tu ne t'es jamais posé de questions ? m'étonnai-je.

Morgan afficha une moue honteuse.

— Je croyais que c'était moi le problème.

Je ne pus m'empêcher de lâcher un petit rire qui le crispa instantanément.

— Je peux t'assurer que tu n'as aucun problème, Morgan.

Ses sourcils se froncèrent.

— Tu crois ? demanda-t-il fébrilement en croisant mon regard.

— J'en suis sûre. Et crois-moi quand je te dis que je n'ai aucune intention de virer de bord. Tu es bien trop sexy…, soufflai-je en me penchant pour l'embrasser.

Il me rendit mon baiser en plongeant sa langue dans ma bouche et en attrapant ma nuque avec tendresse.

— Tu chamboules tellement mes convictions, murmura-t-il en me serrant contre lui.

Mon cœur s'accéléra subitement.

— Tu sais, on a tous un premier amour qui nous brise le cœur, mais on s'en remet et on finit par tourner la page. Puis on rencontre quelqu'un d'autre… et, parfois, il nous brise aussi le cœur et ainsi de suite…

— Ça ne m'aide pas tellement…

Je me redressai pour le dévisager.

— Ne me dis pas que tu as besoin de réfléchir ? m'inquiétai-je.

Putain ! J'aurais mieux fait de me taire.

Morgan se contenta de garder le silence en me fixant.

— Tu préfères qu'on reste amis ? hasardai-je, même si ça me tuait de lui dire ça.

— J'en sais rien… peut-être…, lâcha-t-il.

Ses mots me percutèrent comme un coup de poing. Il se redressa à son tour et tenta de sortir du lit, mais je l'en empêchai.

— Tu n'as pas le droit de partir comme ça… Reste au moins cette nuit, le suppliai-je d'une façon tellement pathétique que je me serais bien giflée.

— Je vais aux toilettes.

La honte me submergea et je laissai Morgan se lever. Lorsqu'il revint, il s'allongea près de moi et je me blottis contre lui en savourant sa chaleur et son odeur.

— D'accord pour cette nuit, murmura-t-il.

L'angoisse me vrilla l'estomac. Pourtant, je crois que Patricia avait raison. Morgan avait simplement peur de souffrir...

Je m'accrochai à lui en espérant ne pas avoir l'air trop accro et je m'endormis lorsque j'entendis sa respiration s'apaiser.

Le lendemain matin, je me réveillai seule dans mon grand lit, mais la place à côté de moi était encore chaude. Je me levai en descendant précipitamment les escaliers. Mon chien était dans mon jardin et il y avait du café chaud dans la cafetière, mais aucune trace de Morgan.

Il est parti...

J'étais sur le point de fondre en larmes lorsque je découvris un Post-it à côté de la cafetière.

J'ai dû partir au boulot, mais je reviens vite.

Je pense à toi,

Morgan

L'espoir m'étreignit soudain et je plaquai le mot contre ma poitrine. Je déjeunai, nourris mon chien et me rendis à la maternelle.

Vers 17h, je rejoignis ma sœur à la boutique. J'étais toujours sur un petit nuage.

— Tu m'as l'air bien heureuse tout à coup, commenta Carole alors qu'elle ravivait l'éclat de certaines plantes.

— Morgan a passé la nuit chez moi. Je crois qu'on sort ensemble, me réjouis-je.

Carole me jeta un coup d'œil perplexe.

— Au bout de six mois ? Il est un peu long à la détente…

Je haussai les épaules.

— Le principal, c'est le résultat, non ?

— Oui, bien sûr.

— T'es plutôt mal placée pour le juger, la taquinai-je. Depuis combien de temps ça dure avec Marc ?

— Plus de six mois, c'est vrai…, grimaça Carole.

Puis, une forme floue apparut entre nous. Nous poussâmes toutes les deux un cri de surprise en découvrant Alex.

— Préparez-vous pour ce soir, commença-t-il avec un sérieux inhabituel.

— Pourquoi ? Qu'est-ce qu'il y a ce soir ? m'inquiétai-je.

Alex me jeta un regard impatient.

— C'est le solstice d'hiver et Melinda sera sacrée reine à minuit précis. Vous devez assister à cette soirée. Je viendrai vous chercher à 20h et vous avez intérêt à être bien habillées. Il y aura toute la haute société ainsi que le conseil.

Et il disparut sans autre forme de procès. Ma sœur et moi échangeâmes un regard éberlué.

— C'est une blague ? dit-elle enfin.

— Alex n'est pas du genre à faire des blagues, répliquai-je.

— OK… Alors on ferait peut-être mieux de fermer la boutique pour aller acheter de quoi nous habiller.

— Bonne idée, acceptai-je.

Nous ne savions pas très bien quel genre de vêtements il nous fallait, alors nous partîmes dans la capitale à la recherche de boutiques de luxe abordables. Les heures défilaient à une vitesse folle. Ce fut difficile de trouver une tenue adéquate. Toutefois, après un grand nombre d'essayages, nous optâmes pour de longues robes de cocktail. La mienne était d'un vert profond avec de larges bretelles en dentelle qui tombaient sur mes épaules et une grande fente qui laissait voir une de mes jambes jusqu'à mi-cuisse. Celle de ma sœur était rose pâle avec un décolleté plongeant agrémenté de broderies argentées.

Lorsque Carole me déposa chez moi, il était 19h passées. Il me fallut presque une heure pour me doucher, me maquiller et me coiffer. J'enfilai enfin ma robe et attachai la bride de mes escarpins noirs lorsqu'Alex apparut dans mon salon.

— Pas mal, lâcha-t-il en me détaillant de la tête aux pieds.

Cela me mit un peu mal à l'aise, mais s'il appréciait ma tenue, ça devait être bon signe...

Pas vrai ?

Il fourra sa main dans une poche, puis me lança une petite boîte que je rattrapai de justesse. C'était les pastilles à la menthe. Je l'ouvris pour en prendre une et il s'approcha de moi. Il passa ses mains sur ma taille en appréciant la délicatesse du tissu.

— Vraiment très doux, dit-il en affichant un rictus.

— N'en profite pas, me braquai-je.

Je n'avais jamais pensé qu'Alex puisse me regarder comme une femme attirante. Pourtant, je l'avais vu plusieurs fois au club avec des nanas différentes et je l'avais même surpris en pleine action dans sa loge.

C'est vrai, Alex est un queutard... Merde.

À présent, je comprenais mieux pourquoi le vigile du club nous avait regardées avec autant d'insistance lorsque Carole lui avait dit que nous étions des amies d'Alex à la fête d'Halloween...

Putain ! Il nous a sûrement prises pour des traînées...

— Attends ! m'affolai-je soudain en me dégageant de l'étreinte d'Alex. Je dois passer voir Morgan, on devait se voir, ce soir. Je dois lui dire que j'ai un empêchement.

Je m'apprêtais à sortir de chez moi lorsqu'Alex se matérialisa devant moi.

— Envoie-lui un texto..., éluda-t-il en m'attrapant de nouveau par la taille.

— Je n'ai pas son numéro.

Alex soupira d'agacement.

— C'est pas mon problème ! Je t'avais dit 20h pétantes et il est 20h05, donc on y va.

Et il m'emporta avec lui.

La nausée fut moins violente que la dernière fois, à croire que je commençais à m'habituer à ce mode de déplacement. Mais certainement pas à Alex...

Je me dégageai précipitamment de son étreinte lorsque mes pieds touchèrent de nouveau le sol puis regardai autour de moi. Nous étions à l'arrière du château dans l'immense jardin où j'avais fait mes entraînements avec Declan. Il était bondé d'une multitude de personnes que je ne connaissais pas. Plusieurs tables rondes étaient disposées près d'un buffet où les invités s'agglutinaient déjà, un verre à la main. Il y avait également un grand espace dégagé au fond, avec quatre sièges immenses.

Malgré la neige, la chaleur était étrangement agréable. Nous étions pourtant en plein air...

— Pourquoi il ne fait pas froid, ici ?

Ça tombait bien, car Alex ne m'avait pas laissée le temps d'emporter un manteau.

— C'est grâce au sort de chaleur.

Théo apparut à cet instant et me fit sursauter. Elle était vraiment éblouissante et Alex la détailla comme si c'était la septième merveille du monde. Ils échangèrent un regard.

— Où est ta protégée ? lui demanda-t-il d'un air suspicieux.

— Elle préférait venir en voiture et ce n'est pas interdit, répliqua Théo en marchant vers le buffet.

Alex la taquina en la suivant, mais je n'entendis pas la suite. Je restai plantée au milieu du jardin dans une tenue bien trop habillée pour moi. Je ne savais pas quoi faire ni à qui parler et ça m'agaçait. J'espérais que ma sœur n'allait plus tarder.

Au bout d'un moment, je la vis enfin marcher vers moi d'un pas prudent et maladroit. Ses escarpins avaient l'air sacrément hauts. Je me détendis seulement lorsqu'elle arriva à ma hauteur.

— J'ai cru que j'allais mourir d'ennui, commençai-je en détaillant sa magnifique robe rose pâle.

— Au moins, il y a de quoi manger, soupira Carole. Ça a l'air sympa comme ambiance.

Je haussai les épaules en repensant à Morgan. J'aurais tellement aimé qu'il m'accompagne... Je priai pour qu'il ne prenne pas mon absence pour un rejet, car j'étais persuadée qu'il allait passer chez moi ce soir.

Carole et moi nous dirigeâmes aussi vers le buffet. J'attrapai une coupe de Kir tandis qu'elle prenait du champagne. Les petits fours étaient tellement délicieux que j'en engloutis une dizaine en deux minutes. Mais pour ma défense, j'avais vraiment très faim.

Plusieurs personnes nous saluèrent poliment en se servant au buffet. Puis ma sœur se figea et faillit laisser échapper son verre.

— Ça ne va pas ? m'inquiétai-je.

Elle tourna ses grands yeux noisette vers moi. On aurait dit qu'elle avait vu un fantôme.

— Marc… Marc est là…, balbutia-t-elle.

— Nan ? m'étonnai-je tout excitée. Viens, on va le voir !

Carole me retint par le bras, complètement paniquée.

— Je ne peux pas…

— Oh arrête ! S'il est là c'est qu'il a sûrement des pouvoirs lui aussi. Vous avez au moins un point commun.

Elle pinça les lèvres et je lui fis un clin d'œil espiègle en m'élançant à la rencontre de Marc.

Chapitre 20

*** Carole ***

— Tu n'as pas le droit ! criai-je en courant derrière ma sœur qui marchait bien trop vite pour moi.

Mes chaussures étaient beaucoup plus hautes que les siennes et je me tordis plusieurs fois la cheville sur les petits pavés de pierres qui dessinaient différentes allées.

— Vicky ! m'époumonai-je.

Tous les regards convergèrent vers nous. Je détestais me faire remarquer, surtout dans ce genre de soirée où je ne connaissais personne, mais ma sœur dépassait les bornes !

Quand elle arriva à hauteur de Marc, l'angoisse me paralysa. Je m'arrêtai juste à côté d'elle sans réussir à aligner deux mots.

— Salut, commença Vicky pour attirer son attention.

Marc l'observa en marquant un temps d'arrêt. Puis il posa les yeux sur moi et une bouffée de chaleur m'envahit. J'étais tellement mal à l'aise que je ne savais pas quoi faire. Comme à chaque fois, son visage vira au rouge et cela accentua ma gêne. Je crois que je rougis également.

— Heu… rebonjour, balbutia-t-il.

— Nous sommes des guérisseuses, enchaîna ma sœur sans préambule. Les dernières de notre espèce, paraît-il. Et vous ?

Marc ne me quittait pas des yeux et mon ventre était tellement noué que j'avais du mal à respirer. Il sembla hésiter avant d'agiter sa main. Puis une plante sortit du sol pour se transformer en rose rouge magnifique.

— Je suis un élémentale de la terre…, murmura-t-il en me fixant avec incertitude.

C'est à cet instant précis que je tombai amoureuse de lui. J'étais stupéfaite et tellement soulagée qu'il partage ma passion pour les plantes. Il me tendit la rose rouge et je l'attrapai délicatement entre mes doigts pour respirer son odeur.

— Donc vous savez créer des roses ? se réjouit Vicky qui avait l'air surexcitée. Tu vois que j'avais raison. Il venait juste pour te voir.

Je lui jetai un regard noir et elle rigola.

— C'est vrai…, avoua Marc en baissant les yeux au sol.

J'oubliai immédiatement ma sœur.

— Bon, eh bien, je vous laisse, ajouta Vicky en s'éclipsant.

Je remarquai à peine son absence tant Marc accaparait mon attention. Cela faisait des mois que je voulais l'inviter à sortir, mais je n'en avais jamais eu le courage. Sa timidité m'avait freinée à chaque fois. Il avait quelque chose d'intimidant et, jusqu'à aujourd'hui, je n'avais pas réussi à mettre le doigt dessus.

— Vous voulez boire quelque chose ? proposa-t-il enfin.

Je cachai maladroitement ma coupe de champagne dans mon dos.

— Heu… oui, avec plaisir.

Marc m'entraîna avec lui vers le buffet. Nous marchâmes lentement sur les petits pavés et, lorsque je faillis me tordre la cheville, il attrapa mon bras pour me soutenir avec une rapidité qui m'étonna.

— Ça va ? demanda-t-il avec sollicitude.

— Oui, je n'aurais pas dû mettre ces fichues chaussures, râlai-je.

Il m'adressa un sourire timide et sa main glissa sur mon avant-bras pour trouver la mienne. Mon cœur s'emballa. Nous marchâmes en silence en savourant le contact et la chaleur de nos paumes.

Il avait beau y avoir une tonne de monde, je ne voyais que lui. Il était grand, mince, et arborait un costume blanc absolument magnifique qui lui donnait une classe folle. Sa chemise d'un sombre violet rendait le tout encore plus sexy.

Quand nous arrivâmes au buffet, je reposai discrètement ma coupe et il m'en tendit une autre. Nous trinquâmes en échangeant un sourire maladroit, puis nous nous installâmes à une table pour discuter un peu. Pourtant, il semblait tendu. Il observa ma main qu'il tenait toujours entre ses doigts.

— Je… Je fais partie des prétendants au trône, lâcha-t-il comme une bombe.

Je ne savais pas trop ce que cela signifiait mais, à en juger par son expression contrariée, ça ne devait pas être bon signe.

— Qu'est-ce que ça veut dire ? le questionnai-je.

Il releva les yeux vers moi avec une intensité qui m'envoûta.

— Il est possible que la reine me choisisse en tant que roi. Je devrai me marier avec elle et lui jurer fidélité.

Ses mots me percutèrent comme un coup de poing. Je récupérai ma main en avalant difficilement ma salive.

— Alors, qu'est-ce qu'on fait là ?

J'étais complètement déconcertée. Ce monde dans lequel nous étions entrées, ma sœur et moi, m'était totalement inconnu et l'homme sur lequel je fantasmais depuis des mois avait l'air complètement inaccessible.

— Je voulais attendre de savoir avant de t'inviter, confessa-t-il avec un sourire triste étrangement intime.

Cela me déstabilisa encore plus qu'il passe au tutoiement, mais j'en fis de même.

— Tu sauras dans combien de temps ?

Il me fixa encore.

— Bientôt... Dans quelques jours tout au plus.

— D'accord.

Nous continuâmes à discuter. Le temps semblait passer à une vitesse folle en sa compagnie.

À minuit précis, tout le monde s'agglutina autour des quatre fauteuils, disposés dans le fond, où les membres du conseil avaient pris place. Je vis une femme en robe de princesse descendre les trois marches du château pour s'avancer vers eux.

— Nous y sommes, lâcha Marc en détaillant la femme que tout le monde regardait.

Je croisai son regard inquiet.

— C'est elle ? demandai-je.

Marc acquiesça et afficha une mine contrariée.

— Viens, on n'a pas besoin de rester ici, murmura-t-il avec détermination.

Il m'entraîna avec lui hors du château et j'eus soudain un peu froid. La neige recouvrait le parking et reflétait la lumière des lampadaires. Je me frottai les bras. Marc le remarqua et enleva sa veste. Mon manteau était resté dans ma voiture sur ordre de Théo.

— Désolé, nous ne sommes plus sous le sort de chaleur. Je n'y avais pas pensé, dit-il en déposant sa veste sur mes épaules.

Elle sentait tellement bon que j'eus envie de la renifler à plein nez.

— C'est pas grave tant que je suis avec toi, répondis-je en le fixant avec intensité.

— Est-ce que par hasard tu es venue en voiture ?

Je sortis les clés de ma pochette rose pâle.

— Oui, j'ai négocié avec Théo, répondis-je avec un large sourire.

Marc hocha la tête.

— Tu veux… qu'on aille chez toi ? J'habite en Bretagne alors, pour ce soir, ça me paraît compromis de t'inviter chez moi…

— En Bretagne ? m'étonnai-je. Mais comment… ? Tu venais tous les jours…

—Mehdi est un de mes amis. C'est un guerrier, expliqua-t-il.

Je hochai la tête en réalisant que Marc était bien plus imprégné de ce monde que moi. Je marchai jusqu'à ma voiture et la déverrouillai. Nous nous installâmes à l'avant. Puis je me tournai vers lui.

— On pourrait juste aller boire un verre, hasardai-je.

Je n'étais pas très à l'aise avec le fait d'amener Marc chez moi. Même si je le voyais tous les jours depuis des mois, je voulais d'abord mieux le connaître.

— Si tu connais un endroit sympa, je suis partant.

Il m'adressa un faible sourire et je démarrai.

Chapitre 21

*** Vicky ***

Une fois la cérémonie terminée, tout le monde se rendit sur la piste de danse. Je n'avais pas revu Carole depuis que je l'avais laissée avec Marc et je commençais à m'ennuyer. Je cherchai Alex pour qu'il me ramène. Il était au buffet en train de draguer deux nanas. J'allais l'interrompre quand il remarqua la reine à quelques pas de lui. Il s'éclipsa pour s'accroupir à ses pieds et je lâchai un petit grognement de frustration en picorant encore quelques pâtisseries sur le buffet.

Ils s'éloignèrent dans les allées enneigées, ce qui m'obligea à prendre mon mal en patience. Lorsque je l'aperçus de nouveau, il s'était écoulé une bonne demi-heure. Il discutait avec Théo. Je me précipitai vers eux aussi vite que je le pouvais.

— Est-ce que tu peux me ramener, maintenant ? demandai-je prudemment.

Alex tourna la tête vers moi et je remarquai son expression tendue. Il se tenait les côtes comme s'il souffrait.

— Tu peux la ramener ? lâcha-t-il d'une voix pâteuse en reportant son attention sur Théo.

— Tu es blessé ? m'inquiétai-je.

— C'est juste un crétin ! s'emporta Théo en le contournant pour se placer face à moi. Je vais te ramener.

Je hochai la tête et elle m'emporta avec elle. Lorsque nous atterrîmes dans mon salon, je m'écartai d'elle et respirai profondément pour enrayer la nausée qui m'avait assaillie.

— Qu'est-ce qu'il a ? ne pus-je m'empêcher de la questionner alors que mon chien fondait sur nous en agitant la queue.

Je le caressai distraitement.

— Il s'est pété deux côtes, répliqua-t-elle avec colère.

— Mais comment il a fait ? m'étonnai-je.

Théo se crispa et ferma les yeux une seconde.

— Je ne préfère pas en parler.

Elle avait l'air tellement hors d'elle que je n'insistai pas.

— À plus ! dit-elle en s'éclipsant.

Il était vraiment très tard et je ne perdis pas une minute pour rejoindre mon lit.

Le lendemain, je me réveillai en retard pour le boulot. J'avais une tête à faire peur. Heureusement, nous étions dimanche et je n'aurais pas de compte à rendre à ma sœur. Je pris une douche, me maquillai et enfilai une robe d'hiver noire avec des collants en laine et des bottes à talons hauts. J'attrapai mon manteau et me rendis à la boutique. Lorsque j'arrivai, je fus surprise de découvrir qu'elle était fermée. C'est là que je commençai à m'inquiéter pour ma sœur. Je l'avais laissée avec un inconnu…

Je repris ma voiture pour foncer chez elle. Je sonnai comme une malade lorsque j'atteignis son portail. La porte s'ouvrit quelques minutes plus tard.

— T'es dingue ?! s'exclama Carole en actionnant son portail avec une télécommande.

Elle était encore en pyjama et avait enfilé un gros peignoir. Je parcourus son jardin fleuri au pas de course.

— Qu'est-ce que tu fous ? l'attaquai-je en cachant mon inquiétude. Pourquoi la boutique n'est pas ouverte ?

Carole ferma la porte derrière moi et grimaça avec un air embarrassé.

— On s'est couchés à 6h du mat… Je pensais dormir juste une heure, mais je n'ai pas entendu mon réveil… Alors, j'ai décidé de rester à la maison.

— Tu aurais pu me prévenir ! m'emportai-je.

— Désolée…

Elle partit s'installer dans son canapé et je la suivis pour m'asseoir près d'elle.

— Alors ? Raconte-moi tout. Comment ça s'est passé avec Marc ?

Carole m'adressa un grand sourire et attrapa un nounours en guimauve. La boîte était presque vide…

— C'était magique, répondit-elle avec enthousiasme. On a passé toute la nuit à discuter.

— Alors, pourquoi tu as l'air de déprimer ?

Carole se rembrunit et piocha un autre nounours enrobé de chocolat.

— Parce qu'il devra peut-être épouser la reine… Pourquoi on n'est pas normales ? demanda-t-elle avec tristesse.

— Mince, comment ça se fait ?

J'attrapai une poignée de nounours et les enfournai dans ma bouche. J'adorais ces cochonneries.

— Ce sont leurs codes. J'ai pas tout compris…

Je fis mon possible pour réconforter ma sœur, puis me rendis chez Morgan. J'étais vraiment impatiente de le retrouver. J'espérais qu'il ne me ferait pas la tête pour mon absence de la veille.

Une fois devant son portail, je sonnai fébrilement. Mon cœur battait trop vite et ma respiration était irrégulière. La porte s'ouvrit enfin, révélant Morgan. Il portait un pull en laine moulant qui lui allait à la perfection.

Ses yeux d'un bleu délavé rencontrèrent les miens et il me fixa un long moment. J'étais nerveuse et mes jambes tremblaient un peu.

— Je peux entrer ? demandai-je timidement. Il fait un peu froid dehors…

Morgan s'activa enfin et descendit les trois petites marches du perron pour venir m'ouvrir le portail, mais il ne dit pas un mot. Je le suivis jusque chez lui avec appréhension. Il avait l'air distant et la panique commença à m'envahir. Je fermai la porte derrière moi et attendis qu'il me regarde, mais cela n'arriva pas.

— Tu as changé d'avis ? commençai-je en sentant mon cœur se serrer.

Morgan continua d'avancer. Je le suivis jusque dans son salon où il fit mine de ranger quelques trucs.

— Je suis passé chez toi, hier soir, et tu n'étais pas là, lâcha-t-il avec amertume.

— Écoute, Alex m'a obligée à assister à une cérémonie. Ma sœur aussi était conviée. Je n'ai pas pu te prévenir et je n'ai pas ton numéro…

Il ne répondit pas et cela m'agaça.

— Je savais que tu le prendrais mal…, dis-je au bout d'un moment.

Morgan sembla se détendre un peu. Il se tourna enfin vers moi et, lorsque j'ouvris mon manteau, ses yeux bleus me transpercèrent.

— OK…, murmura-t-il, toujours un peu crispé.

— Arrête de bouder.

Je me rapprochai de lui tandis qu'il passait une main sur son visage. Je n'osai pas le toucher, même si j'en mourais d'envie. Il avait l'air fatigué, exténué même.

— C'est facile à dire pour toi, bougonna-t-il.

— Je sais, mais essaie de me faire confiance, d'accord ?

J'attrapai doucement sa main. Sa chaleur réchauffa mes doigts glacés et accéléra les battements de mon cœur. Morgan ferma les yeux et serra les dents une seconde. Puis, il m'enlaça et m'attira contre lui. J'enfouis ma tête dans son cou en lui rendant son étreinte.

— Je te donnerai mon numéro, dit-il tout près de mon oreille.

Sa voix grave m'arracha un agréable frisson et je m'accrochai à lui un peu plus fort. Mon corps se détendit immédiatement. Je fermai les yeux en savourant sa chaleur, son parfum irrésistible et ses bras rassurants.

— Tu m'as manqué, chuchotai-je en déposant un doux baiser dans son cou.

Il frémit à mon contact et je souris contre sa peau. Malheureusement, des coups à la porte nous interrompirent. Morgan me relâcha pour aller ouvrir. J'en profitai pour déposer mon manteau sur le dossier d'une chaise avant de le suivre.

Sur le palier se trouvait sa copie conforme à peu de choses près. Les mêmes yeux bleus, le même visage en un peu plus vieux et des cheveux beaucoup plus courts. Ils se ressemblaient énormément, mais il y avait quelque chose de désinvolte dans le regard de cet homme qui n'avait rien à voir avec Morgan.

— Je savais que tu ne voudrais pas venir chez les parents, alors je suis passé te prendre, commença-t-il.

Morgan resta planté devant l'entrée pour bloquer celui que je supposais être son frère, et l'air glacial de dehors s'infiltra dans sa maison.

— Fous-moi la paix, Max ! Je suis occupé, grogna Morgan en tentant de refermer la porte sur son frère.

Ce dernier glissa son pied dans l'embrasure pour l'en empêcher.

— Pourquoi ? Tu as de la compagnie ? demanda Max en essayant de regarder par-dessus l'épaule de son frère.

C'est là qu'il m'aperçut et que son regard bleu se fit plus intense.

— Jolie, lâcha-t-il en poussant Morgan. Tu nous présentes ?

Morgan avait l'air tellement énervé que ses mâchoires se crispèrent. Il attrapa l'épaule de Max pour le retenir et se plaça près de moi.

— Vicky, voici mon frère, lâcha Morgan avec agacement.

Max fondit sur moi pour me faire la bise, mais je l'esquivai et lui tendis ma main.

— La petite amie de Morgan, précisai-je en le stoppant dans son élan.

Max se tourna vers ce dernier.

— Tu es sûre qu'elle n'est pas lesbienne, cette fois ? ricana-t-il.

Je retins la gifle qu'il méritait et Morgan le toisa de toute sa hauteur, malgré sa taille légèrement inférieure.

— Ferme-là ! s'exaspéra-t-il en attrapant son frère pour le pousser vers la sortie.

Max se tourna vers Morgan lorsqu'il franchit le seuil de la porte.

— Tu peux venir avec elle. Maman sera contente de la rencontrer, ajouta-t-il en me jetant un bref coup d'œil.

Je crois qu'il ne m'avait pas reconnue. Et, pour sa défense, je ne me rappelais pas que Morgan avait des frères ou des sœurs... Je me souvenais uniquement de nos longues promenades près du parc les soirs où nos parents se retrouvaient pour dîner.

Morgan me regarda à son tour, comme pour me demander mon avis.

— C'est comme tu veux, répondis-je avant qu'il ne pose la question.

Il claqua la porte au nez de son frère et revint vers moi.

— Tu es sûre ? s'inquiéta-t-il alors que Max toquait à la porte. Ils passent leur temps à se foutre de moi...

Je haussai les épaules sans trop savoir quoi lui répondre.

— C'est ta famille, c'est toi qui vois. Mais si tu as envie d'y aller, ça ne me dérange pas de t'accompagner. Même si ton frère semble être un abruti.

Morgan esquissa un faible sourire.

— C'en est un. Il est pompier... Et Bryan est militaire...

— Donc tu as deux frères.

— Tu ne t'en souviens pas ?

J'aurais voulu lui dire que c'était le seul qui avait marqué mon esprit, mais Morgan me fixait déjà bizarrement alors je me retins. La porte s'ouvrit de nouveau et Max entra.

— Alors ? Vous venez ?

Morgan et moi échangeâmes un autre coup d'œil avant qu'il ne réponde à son frère.

— Non.

Il n'avait pas l'air très sûr de lui.

— Allez, fais pas ta chochotte ! bougonna Max en laissant la porte grande ouverte.

C'est là que j'intervins.

— On a d'autres projets pour ce soir, lâchai-je en attrapant la main de Morgan.

Puis je l'embrassai à pleine bouche et il me rendit mon baiser. Ses doigts attrapèrent ma nuque avec force et sa langue fondit sur la mienne, ce qui m'arracha un faible gémissement.

Je le repoussai avant de perdre le contrôle et nous échangeâmes un long regard enflammé.

— Ouais, on a d'autres projets, lâcha Morgan en reportant son attention sur son frère.

Max faisait une tête de dix pieds de long et me regardait d'une façon bien trop explicite à mon goût. Ma robe me sembla soudain inappropriée, mais Morgan me relâcha pour mettre son frère dehors. Il verrouilla la porte et se tourna de nouveau vers moi. Il avait l'air embarrassé.

— Désolé pour ça…

— Tu n'as pas à t'excuser, le rassurai-je en m'approchant.

Il passa une main sur son visage, comme s'il était exténué ou triste. Peut-être un peu des deux…

— Ma famille n'arrête pas de me vanner pour ce qui est arrivé avec Patricia. J'ai fini par les éviter.

— Même tes parents ? m'étonnai-je.

Il hocha la tête.

— Surtout mes parents. De toute façon, ça n'a jamais été un plaisir de les voir… Je n'ai jamais trouvé ma place et mes frères m'ont toujours mis la misère.

Cela me sidéra. Je glissai mes bras autour de sa taille pour le serrer contre moi.

— Tu n'es pas obligé de les voir, tu sais ? Enfin, ce n'est pas parce que c'est ta famille que tu dois subir leurs moqueries.

Morgan hocha simplement la tête et embrassa mes cheveux. Ses bras se refermèrent enfin sur ma taille et nous restâmes plusieurs minutes à savourer cette étreinte. Ma respiration s'apaisa et je fermai les yeux quelques secondes en respirant son parfum délicieusement réconfortant.

— Donc, tu avais oublié que j'avais des frères…, reprit Morgan au bout d'un moment.

— Désolée si je ne me souviens que de toi, répliquai-je en me blottissant plus étroitement contre lui.

Il sembla se détendre enfin et laissa échapper un faible soupir. Pourtant, il se crispa à peine quelques secondes plus tard. Je relevai la tête vers lui pour découvrir qu'il fixait un point derrière moi. Je suivis son regard et sursautai en découvrant un homme dans son salon. Il était habillé d'un jean délavé et d'un blouson de cuir. Je crois que c'était un des guerriers que j'avais déjà vus lors d'une conversation avec Siréna. Luis ou Diego, peut-être.

— Qu'est-ce que vous voulez ? demanda Morgan, légèrement sur la défensive.

Le guerrier au teint mat et aux cheveux sombres s'approcha de quelques pas pour se planter derrière moi.

— Vicky est attendue pour le procès.

Je me libérai de l'étreinte de Morgan, soudain paniquée.

— Quel procès ? demandai-je en contrôlant ma voix tant bien que mal.

— Deux guerriers ont enfreint nos lois. Ils vont être jugés.

— Pourquoi ce n'est pas Alex qui vient me chercher ?

— Parce qu'il fait partie des coupables, lâcha-t-il avec un demi-sourire.

Je jetai un œil vers Morgan, sans trop savoir comment réagir, puis reportai mon attention sur le guerrier.

— Et qu'est-ce que j'ai à voir là-dedans ? m'inquiétai-je.

— Tout le monde doit y assister, dit-il d'un air grave qui ne présageait rien de bon.

Morgan attrapa ma main pour entrelacer nos doigts dans un geste réconfortant qui me réchauffa le cœur, ce qui n'échappa pas à notre visiteur.

— Les humains ne sont pas admis, ajouta ce dernier en toisant Morgan comme s'il n'était pas digne d'intérêt.

— Je ferai bientôt partie des vôtres, intervint Morgan en soutenant le regard sombre du guerrier.

— Peut-être mais, pour l'instant, vous n'êtes qu'humain. Allez, Vicky, venez.

Il me tendit sa main et son visage s'adoucit un peu alors que Morgan se crispait à mes côtés et serrait mes doigts un peu plus fort. Je me tournai vers lui en libérant ma main pour la poser sur son torse.

— Ça va aller. Je reviens vite, murmurai-je en déposant un doux baiser sur ses lèvres qui le détendit légèrement.

— Je n'aime pas ça, râla-t-il.

— Moi non plus… Mais ne boude pas, d'accord ?

Il hocha faiblement la tête en passant une main sur son visage et le guerrier en profita pour s'approcher de moi.

— Vous êtes prête ? demanda-t-il en passant ses bras autour de ma taille.

Je jetai un dernier coup d'œil à Morgan, qui me fixait avec un mélange de tristesse et de colère, avant d'acquiescer. Et le guerrier nous emporta en une fraction de seconde.

Nous arrivâmes dans un immense amphithéâtre bondé de monde et je retins la nausée qui m'envahit. Plusieurs personnes entraient pour s'installer. Le flux de gens n'en finissait plus. J'en avais vu certains la veille, à la soirée de la reine.

— Je suis votre nouveau guerrier à partir de ce jour, enchaîna l'homme qui m'avait téléportée ici.

— Luis ou Diégo ? demandai-je.

— Luis, répliqua-t-il avec son accent prononcé. Vous pouvez vous installer sur un des sièges.

Il balaya la rangée vide derrière nous et je vis ma sœur apparaître avec Théo. Elle s'était changée et arborait une meilleure mine que tout à l'heure. Par contre, Théo avait l'air anéantie. Un autre guerrier apparut près d'elle en tenant Marc avec lui. Il le relâcha pour se précipiter vers Théo qu'il enlaça étroitement. Elle s'effondra dans ses bras.

J'allais m'approcher d'eux pour en savoir plus lorsque je vis la reine entrer dans l'amphithéâtre. Je remarquai enfin l'estrade où se trouvaient les quatre fauteuils du conseil. Un siège volumineux était également installé juste à côté, légèrement en retrait. Siréna, Martin, Rodolf et Nicolas se tenaient debout, arborant un air grave. Ils semblaient débattre d'un point important et Siréna n'avait pas l'air d'accord avec eux…

Je m'assis machinalement en les observant tandis que la reine s'approchait d'eux.

Chapitre 22

*** Carole ***

J'étais un peu désorientée et je ne comprenais pas très bien ce qui allait se passer, mais vu la réaction de Théo, tout ceci ne présageait rien de bon. Je m'approchai de Marc, en quête de plus d'explications, alors que ma sœur était déjà installée quelques sièges plus loin. Les gens continuaient à entrer et à prendre les dernières places libres.

Marc semblait nerveux lorsque je l'atteignis enfin.

— Qu'est-ce qui se passe ? m'inquiétai-je.

Il attrapa ma main et regarda vers la sortie, puis vers le haut des marches qui donnaient sur une double porte en bois.

— Il faut qu'on sorte d'ici.

— Pourquoi ?

Le silence se fit dans la salle et je remarquai que les quatre membres du conseil s'étaient installés dans leur fauteuil sur l'estrade.

— Bien, nous allons commencer. Asseyez-vous, Melinda, commença Siréna en montrant le dernier siège vide près d'elle.

La reine s'installa docilement et un homme s'avança soudain sur l'estrade. Il remonta sa manche pour montrer son avant-bras et le conseil acquiesça d'un signe de tête.

— Amenez-les, ordonna Siréna.

Marc pressa mes doigts pour attirer mon attention.

— Ils vont les torturer. Je ne veux pas que tu voies ça…, murmura-t-il en se rapprochant de moi.

La peur me paralysa soudain. Je le dévisageai, incapable de dire quoi que ce soit.

Puis du mouvement en bas attira mon attention. Alex et un autre homme entrèrent dans la salle, escortés par trois autres guerriers. Je retins un cri de panique en découvrant les bracelets d'acier qui emprisonnaient leur cou, leurs poignets et leurs chevilles. Ils pouvaient à peine bouger.

— À genoux ! tonna Rodolf lorsqu'ils montèrent sur l'estrade.

Ils obtempérèrent sans protester dans un tintement de chaînes qui retentit dans toute la pièce. Je croisais de nouveau les yeux sombres de Marc, le cœur battant.

— Comment ça, les torturer ? m'inquiétai-je.

Marc me fit signe de me taire et me tira à sa suite pour atteindre la porte en haut des escaliers. Nous n'étions qu'à trois rangées de sièges de Vicky, mais je ne pouvais pas la laisser ici.

— Attends ! murmurai-je en pressant le bras de Marc pour qu'il s'arrête.

Il se tourna doucement vers moi.

— Je dois aller chercher ma sœur.

Marc scanna les sièges près de nous jusqu'à la trouver.

— Elle est avec Luis. C'est impossible.

— Je vais lui envoyer un texto, répliquai-je en sortant mon portable.

Je tapai un message rapide pour lui dire de se débarrasser de Luis et de nous rejoindre tandis que Marc semblait de plus en plus stressé près de moi. Vicky releva la tête en me cherchant. Lorsqu'elle croisa mon regard, elle se leva en disant quelque chose à Luis. Il hocha simplement la tête et elle vint à notre rencontre.

— Qu'est-ce qui se passe ? demanda ma sœur, inquiète.

— Viens avec nous, je t'expliquerai après.

Vicky plissa les yeux, mais ne protesta pas, et Marc reprit sa lente progression vers la porte du haut. Nous contournâmes toutes les personnes debout sur les marches, qui regardaient le conseil, puisque toutes les places étaient prises. J'attrapai la main de ma sœur pour ne pas la perdre et suivis Marc jusqu'à la sortie que nous atteignîmes juste au moment où des cris de douleur s'élevaient dans la pièce.

Puis nous marchâmes d'un pas rapide dans les couloirs du château, jusqu'à atteindre le grand portail en fer forgé et atterrir sur le parking de l'entrée.

— Oh mon Dieu ! m'écriai-je enfin en réalisant la situation.

— C'était quoi ce cri ? demanda Vicky, blanche comme un linge en me dévisageant.

— C'est ce qui arrive à ceux qui ne respectent pas nos lois, intervint Marc en glissant les mains dans ses poches et en pinçant les lèvres d'embarras.

— Et si on n'est pas au courant des lois ? m'enquis-je, complètement paniquée, alors que ma sœur s'appuyait contre un arbre, choquée.

— Personne n'est censé ignorer la loi, répliqua Marc d'un air contrit. Je vous dirai tout ce que vous devez savoir.

— Est-ce qu'on vient d'enfreindre la loi en se sauvant ? m'inquiétai-je en le regardant avec angoisse.

— Oui, lâcha-t-il en me fixant. Mais ce n'est pas aussi grave que pour Nathan et Alex.

— Qu'est-ce qu'ils ont fait ? demanda Vicky en reprenant ses esprits.

— Ils ont séduit la reine…, grimaça Marc. Et, pour être honnête, ça m'arrange bien, parce que je suis sûr d'être son parfait opposé. Je l'ai senti la première fois que je l'ai vue…

Son visage exprima une tristesse qui fit écho à la mienne et mon cœur se serra. Je m'approchai de lui pour attraper ses mains avec douceur.

— C'est ce qui m'arrivera si nous sortons ensemble ? murmurai-je, la peur au ventre.

— C'est une des possibilités…

Le choc me paralysa soudain et Marc me rattrapa de justesse. Mes jambes ne me portaient plus. Il me fallut plusieurs secondes pour reprendre mes esprits. J'attrapai mon téléphone d'une main tremblante pour appeler un taxi. Mieux valait se sauver d'ici avant que quelqu'un nous surprenne. De plus, Vicky avait l'air vraiment très mal. Elle nous dévisageait avec angoisse.

— Je ne supporterais pas que ça t'arrive, Carole, lâcha-t-elle au bout d'un moment.

— Ça n'arrivera pas, intervint Marc avec une assurance qui me déstabilisa.

Je le dévisageai, la peur au ventre. J'aurais voulu dire quelque chose, lui poser des questions, mais j'étais encore en état de choc. Le taxi arriva enfin et nous montâmes tous les trois à l'intérieur. Vicky se plaça à l'avant. J'indiquai mon adresse au chauffeur.

Marc attrapa ma main et la pressa doucement en me fixant toujours.

— Je ne suis pas obligé de venir chez toi, si tu ne veux pas…, murmura-t-il au bout d'un moment.

— Est-ce que je risque quelque chose, si tu restes avec moi ? m'inquiétai-je en me mordant la lèvre avec anxiété.

Une partie de moi était terrorisée, mais l'autre ne pouvait s'empêcher de vouloir passer du temps avec Marc.

— Pas pour l'instant. Je ne suis pas encore roi, répondit-il d'une voix tendue. Et peut-être que ça n'arrivera pas...

Il se détourna pour regarder par la fenêtre, les yeux dans le vague. Malgré le malaise qu'il affichait, je ressentis un certain soulagement. Nous passâmes le reste du trajet à nous observer et à caresser nos doigts joints.

Le taxi arriva vite devant chez moi. Marc paya la course et nous sortîmes tous les deux de la voiture. Vicky m'adressa un faible sourire en me disant au revoir, mais je voyais bien qu'elle était terrifiée.

J'entraînai Marc jusqu'à ma porte d'entrée tandis qu'il admirait les plantes de mon petit jardin de devant.

— C'est... magnifique, dit-il en me tenant toujours la main.

— Merci, répondis-je timidement.

Je déverrouillai la serrure, puis le guidai jusqu'à mon salon où il découvrit les autres plantes qui décoraient ma maison. Il s'extasia encore une fois, ce qui provoqua un doux frisson dans ma poitrine. Je lui souris avec une certaine fierté.

— Est-ce que tu veux boire quelque chose ? lui proposai-je, sans trop savoir quoi faire.

Même si nous avions déjà passé toute une nuit à discuter, nous ne nous connaissions pas assez. Je ne vais pas mentir, j'étais vraiment attirée par Marc et, ces derniers mois à le voir tous les jours, n'avaient fait qu'accentuer cela. Mais me retrouver enfin seule avec lui me mettait mal à l'aise. Surtout après avoir découvert le danger qui pesait au-dessus de ma tête, telle une épée de Damoclès.

Marc acquiesça et je préparai une tisane de verveine/menthe. Cela me calmerait un peu, même si j'avais conscience que ça ressemblait à une habitude de grand-mère.

Une fois la bouilloire chaude, je l'emportai sur la table basse de mon salon avec deux tasses et la boîte de tisane. Puis j'invitai Marc à s'asseoir près de moi.

Je nous servis tous les deux avant de m'enfoncer dans les coussins en soufflant sur ma boisson brûlante.

— Tu aimes la tisane ? m'inquiétai-je en le regardant tourner le sachet dans sa tasse.

— Je ne déteste pas, répondit Marc en esquissant un faible sourire.

Il croisa mon regard et j'en eus le souffle coupé. Je détournai les yeux en me raclant la gorge.

— J'aimerais en savoir plus, commençai-je au bout d'un moment.

Marc haussa les épaules et se laissa aller contre le dossier du canapé. Il était beaucoup trop proche de moi. Il se tourna légèrement dans ma direction pour m'observer.

— Qu'est-ce que tu veux savoir ?

— Combien y a-t-il de prétendants au trône ?

Marc pinça les lèvres et soupira avant de me répondre.

— Une bonne vingtaine...

— Alors, rien n'est perdu, dis-je avec soulagement. Comment tu sais que ce sera toi ?

Il haussa les épaules.

— Un pressentiment…

Je posai ma main sur sa cuisse et me collai contre lui avec tendresse.

— Alors, profitons du moment présent, continuai-je.

Marc posa sa tasse vide sur la table basse, puis attrapa la mienne pour la placer juste à côté. Il retira ma main de sa cuisse et reprit ses distances, un peu embarrassé. Il se leva soudain.

— Écoute, je… je vais rentrer. Mehdi va me ramener.

Il envoya rapidement un SMS.

— Pourquoi ? m'affolai-je en me levant à mon tour.

Un guerrier apparut à cet instant.

— C'est mieux comme ça, ajouta simplement Marc.

Je n'eus pas le temps de protester qu'il avait déjà disparu.

Qu'est-ce que j'ai fait ?

Je ne comprenais pas sa réaction…

La mort dans l'âme, je débarrassai la table avant d'aller me coucher.

Chapitre 23

*** Vicky ***

Le taxi s'arrêta enfin devant chez Morgan. Je sortis de la voiture en bravant le froid glacial que l'habitacle du véhicule m'avait presque fait oublier. Je sonnai et, cette fois, Morgan afficha un faible sourire en me découvrant. Il se précipita jusqu'au portail pour m'ouvrir. Il portait toujours son pull en laine et n'avait pas pris la peine de mettre un manteau pour se couvrir. Nous marchâmes rapidement jusqu'à l'entrée.

— Tu as fait vite, dit-il en refermant la porte derrière nous.

Son sourire me réchauffa le cœur, malgré les derniers événements. Je caressai ses joues du bout des doigts en détaillant son magnifique visage, sa barbe de quelques jours et ses fossettes adorables. Ses yeux d'un bleu translucide me sondaient avec concentration.

— Tu es tellement beau, Morgan…, soufflai-je au bout d'un moment.

Il sembla un peu surpris, mais continua à se laisser admirer. Ses bras glissèrent autour de ma taille tandis qu'il m'observait.

Les paroles de ma sœur résonnaient encore dans ma tête. Elle ne pouvait pas sortir avec celui qu'elle aimait sous peine d'être torturée. Je réalisai soudain que j'avais vraiment de la chance, comparé à elle.

— Que s'est-il passé, là-bas ? Tu as l'air bizarre…, commença Morgan au bout d'un moment.

Je me détournai aussitôt et partis m'asseoir sur son canapé. Il me suivit avec inquiétude et s'installa près de moi. Je fixai mes mains sans oser le regarder. J'étais encore sous le choc et je ne savais pas comment Morgan allait prendre la chose ni même si j'avais le droit de lui en parler. Mais il ferait bientôt partie des nôtres, alors pourquoi lui mentir ?

— Ils ont… torturé deux guerriers. Alex et Nathan… Parce qu'ils avaient enfreint leurs règles et qu'ils ont séduit la reine. Marc pourrait devenir le roi et ma sœur risquerait de subir le même châtiment.

Je relevai les yeux vers Morgan qui me sondait d'un visage impassible, comme à chaque fois qu'il voulait cacher ses émotions.

— Qui est Marc ?

— Le nouveau copain de ma sœur. Je me dis que j'ai plus de chance qu'elle…

Morgan hocha faiblement la tête et attrapa mes doigts dans les siens. Ils étaient chauds et réconfortants.

— Je ne sais pas ce que je ferais si ma sœur se faisait torturer, ajoutai-je, la peur au ventre.

Morgan passa un bras autour de mes épaules et me tira vers lui pour m'enlacer. Son parfum m'enveloppa immédiatement et m'arracha un faible soupir. Je fermai les yeux quelques secondes en savourant sa chaleur.

— Ça n'arrivera pas, lâcha-t-il d'une voix rassurante.

J'étais tellement désespérée que je crus ses paroles, même si je savais au fond de moi qu'il ne pouvait pas en être sûr. Je me blottis plus étroitement contre lui et posai ma tête au creux de son cou.

— Est-ce que je peux rester avec toi, cette nuit ? lui demandai-je avec angoisse.

Morgan caressa mes cheveux de sa main libre et j'entendis son sourire lorsqu'il me répondit.

— Si tu veux.

Un soupir de soulagement m'échappa.

— Tu veux manger quelque chose ? reprit-il au bout de quelques secondes. Il reste de la moussaka au frigo.

— Seulement si c'est toi qui l'as cuisinée, acquiesçai-je.

— Évidemment ! rigola-t-il.

Il se leva doucement pour partir dans la cuisine. Je m'affalai dans son canapé et m'enroulai dans la couverture toute douce, posée sur un des accoudoirs. Puis j'attrapai la télécommande de sa télé et appuyai sur la touche *Netflix*.

Morgan revint quelques minutes plus tard avec deux assiettes fumantes et remplies dans les mains. Il les déposa sur la table à manger. Je le rejoignis tandis qu'Eléonor se disputait avec Chidi à l'écran.

— Ça ne t'embête pas si on regarde *The good place* en mangeant ? demandai-je en m'installant.

— Comme tu veux, répliqua Morgan en prenant place à côté de moi.

Son plat était encore une fois délicieux et cela ne fit qu'accentuer mes sentiments à son égard. Morgan était parfait. Je l'observai à la dérobée tandis qu'il mangeait en regardant la série.

Je suis vraiment accro...

— Au fait, tu fais quoi pour Noël ? lui demandai-je au bout d'un moment. C'est dans deux jours…

Morgan se figea une seconde, puis fit disparaître l'émotion qui l'avait traversé en affichant son éternelle expression impassible.

— Je pense que je vais rester ici... Je n'ai pas envie de voir ma famille.

J'hésitai un instant avant de lui répondre.

— On pourrait le fêter ensemble...

Les yeux de Morgan sondèrent les miens avec insistance et une vague de chaleur m'envahit.

— Pourquoi pas..., lâcha-t-il avec hésitation. J'aurais dû acheter un sapin...

— Je pourrais demander à Marc d'en faire apparaître un dans ton salon, plaisantai-je.

Morgan me fixa, les sourcils froncés.

— Il... C'est un élémentale de la terre. Il peut faire apparaître n'importe quelle plante, précisai-je.

Morgan reporta son attention sur son assiette qu'il avait presque terminée.

— On n'est pas obligés de le fêter, tu sais... Juste nous deux, c'est suffisant..., dit-il avec hésitation.

J'attrapai sa main et entrelaçai mes doigts aux siens, puis croisai son regard d'un bleu intense.

— D'accord. À condition qu'il y ait des tonnes de chocolats.

Ma réplique lui arracha un faible sourire auquel je répondis.

— J'irai faire quelques courses demain.

Je hochai la tête.

Une fois le repas terminé, nous retournâmes sur son canapé pour nous blottir l'un contre l'autre. Cette étreinte me réchauffa encore plus. Mes pensées défilèrent alors que je regardais l'écran sans vraiment le voir. J'observai Morgan à la dérobée, comme à chaque fois que j'en avais l'occasion, en espérant qu'il ne me larguerait pas du jour au lendemain.

*** Carole ***

Le réveillon de Noël était dans moins de 48h et je ne savais pas encore ce que j'allais faire. Bien sûr, j'avais prévu de le passer avec Vicky. C'était rare que je ne prépare pas tout à l'avance, mais il fallait dire que ces derniers jours avaient été mouvementés.

Vicky me rejoignit sur les coups de 17h en affichant une mine enjouée.

— Tu m'as l'air bien joyeuse, la taquinai-je lorsqu'elle m'enlaça pour déposer un léger baiser sur ma joue.

— Je passe Noël avec Morgan. Juste tous les deux, d'après ses propres mots.

Je fis la moue en rangeant le comptoir. Quelques clients entrèrent à cet instant pour acheter des bouquets d'hiver et Vicky m'aida à les servir.

— Je pensais qu'on le passerait ensemble, Sist…

Vicky m'adressa une grimace contrite qui cachait mal sa joie.

— Désolée…, s'excusa-t-elle entre deux encaissements.

Je soupirai et continuai à confectionner les bouquets qu'on me commandait. Lorsqu'il y eut un nouveau temps calme dans la boutique, je croisai les bras sur ma poitrine en étudiant ma sœur avec malice.

— Je t'excuserai seulement si tu trouves un moyen de me faire passer Noël avec Marc.

En réalité, je plaisantais à moitié. Je n'avais aucun moyen de le joindre et je n'étais pas folle au point de prendre la route pour partir en Bretagne sans savoir où il habitait…

Vicky attrapa son portable, puis leva de nouveau les yeux vers moi.

— J'ai le numéro de Nathan et d'Alex ! s'écria-t-elle joyeusement en secouant son téléphone dans ma direction.

Je marquai un temps d'arrêt.

— Ils sont… Enfin… Je ne suis pas sûre qu'ils aient leur portable avec eux…, balbutiai-je en repensant aux horreurs qu'ils avaient dû subir.

Le visage de Vicky se décomposa.

— Oh mon Dieu… C'est vrai. J'avais oublié…

Elle vacilla légèrement en repensant à cet horrible moment. Quelques secondes plus tard, elle reprit ses esprits comme si elle avait eu une brillante idée.

— On va aller au château. Tu connais le chemin. Il y a sûrement quelqu'un qui pourra nous renseigner.

Malgré le souvenir atroce qui planait entre nous, je lui adressai un large sourire avant de lui sauter au cou.

— Tu es géniale ! m'écriai-je.

À 19h, je fermai la boutique. Vicky monta avec moi dans ma voiture et nous partîmes jusqu'à Ballancourt-Sur-Essonne pour rejoindre le château. Je n'étais pas très à l'aise à l'idée de retourner là-bas, mais c'était ma seule chance de revoir Marc.

Je me garai dans le parking devant les grandes grilles en fer forgé. Vicky descendit en même temps que moi et nous nous retrouvâmes rapidement devant l'immense portail.

— Et maintenant ? demandai-je, sceptique.

Je n'étais pas sûre qu'on puisse rentrer comme dans un moulin…

Vicky haussa les épaules et s'avança pour pousser la grille. Elle s'ouvrit sans effort.

— Tu crois qu'on peut entrer comme ça ? m'inquiétai-je. Si ça se trouve, on enfreint leurs lois…

J'étais un peu anxieuse à l'idée de faire une bêtise, car je ne connaissais pas les conséquences d'un tel délit.

— On pourra toujours faire les idiotes, répliqua Vicky qui semblait beaucoup trop détendue à mon goût.

Nous franchîmes la petite allée pavée et entrâmes discrètement dans le château. Aucune porte ne semblait verrouillée, ce qui m'étonna un peu. Nous croisâmes quelques personnes dans les couloirs et nous marchâmes sans trop savoir ce que nous cherchions. Mon cœur battait trop vite à cause du stress et de l'adrénaline.

— Qu'est-ce que vous faites là ?! nous interpella une voix derrière nous.

Vicky et moi sursautâmes en même temps. J'étais trop effrayée pour aligner deux mots, mais ma sœur prit les devants. En temps normal, c'était moi la plus tête brûlée de nous deux mais, aujourd'hui, en sachant que je risquais peut-être ma vie en voulant revoir Marc, je n'en menais pas large. Nous nous retournâmes.

— On cherche Théo, mentit Vicky avec aplomb. Ma sœur a quelques trucs à lui demander…

Un soupir de soulagement m'échappa lorsque je reconnus Mehdi et je ne pus retenir un sourire.

— En fait, je cherche Marc, enchaînai-je. Il m'a dit que vous étiez amis…

Ma sœur m'adressa un regard réprobateur. Une lueur d'inquiétude traversa ses yeux bruns, mais je lui fis un signe de tête apaisant tandis que Mehdi nous observait attentivement. Il avait l'air contrarié.

— Vous êtes Carole, c'est ça ? dit-il au bout d'un moment.

Je savais qu'il me connaissait mais, comme nous n'avions jamais été présentés officiellement, j'acquiesçai prudemment.

— Vous ne devriez pas être ici, me gronda-t-il gentiment.

Il regarda autour de nous avant de lâcher un soupir embarrassé.

— Bon, reprit-il. Je vais vous emmener chez lui, mais votre sœur devra partir d'ici.

— D'accord, acceptai-je, sans demander son avis à Vicky.

Je lui tendis simplement mes clés de voiture pour qu'elle puisse rentrer chez elle.

— Tu es sûre ? me demanda-t-elle tout de même avec une pointe d'inquiétude.

Je l'étreignis rapidement.

— Oui. Rentre. Je t'envoie un message dès que je suis avec Marc.

Je voyais bien que Vicky n'était pas rassurée, mais elle ne protesta pas. Mehdi m'emporta avec lui la seconde suivante. Nous atterrîmes dans une sorte de grand atelier situé à l'étage. Un des murs était une grande baie vitrée donnant sur un immense jardin où l'on pouvait apercevoir la mer au loin. Je me détachai de Mehdi pour m'approcher de la fenêtre et admirer la vue.

— Waouh…, murmurai-je.

— C'est beau, n'est-ce pas ? intervint la voix de Marc derrière moi.

Encore une fois, je sursautai. Il fallait que je m'habitue à voir apparaître des gens n'importe où, n'importe quand…

— Où est Mehdi ? demandai-je en regardant autour de nous.

— Il est déjà reparti.

Je hochai la tête avant de prendre une grande inspiration. L'angoisse commençait à s'infiltrer dans mon corps et Marc avait toujours ce charme ravageur qui me faisait perdre tous mes moyens.

— Que me vaut cet honneur ? reprit-il en m'étudiant attentivement.

J'avalai difficilement ma salive avant de me lancer.

— Eh bien… Je voulais savoir si nous pouvions passer Noël ensemble…, soufflai-je timidement.

Marc s'approcha lentement de moi et je ne pus m'empêcher de paniquer en repensant à sa réaction lorsque j'avais tenté de me rapprocher de lui sur mon canapé.

— Enfin, je sais que c'est assez soudain, débitai-je à toute allure. Mais ma sœur a décidé de me laisser toute seule et nos parents sont décédés, alors…

Marc s'arrêta à seulement un pas de moi et je sentis mon corps se ramollir en appréhendant la suite.

— Je ne fête pas Noël.

Je me figeai de surprise avant de me détendre lorsqu'il m'adressa un sourire.

— Je te fais visiter ? proposa-t-il ensuite.

— Heu… Oui. Avec plaisir.

Il fit le tour de son atelier pour me montrer ses toiles, toutes plus magnifiques les unes que les autres. Il y avait quelque chose de magique dans sa façon de peindre, mais également quelque chose de torturé que je n'arrivais pas à comprendre. Il représentait beaucoup de natures mortes, de paysages sauvages auxquels il donnait vie à travers ses coups de pinceau.

Puis, je le suivis jusque devant les marches qui descendaient plus bas. Il s'arrêta une seconde pour me faire face.

— Tu te souviens de cette femme dont je t'ai parlé ? Je n'étais pas sûre qu'elle puisse voir un jour toutes ces roses que je viens t'acheter.

J'acquiesçai avec un petit pincement au cœur.

— Viens, dit-il en attrapant tendrement ma main.

Nous descendîmes l'escalier qui menait au salon et je fus abasourdie par ce que je vis. Il y avait des bouquets de roses dans tous les coins.

— Cette femme, c'était toi…, termina-t-il en m'observant attentivement.

C'était tellement romantique qu'une émotion forte me submergea. J'en eus les larmes aux yeux en resserrant mes doigts sur les siens. Puis je croisai son regard à la recherche d'une réponse. Je ne comprenais pas pourquoi il m'avait choisie, moi.

— Pourquoi moi ? demandai-je soudain.

Marc sembla embarrassé. Il lâcha ma main et se détourna pour aller arranger les fleurs qui ornaient la pièce. Je l'observai avec attention, fascinée par ses pouvoirs qu'il déployait pour maintenir les roses en bonne santé. Je m'approchai de lui pour m'occuper du bouquet proche du sien.

Marc me jeta un regard en coin et ses yeux s'illuminèrent en voyant les roses s'embellir sous mes doigts.

— J'ai grandi dans la maison que tu habites, lâcha-t-il comme une bombe.

J'en restai sans voix tandis qu'il m'observait avec inquiétude.

— Quand ma mère est morte, j'ai pris la fuite et je me suis isolé en Bretagne. Mon père a préféré déménager aussi. Je ne sais pas où il est. J'ai coupé les ponts avec toutes les personnes de mon entourage.

— Pourquoi ? m'étonnai-je.

— Je n'ai pas envie d'en parler… Pas pour l'instant.

Je hochai la tête avec déception et il continua.

— Je n'avais jamais eu le courage de retourner là-bas et puis… il y a plusieurs mois, j'ai fini par me décider… Et là, j'ai vu la façon dont tu avais décoré ton jardin. Toutes ces plantes magnifiques qui m'ont fait vibrer. Et puis, j'ai découvert que tu étais fleuriste alors j'ai voulu faire un tour dans ta boutique et… j'ai été subjugué par toutes ces plantes que tu entretenais à merveille. J'ai tout de suite compris que tu avais quelque chose de spécial…

Je le dévisageai, complètement abasourdie.

— J'ai conscience que ça ressemble un peu à du harcèlement, mais…

— Non, le coupai-je en le dévisageant.

Il me rendit mon regard en attrapant ma main. Ses yeux d'un brun chaud étaient époustouflants.

— Je n'aurais pas dû venir te voir tous les jours, mais je n'arrivais pas à m'en empêcher…

Je caressai doucement sa joue.

— Moi aussi, j'étais impatiente que tu viennes dès la première heure de la journée. Mais tu passais en coup de vent…

Marc hocha la tête avant d'afficher un petit sourire. Je voulus le prendre dans mes bras quand il se détourna.

— Pardon…, murmurai-je sans comprendre. Je vais peut-être trop vite…

Il serra les dents une seconde puis se concentra sur un autre bouquet.

— Ce n'est pas ça… C'est juste que c'est dangereux d'être trop proche de moi.

Une pointe d'inquiétude me traversa.

— Comment ça ?

Je le vis prendre une profonde inspiration avant de se tourner de nouveau vers moi.

— Je ne suis pas encore prêt à t'en parler. Juste… ne t'approche pas trop près, s'il te plaît.

Sa voix résonna comme une supplique qui me serra la poitrine. Je ne savais pas encore ce que cela signifiait, mais j'eus un mauvais pressentiment.

Et si Marc était dangereux ?

Je ne connaissais rien de lui ni de ce monde dans lequel j'avais atterri. Je ne savais pas si on pouvait me faire du mal, mais cela me fit peur.

— D'accord, acquiesçai-je prudemment. Je pense que je vais rentrer…

Marc tiqua, mais n'opposa aucune résistance. Il prit simplement son portable. La seconde suivante, Mehdi apparaissait pour me ramener chez moi.

Je n'eus pas le cœur de dire à ma sœur que Marc ne fêtait pas Noël. Pour cette fois, je préférai lui mentir et m'organiser une soirée en solitaire à me gaver de bonnes choses devant un bon film romantique.

Chapitre 24

*** Vicky ***

Noël se déroula sans encombre. Morgan et moi passâmes une soirée cocooning extra. Comme d'un commun accord, je restai plusieurs jours chez lui, comme si nous habitions ensemble. Il était adorable et vraiment attentionné, même s'il ne parlait pas beaucoup. Il avait même accepté que je ramène Sam chez lui. Ce traître de chien le considérait déjà comme son maître… Une part de moi en était vraiment jalouse.

Ma sœur n'avait pas trop mal pris le fait que je l'abandonne pour les fêtes à cause d'un homme. Elle avait également le sien, heureusement. Du moins, pour l'instant…

Morgan était déjà parti travailler et je me préparai pour rejoindre ma sœur à la boutique de fleurs. Pendant les vacances scolaires, je l'aidais pratiquement tous les jours. J'avais à peine terminé d'enfiler mon jegging noir fourré et mon pull ultra chaud couleur chocolat au lait, qu'une forme floue apparut devant moi.

Luis me fit face et je restai un instant sans réaction. Pendant ces quelques jours, j'avais presque oublié cette partie de ma vie complètement surréaliste…

— Vous êtes attendue pour le premier rituel d'*Harmonie*, commença-t-il avec un sérieux inquiétant.

Je fronçai les sourcils.

— C'est quoi encore ces conneries ? m'emportai-je.

Mais, contrairement à Alex, Luis était quelqu'un de calme et de réfléchi. Il se contenta de me jeter un regard inquiet avant de me répondre.

— Vous devriez apprendre à la boucler. Le conseil n'aime pas les rebelles et je n'ai pas l'impression que le dernier jugement vous ait affectée.

Un frisson de terreur me secoua. Je repris rapidement mes esprits.

— C'est vrai. Désolée..., capitulai-je.

Luis s'approcha de moi et me jaugea une seconde avant de m'attraper par la taille et de me tirer doucement contre lui.

— Accrochez-vous, dit-il simplement.

J'enroulai mes bras autour de son cou avec force.

— Inutile de m'étrangler, râla-t-il. Je ne vais pas vous lâcher, compris ?

Je hochai la tête en desserrant un peu ma prise sur son cou et il m'emporta avec lui. Lorsque nous atterrîmes, la nausée me prit par surprise. Je le repoussai brusquement pour vomir à ses pieds.

La honte me submergea lorsque je relevai les yeux vers mon nouveau guerrier.

— Merde ! jurai-je.

Nous étions dans les jardins du château et, heureusement, il n'y avait personne d'autre que nous.

— C'est rien. Je me doutais que vous seriez malade. J'ai préféré nous faire apparaître ici plutôt que dans le bureau du conseil.

— Merci, dis-je avec un réel soulagement. Pourquoi vous êtes gentil avec moi ?

— Suivez-moi, éluda-t-il en se dirigeant vers l'intérieur du château.

Nous traversâmes plusieurs grands couloirs et croisâmes beaucoup de personnes qui semblaient se diriger dans la même direction.

— Je ne suis pas comme Alex, répondit enfin Luis. Et vous n'avez pas besoin de vous faire malmener par un deuxième guerrier. Je pense que vous le détestez suffisamment pour l'instant. De plus, le rituel d'*Harmonie* devrait rééquilibrer vos pouvoirs.

Je m'arrêtai net en le dévisageant.

— Comment ça ? m'inquiétai-je.

Luis me jeta un coup d'œil puis attrapa mon bras pour me traîner à sa suite. J'aurais dû me débattre, mais le conseil n'aimait pas les rebelles... Et j'avais beaucoup trop peur de leurs châtiments alors je le suivis sans protester.

— Vous faites partie du rituel, reprit-il tandis qu'un frisson de terreur m'emplissait la poitrine.

Luis me jeta un autre regard.

— Cela ne vous fera aucun mal. Vous ne risquez rien, tenta-t-il de me rassurer.

Pourtant, sa poigne ferme sur mon bras me faisait redouter le contraire. L'air commença à me manquer et je sentis les prémices d'une crise d'angoisse. Je suffoquai en le suivant à contrecœur.

Une quantité impressionnante de personnes attendaient devant la pièce où nous entrâmes enfin. Ça ressemblait à un immense bureau. Nicolas, Rodolf et Martin se tournèrent vers nous et Luis s'accroupit respectueusement en tirant le col de sa veste pour montrer une marque en forme de spirale. Je louchai plusieurs secondes dessus, sans comprendre ce que c'était.

Ma sœur apparut à cet instant avec un guerrier qui ressemblait énormément au mien. Sans doute s'agissait-il de Diego. Je n'avais qu'un vague souvenir de ce dernier. Carole semblait tout aussi désorientée que moi en voyant les trois hommes du conseil qui dégageaient une aura impressionnante. Elle se tourna dans ma direction tandis que Diego s'approchait d'eux.

— Qu'est-ce qui se passe ? me questionna Carole, comme si j'en avais la moindre idée.

Puis Morgan apparut à son tour avec un autre guerrier. Un grand blond tout en muscles. Morgan regarda autour de lui avant de me remarquer, alors que le guerrier le relâchait. Je m'approchai de lui avec angoisse. Je me rappelai soudain les paroles de Siréna sur le rituel d'Harmonie et les éventuels effets secondaires sur les humains.

Ils peuvent devenir fous…

— Tu es sûre que tu veux faire ça ? le questionnai-je discrètement.

Les gens commençaient à entrer et à s'amonceler autour de nous. Mon angoisse augmenta et les battements de mon cœur redoublèrent alors que les yeux de Morgan me sondaient avec incertitude.

Il hocha simplement la tête et posa une main chaude contre ma joue.

— Tout ira bien, dit-il d'une voix grave et chaleureuse qui se répercuta dans tout mon corps.

Je posai mes doigts sur les siens en soutenant son regard d'un bleu limpide.

— Je l'espère…, chuchotai-je.

Chapitre 25

*** Carole ***

J'étais déstabilisée par le monde autour de nous et ma sœur ne semblait pas en savoir plus que moi. Je la regardais discuter avec Morgan et écoutais leurs échanges, lorsqu'une lumière chaleureuse, presque aveuglante, venant de la porte d'entrée, attira mon attention.

Un couple entra. Je reconnus la reine qui marchait avec prestance. La lumière dorée m'empêchait de distinguer les traits de l'homme qui l'accompagnait. Puis elle s'éteignit et le choc me paralysa soudain. Mes jambes menacèrent de cesser sous mon poids lorsque je reconnus Marc aux côtés de la reine.

Il avait raison...

La douleur et la peur m'envahirent, telle une vague glaciale qui contamina tout mon corps. Si, quelques jours plus tôt, j'appréhendais de revoir Marc suite à sa mise en garde, le savoir totalement hors de portée était une autre histoire. Ça faisait des mois que je fantasmais sur lui et qu'il m'avait en quelque sorte déclaré sa flamme...

J'étais au bord des larmes lorsque Nicolas prit la parole.

— Ma Reine, Majesté, commença-t-il en leur adressant respectivement un signe de tête. Vous allez maintenant accomplir votre premier rituel d'*Harmonie*.

— Carole et Vicky sont les dernières de leur espèce, enchaîna Martin en nous désignant ma sœur et moi. Il faut récolter une partie de leurs pouvoirs et le transmettre à cet humain pour recréer une souche saine de guérisseurs.

Les mots glissaient sur moi sans m'atteindre. Je n'y comprenais rien. C'était comme si je n'étais plus dans mon corps et que je voyais la scène de loin.

Je tournai la tête vers Morgan qui semblait à la fois terrifié et sur la défensive. Il se plaça devant Vicky, comme pour la protéger.

— Je ne savais pas que tu ferais partie du rituel, murmura-t-il à ma sœur.

Ils se fixèrent un moment, puis une femme rousse intervint et posa une main sur l'épaule de Morgan. Vicky parut désemparée, mais garda le silence, en voyant Morgan perdre son libre arbitre.

— Morgan, calmez-vous. Cela est sans danger, le rassura la rousse.

Je reportai mon attention sur Marc, qui me dévisageait, pendant que la reine parlait avec ma sœur. Il articula silencieusement les mots « Je suis désolé » et je faillis fondre en larmes. D'une certaine manière, je me trouvais irrationnel, car Marc et moi ne nous connaissions pas vraiment. Mais l'attirance et le lien qui s'était installé entre nous n'étaient pas anodins. C'était quelque chose de puissant qui dépassait la raison.

Il baissa soudain les yeux et effleura le bras de Melinda pour provoquer une étincelle de lumière. J'étais tellement triste et en colère que cette femme me le vole !

Elle n'a pas le droit...

J'étais dans un brouillard de désespoir et je ne comprenais pas un mot de ce qui se disait autour de moi. J'étais focalisée sur Marc qui semblait bien trop proche de Melinda. Cela faisait des mois qu'il venait m'acheter des roses à la boutique juste pour me voir et il m'avait avoué ses sentiments, en quelque sorte. Malgré sa mise en garde sur le fait de ne pas l'approcher, le feeling passait tellement bien entre nous que je me sentais trahie par ce revirement.

Il avança vers moi et mon cœur s'accéléra subitement. Ma sœur était juste à côté. La reine se plaça donc face à elle. Le regard chocolat de Marc était intense. Il ne me quittait pas des yeux et je ressentais son malaise. Puis, il attrapa la main de Melinda et l'aura de lumière se répandit dans toute la pièce. Cela m'aveugla. Je dus fermer les yeux quelques secondes. Juste avant que tout cesse subitement.

— Qu'est-ce qui ne va pas, Melinda ? demanda Siréna d'un ton inquiet.

— J'aspire son pouvoir…, répondit la reine.

— C'est tout à fait normal, ça ne va pas la tuer, ironisa Rodolf.

Ses paroles m'angoissèrent. Je ne pus m'empêcher de chercher le regard de Marc encore une fois. Il m'observa avec intensité et le nœud dans mon ventre augmenta.

Puis la lumière inonda de nouveau la pièce et m'obligea à rompre notre contact visuel. L'angoisse m'étreignit encore une fois. Mon cœur se serra lorsque je sentis des doigts chauds effleurer ma joue. Un geste d'une tendresse infinie qui me fit fondre. Je savais que c'était lui qui me touchait.

Quelque chose remua soudain à l'intérieur de moi, se déchaîna pour sortir de mon corps et rejoindre les doigts qui me touchaient. C'était désagréable et terrifiant. J'aurais voulu protester, mais je n'arrivais plus à bouger. Je me sentais de plus en plus faible et je finis par m'évanouir.

Lorsque je me réveillai, j'étais complètement désorientée. Je regardai autour de moi pour découvrir que j'étais dans ma chambre. Je me figeai en découvrant Marc assis près de moi et la panique m'envahit. Je me redressai d'un bond.

— Qu'est-ce que tu fais là ? m'alarmai-je. Si quelqu'un est au courant, ils vont s'en prendre à moi…

Marc attrapa ma main et son contact m'apaisa un peu.

— Ne t'inquiète pas. J'ai fait promettre aux guerriers qui s'occupent de nous et de Melinda de garder le silence. Personne n'est au courant.

— Je croyais que le guerrier de Vicky n'était pas aussi conciliant…

Les yeux chocolat de Marc me fixèrent avec inquiétude.

— Je me suis arrangé avec Luis et Diego. Ils ne poseront pas de problème.

Je retirai brusquement ma main de la sienne, en me rappelant qu'il était désormais en couple avec la reine, et croisai les bras sur ma poitrine. Marc me jeta un regard plein de tristesse.

— Est-ce que tu m'en veux pour ce qui s'est passé ?

Je le toisai avec colère.

— Tu parles du fait de m'avoir volé mes pouvoirs ou d'être en couple avec une autre femme ?

Marc pinça les lèvres. Je savais que je n'avais aucun droit sur lui, mais c'était plus fort que moi…

— Je suis désolé, Carole… Je n'avais pas le choix. Quand le conseil ordonne quelque chose, nous devons obéir quoi qu'il arrive. J'espère que tu n'en as pas souffert… Quoi que tu penses, tu as toujours tes pouvoirs. Et Melinda et moi ne sommes pas en couple. Nous avons eu une discussion à ce sujet, tout à l'heure.

— Pourquoi je te croirai…, m'obstinai-je. Tu n'es pas le premier à jouer double jeu. J'ai déjà été trompée et il est hors de question que ça recommence !

Dans les faits, nous n'étions pas en couple. Enfin, pas encore… Pourtant, Marc s'affala sur lui-même, comme si mes paroles s'abattaient sur lui tel un poids immense. Au bout d'un moment, il se redressa, me jeta un coup d'œil et commença à déboutonner sa chemise.

— Qu'est-ce que tu fais ? m'alarmai-je.

Il croisa mon regard avec tristesse et cela me serra le cœur.

Je suis peut-être trop dure avec lui…

— J'ai quelque chose à te montrer, répliqua-t-il en arrivant à la moitié des boutons défaits. J'aurais dû t'en parler la dernière fois…

Il écarta les pans de sa chemise pour révéler une marque arrondie, placée au niveau du plexus solaire, représentant quatre petites gouttes entrelacées. Elle était étrangement rouge.

— Qu'est-ce que c'est ? m'inquiétai-je.

Marc lâcha sa chemise et se détourna. Il avait l'air embarrassé.

— J'ai une sorte de maladie…

Comme je gardais le silence, Marc me jaugea une seconde avant de reprendre.

— Si… Si tu la touches, ça risque de t'atteindre, ajouta-t-il en baissant les yeux avec tristesse. C'est pour ça que je t'ai repoussée la dernière fois.

Je restai stoïque un moment et repensai aux deux fois où il m'avait rembarrée…

J'étais toujours partagée entre la peine, la peur et la colère lorsque Marc se leva pour reboutonner sa chemise.

— Ma mère a été contaminée quand j'avais à peine 18 ans, continua-t-il avec tristesse. Et ce truc s'est répandu sur tout son corps. Elle est morte en un mois... Il n'y a que mon père qui est au courant. À cause de ça, j'ai fait en sorte que personne ne m'approche... Voilà pourquoi, je ne vois plus personne de ma famille ni personne d'autre, d'ailleurs. Sauf Mehdi.

Je déglutis péniblement en entendant ses paroles.

— Donc, tu es en train de me dire que je ne peux pas te toucher ?

Lorsqu'il m'avait dit ça la dernière fois, je n'avais pas imaginé que ça puisse être si grave...

Marc croisa de nouveau mon regard.

— C'est ça... Je préfère qu'on ne me touche pas pour ne pas prendre de risque.

Je l'observai un instant. J'avais vraiment envie de me rapprocher de lui mais, à présent, je comprenais la distance qu'il essayait de mettre entre nous.

— Est-ce que ça te fait mal ? m'inquiétai-je au bout d'un moment.

Marc pinça les lèvres et fixa un point sur le mur.

— Pas tout le temps. À vrai dire, depuis que j'ai découvert l'Harmonie, ça va beaucoup mieux.

— L'Harmonie ? répétai-je, dubitative.

— Oui, dit-il en se tournant vers moi. La lumière dorée qui se déclenche quand je touche Melinda.

Une jalousie mordante me comprima la poitrine.

— C'est vrai, tu es en couple avec cette soi-disant reine...

Marc vint de nouveau s'asseoir près de moi.

— Écoute, Carole. Cette situation ne me réjouit pas plus que toi, mais on peut faire avec. Melinda est amoureuse de son guerrier… Elle n'en a strictement rien à faire de moi. On doit juste donner le change.

Je serrai les dents et ravalai ma haine envers cette fille.

— Admettons. Et pour ta maladie ? Si je ne touche pas cet endroit rouge, je ne risque rien, pas vrai ?

— Je ne préfère pas prendre le risque… C'est pour ça aussi que je n'ai jamais tenté quoi que ce soit durant tous ces mois où je venais t'acheter des fleurs…

Le visage de Marc s'assombrit et ses yeux reflétèrent une tristesse qui me comprima la poitrine. Il se détourna encore une fois et commença à partir.

— Attends ! m'écriai-je en le rattrapant.

Je glissai mes doigts dans sa paume et il me dévisagea une seconde.

— Tu peux rester… Je parlerai à Vicky, elle pourra sûrement t'aider…

Marc arborait toujours cette mine sombre et torturée qui m'attristait au plus haut point.

— Je ne te dégoûte pas ? s'étonna-t-il.

Je haussai les épaules.

— Si. Parce que tu veux deux femmes…, mais pour le reste, non.

— Je ne veux pas deux femmes, protesta-t-il.

Je l'entraînai avec moi dans les escaliers pour rejoindre mon salon.

— Tu vois ? Tenir ta main semble inoffensif, ajoutai-je. Je pense que tant que tu caches cette marque sous une bonne couche de vêtements, ça ne risque rien.

Marc me dévisagea sans répondre et j'en profitai pour me rapprocher de lui. Je passai mes bras autour de son cou et le fixai.

— Si je t'embrasse, qu'est-ce qui va se passer ?

Le visage de Marc vira au rouge et il se raidit dans mon étreinte. Je savais que cette situation était dangereuse pour moi, à plus d'un titre, mais je ne pouvais pas m'en empêcher. Si Marc m'intimidait au début, maintenant qu'il m'avait révélé son secret, c'était différent.

— J'en sais rien, murmura-t-il en m'observant minutieusement.

— Je vais prendre le risque, soufflai-je en me mettant sur la pointe des pieds.

— Carole…, chuchota-t-il. S'il t'arrivait quoi que ce soit à cause de moi…

Je posai mes lèvres sur les siennes pour lui couper la parole. Elles étaient douces et chaudes. Je l'embrassai lentement et il se laissa faire. Ses bras passèrent autour de ma taille et son baiser se fit un peu moins timide. Sa langue glissa sur la mienne avec délicatesse et je perdis pied.

Au bout de plusieurs minutes, Marc mit fin à notre baiser. J'avais la tête sur un nuage et je mis du temps à me détacher de lui.

— Carole…, murmura-t-il en me dévisageant.

— Je n'ai rien, chuchotai-je, même si je n'en étais pas sûre à cent pour cent.

Mon cœur battait trop vite et ma respiration était saccadée. Marc caressa délicatement ma joue, passa ses doigts dans mes cheveux avec tendresse.

— Je ne suis jamais sorti avec quelqu'un, lâcha-t-il enfin.

Je le fixai, un peu sous le choc.

— Jamais ? répliquai-je incrédule.

— Jamais…, confirma-t-il en détournant les yeux.

— Tu es… vierge ? m'étonnai-je en écarquillant les yeux.

Il hocha simplement la tête.

— Oh, mon Dieu ! ne pus-je m'empêcher de lâcher.

Chapitre 26

*** Vicky ***

Je repris conscience dans un lit, mon lit. Quelqu'un m'avait ramenée dans ma chambre quand je m'étais évanouie. Sans doute, Luis. Je ne me rappelais que de ma sœur et moi, formant une sorte de ronde avec Melinda et Marc. J'avais senti la moindre parcelle de pouvoir qu'ils avaient aspiré hors de mon corps. Cette sensation me glaçait encore le sang.

Morgan ! me rappelai-je.

Je me levai d'un bond et descendis les escaliers en courant. J'allais prendre mon sac et mes clés quand je m'aperçus que mes affaires n'étaient pas là. Elles étaient chez Morgan… Et j'étais enfermée à l'intérieur de chez moi. Tout ça à cause de cet imbécile de guerrier qui ne m'avait donné aucun moyen de le joindre. Je pestai et déverrouillai la porte-fenêtre près de l'entrée dont le mécanisme s'actionnait de l'intérieur en poussant un bouton vers le haut ou vers le bas. Tant pis si ma maison restait ouverte quelques minutes. Je devais rejoindre Morgan pour m'assurer qu'il allait bien. Et aussi, vérifier si mon chien n'avait pas fait de dégâts…

Sur le chemin, j'envoyai un texto à ma sœur pour lui dire que j'allais bien et elle me répondit que pour elle aussi tout était OK. Elle était avec Marc et cette information m'angoissa. Se rendait-elle compte qu'elle mettait sa vie en danger ? Je me promis de passer la voir juste après m'être assurée que Morgan était sain et sauf.

J'arrivai devant son portail et entrai en trombe. La porte n'était pas verrouillée. Mon chien me sauta dessus dès que je franchis le seuil de l'entrée. Je lui fis une caresse et avançai dans la maison à la recherche de Morgan. Je montai les escaliers jusqu'à sa chambre. Il était allongé dans son lit, encore tout habillé. Je m'assis près de lui et caressai son visage endormi avec inquiétude.

Il ouvrit brusquement les yeux et se redressa lentement. Il avait l'air désorienté. Il regarda tout autour de nous avant de s'arrêter sur moi. Ses yeux d'un bleu pâle unique me sondèrent avec insistance et m'arrachèrent un frisson incontrôlable. Morgan avait un regard tellement intense parfois…

— On est chez moi ? s'étonna-t-il en passant une main nerveuse dans ses cheveux.

J'acquiesçai et il baissa les yeux comme s'il réfléchissait.

— Comment tu te sens ? demandai-je au bout d'un moment.

— J'ai une migraine atroce.

Il reporta son attention sur moi et me scruta minutieusement.

— Et toi ? enchaîna-t-il. Qu'est-ce qu'ils t'ont fait ? J'étais tellement impuissant…

— Apparemment, ils ont récolté une partie de mon pouvoir et une partie de celui de ma sœur pour te le donner. C'était… vraiment désagréable...

Morgan me dévisagea encore. Sa main se posa doucement sur ma joue et je sentis la chaleur de sa paume se répandre sur ma peau. Son pouce effleura délicatement ma pommette et je fermai les yeux.

— Quand je vous ai vues vous effondrer, j'ai eu vraiment peur…, lâcha-t-il d'une voix profonde qui résonna à l'intérieur de moi.

Je rouvris les paupières pour le dévisager. Son regard d'un bleu translucide était vraiment intense et laissait passer tout un tas d'émotions qui me bouleversèrent.

— Moi aussi, j'ai eu peur, répondis-je. Et je suis effrayée à l'idée que tu ne supportes pas ces pouvoirs…

Mes dernières paroles s'achevèrent dans un murmure et Morgan me tira doucement vers lui pour m'embrasser. Un baiser doux et plein de tendresse qui fit battre mon cœur un peu plus vite. Je retins les mots qui menaçaient de s'échapper de mes lèvres. Parce que Morgan représentait beaucoup trop de choses dans ma vie. J'étais à deux doigts de lui dire que je l'aimais, mais je ne voulais pas l'effrayer.

Il détacha ses lèvres des miennes et me serra contre lui. Je m'agrippai à sa taille et profitai de cette étreinte. Sa bouche était juste à côté de mon oreille et son souffle m'arracha un frisson lorsqu'il reprit la parole.

— Je vais gérer…

Pourtant, sa voix laissait passer beaucoup trop d'hésitations à mon goût, ce qui ne me rassura pas du tout. Je le serrai un peu plus fort contre moi, me retenant encore une fois de lui avouer mes sentiments. Mais il fallait tout de même que j'en sache plus. C'était plus fort que moi.

— Ce jour-là à la supérette, pourquoi tu es venu me parler ? demandai-je d'une voix hésitante.

Morgan ne répondit pas tout de suite et je me cramponnai à l'espoir qu'il ressente peut-être la même chose que moi.

Maintenant, sa tête était enfouie dans mon cou et son souffle m'arrachait des frissons à chacune de ses respirations. Il se redressa lentement pour croiser mon regard. Il avait l'air bien trop soucieux à mon goût.

— Il faut que je t'avoue un truc, commença-t-il en esquissant un sourire timide, absolument adorable.

J'avalai difficilement ma salive en continuant de l'observer avec incertitude. Morgan pinça brièvement les lèvres avant de se lancer.

— J'étais secrètement amoureux de toi à l'époque où nos parents se voyaient…

Mon cœur manqua un battement et ma mâchoire se décrocha.

— Quoi… ? murmurai-je, incrédule, choquée, alors qu'une douce chaleur se répandait dans ma poitrine.

— Tu n'as jamais remarqué que je mettais toujours des chemises ? À l'époque, je ne portais que des T-shirts à l'effigie des groupes de métal que j'écoutais…

— Oh mon Dieu ! Mais pourquoi tu ne me l'as jamais dit ? soufflai-je en attrapant son visage entre mes mains.

Morgan esquissa un tendre sourire.

— Parce que tu étais bien trop jolie, répondit-il en glissant une main dans mes cheveux. Tu m'intimidais…

— Impossible…, murmurai-je en le dévisageant.

Et il m'embrassa avec tellement de tendresse que je fondis entre ses bras.

— Je t'aime, chuchotai-je contre ses lèvres.

Morgan se recula de quelques centimètres pour sonder mon regard.

— Moi aussi, répondit-il enfin et mon cœur se gonfla un peu plus.

Je posai une nouvelle fois mes lèvres sur les siennes et il me rendit mon baiser avec passion. Ses bras se resserrèrent sur ma taille tandis que j'agrippais ses cheveux. Sa langue m'enivrait toujours autant. J'aurais pu passer des jours entiers à l'embrasser.

— Vicky Bonaldi, nous interrompit une voix derrière moi qui me fit sursauter. Vous devez me suivre pour tenter de sortir notre reine du coma.

Je me détachai de Morgan pour me tourner vers mon nouveau guerrier avec incrédulité. Luis se trouvait en plein milieu de la chambre, les bras croisés sur sa poitrine, et nous observait. Morgan soupira et je descendis du lit à regret.

— Comment ça « sortir notre reine du coma » ? demandai-je. Que s'est-il passé ?

— Nous n'en savons rien, avoua Luis, impassible.

Je jetai un œil vers Morgan.

— Je reviens vite, l'avertis-je. Ça va aller ?

Morgan m'adressa une moue contrariée.

— Ne t'en fais pas pour moi, dit-il tout de même.

Je déposai un dernier baiser sur ses lèvres avant de rejoindre Luis. Il décroisa les bras et m'attira doucement contre lui tandis que je passais mes mains autour de son cou.

— Prête ? demanda-t-il.

Je hochai la tête et il nous emporta dans une autre chambre. Une chambre qui n'avait rien à voir avec celle de Morgan et qui ressemblait à celle d'un hôpital privé. Cette fois, la nausée ne fut pas aussi terrible que lors de mon dernier voyage. Mais c'était peut-être aussi à cause du fait que toute mon attention était focalisée sur Melinda.

Je fus choquée de découvrir plusieurs machines qui s'activaient autour d'elle. Elle avait même une assistance respiratoire.

— Oh mon Dieu…, lâchai-je en portant une main à ma bouche.

— Rien n'a marché jusqu'à présent, avoua Luis avec une pointe de désespoir. Sans la reine, l'Harmonie va disparaître… Cela ne doit pas arriver, vous comprenez ? Vous devez la soigner.

Les paroles de Luis étaient empreintes de frayeur et cela m'inquiéta. Je ne comprenais pas tous les enjeux de ce monde, pourtant, même si je ne portais pas cette femme dans mon cœur, je savais que je devais faire quelque chose.

Je hochai la tête et m'approchai de Melinda. Je ne savais pas très bien par où commencer alors je posai mes deux mains sur son cœur. Je fermai les yeux pour me préparer à la douleur ou à toute autre chose désagréable qui arrivait lorsque je soignais quelqu'un. Mais il ne se passa rien.

Je me concentrai de plus belle, cherchant cette partie sensible au fond de moi qui faisait jaillir mon pouvoir, mais je n'y arrivais pas…

Je relevai les yeux vers Luis qui m'observait avec espoir.

— Je crois que j'ai perdu mes pouvoirs, lâchai-je, incrédule.

Luis me fixa un instant, le visage dur et froid, avant de répondre enfin.

— C'est impossible ! Le rituel d'Harmonie n'est pas censé enlever les pouvoirs. Je vais chercher Declan, enchaîna Luis.

— Non ! m'écriai-je. Je vais réessayer…

Hors de question que Declan fouille encore une fois en moi.

C'était bien trop intrusif. Luis hocha la tête et croisa de nouveau ses bras sur son torse, sans cesser de me surveiller. Je reportai mon attention sur Melinda. Je pris une profonde inspiration pour me calmer et me concentrer. Mes mains se posèrent une nouvelle fois sur son cœur et je cherchai au fond de moi pour déclencher mon pouvoir. Je repensai à ma sœur et à sa tristesse de découvrir que Marc ne pourrait pas être avec elle. Cela remua quelque chose à l'intérieur de moi. Une douce chaleur inonda mon cœur et se répandit dans chacune de mes cellules pour se déverser par mes paumes jusque dans le corps de Melinda.

Pourtant, cela ne sembla lui faire aucun effet. Je ne sentais pas cette guérison spontanée qui arrivait à chaque fois que j'utilisais mes pouvoirs…

Je me concentrai de plus belle pour y arriver tandis que mes forces faiblissaient à chaque seconde. Mais je n'y arrivais pas. Quelque chose semblait résister et m'empêchait de la ramener.

À bout de force, j'abandonnai et enlevai mes mains du cœur de Melinda. Je me tournai ensuite vers Luis avec une pointe de culpabilité.

— Ça ne marche pas…, soufflai-je. Il y a quelque chose qui bloque…

Luis fronça les sourcils et s'approcha d'un pas prudent.

— Marc a dit la même chose en essayant l'Harmonie. Elle a perdu connaissance peu de temps après le rituel et personne ne sait ce qui s'est passé…

Je ne savais pas quoi dire même si une part de moi, peut-être égoïste, se réjouissait de voir la reine hors circuit. Cela me laissait penser que ma sœur pourrait prendre sa place. Enfin… ce ne devait pas être aussi simple…

— On réessaiera demain. Je vais vous ramener pour que vous vous reposiez.

Je n'étais pas très heureuse d'apprendre que j'allais devoir m'occuper de la reine demain encore, mais j'étais trop fatiguée pour demander à Luis des explications. Je titubai jusqu'à lui et il me prit dans ses bras. Je n'avais presque plus la force de m'accrocher à son cou.

Lorsqu'il me déposa sur mon lit, j'essayai de me redresser pour protester.

— Mes affaires sont chez Morgan, articulai-je faiblement, mais Luis avait déjà disparu.

Je lâchai un grognement de frustration avant de me laisser emporter par le sommeil.

J'étais à peine réveillée lorsque Luis secoua doucement l'épaule.

— C'est l'heure. Vous devez retourner auprès de la reine, dit-il avec une certaine douceur.

Je clignai plusieurs fois des paupières et mis du temps à faire le point sur son visage hâlé et ses yeux d'un noir profond.

— Quoi… ? bafouillai-je.

Je me redressai lentement et avisai l'heure sur mon réveil.

— Vous vous foutez de moi ? m'exaspérai-je en découvrant qu'il était à peine 6h du matin.

Luis me jeta un regard sombre et contrarié, mais resta d'un calme à toute épreuve.

— Vous avez dix minutes pour me rejoindre en bas. Je vais vous chercher du café, ajouta-t-il avec prévenance.

— J'ai un boulot, vous savez ? Qui va me payer pour toutes les heures que je manque ?

Il haussa simplement les épaules.

— Le jour où je serai à la rue par votre faute, je viendrai squatter chez vous ! le menaçai-je en essayant de le provoquer.

Il me jaugea de la tête aux pieds avant de revenir planter ses yeux dans les miens.

— Bon, vous êtes plutôt jolie mais, vous savez, les relations avec les guerriers sont interdites...

Je faillis m'étouffer.

— Ce n'est pas ce que je voulais dire...

— Peu importe ! me coupa Luis avec humeur. Rendez-vous dans votre salon dans dix minutes. Sinon, je vais tellement vous emmerder que vous allez péter les plombs. Je ne suis peut-être pas au niveau d'Alex, mais je me défends plutôt bien.

Et il disparut, me laissant sans voix.

Merde... Je n'aurais pas dû le provoquer.

Si Luis avait l'air plutôt sympa jusqu'à présent, je ne le connaissais pas plus que ça et je ne savais pas s'il pouvait être aussi horrible qu'Alex l'avait été avec moi. Mais, à en croire ses paroles, il en était tout à fait capable. Je devais faire plus attention à l'avenir.

Avec un soupir désabusé, je me levai mollement et attrapai des vêtements dans mon armoire. Je m'habillai d'un jean et d'un pull en laine, avant de faire un petit tour dans la salle de bain pour me coiffer. Puis je descendis mes escaliers d'un pas traînant, redoutant cette journée que j'allais passer à tenter de guérir Melinda.

— Pile à l'heure, commenta Luis en m'apercevant.

Il avait toujours les bras croisés sur son torse, la montre à son poignet tournée vers lui pour qu'il surveille le temps.

— Où est mon café ? demandai-je avec humeur.

Luis décroisa les bras et s'avança vers moi.

— Il est préférable que vous déjeuniez après la téléportation, non ?

Je serrai les dents et hochai la tête. Je commençais à en avoir marre d'être obligée de faire des choses contre mon gré. Toutefois, je laissai Luis m'attraper par la taille et m'accrochai à son cou avant qu'il nous téléporte dans la chambre de Melinda.

Cette fois, la nausée fut supportable. En réalité, c'était assez aléatoire. Peut-être que les effets étaient légèrement différents selon les guerriers…

Lorsque Luis me relâcha, je remarquai un plateau-repas posé sur la table près du lit. La tasse de café était encore fumante. Il y avait aussi du pain grillé, du fromage blanc, quelques fruits frais et des amandes.

Je pointai le plateau du doigt.

— C'est pour moi ? demandai-je en me réjouissant.

Luis m'adressa un petit signe de tête et m'invita à m'asseoir pour déjeuner.

— Merci, c'est très gentil.

— C'est uniquement par intérêt, lâcha-t-il en croisant de nouveau les bras sur son torse, sans cesser de m'observer. Si vous tombez trop vite dans les pommes, vous ne nous serez d'aucune utilité.

J'accusai le coup et commençai à manger, malgré la pointe de colère qui m'étreignit. Je n'étais qu'un objet à leurs yeux et cela m'agaça au plus haut point.

Quand j'eus terminé, Luis m'ordonna de m'occuper de Melinda. Je lui obéis sans conviction et, comme la veille, je fis mon possible pour me concentrer et déverser mon pouvoir en elle. Je restais des heures durant à tenter de la soigner, sans succès. J'étais de plus en plus épuisée.

— C'est bon pour aujourd'hui, intervint enfin Luis en m'attrapant doucement par la taille.

Son visage était marqué par l'inquiétude et ses yeux sombres sondèrent les miens un instant.

— Vous allez bien ? demanda-t-il au bout d'un moment.

J'étais tellement molle dans ses bras que ma bouche avait du mal à articuler le moindre mot.
— À votre avis ? ironisai-je. J'ai l'air d'aller bien ?
Luis pinça les lèvres et me souleva dans ses bras, prêt à me ramener chez moi.
—Emmenez-moi chez Morgan…, murmurai-je avant qu'il nous téléporte.
Je ne savais pas s'il m'avait entendue, mais je fermai les yeux sous la fatigue et m'accrochai tant bien que mal à son cou.
Nous atterrîmes dans le salon de Morgan. Luis poussa un juron avant de nous téléporter encore et encore pour éviter mon chien.
— Arrêtez ! hurlai-je, à deux doigts de vomir.
— Je ne supporte pas les chiens, lâcha Luis en continuant ses incessants sauts dans l'espace.
— Pitié, posez-moi ! m'écriai-je, de plus en plus mal.
J'entendis quelqu'un descendre les escaliers à toute vitesse et Morgan apparut.
— Rappelez votre chien ! grogna Luis sans cesser de m'emporter avec lui.
Morgan leva les yeux au ciel et appela Sam qui obéit immédiatement pour s'asseoir à ses pieds. Il ne m'avait jamais écoutée comme ça…
Traître de chien !
Luis arrêta enfin ses téléportations intempestives et me déposa sur le sofa. Je n'eus même pas le temps de dire quoi que ce soit que je me levai pour courir aux toilettes. Je vomis l'intégralité de mon dernier repas.

Chapitre 27

Morgan me rejoignit quelques secondes plus tard en entrouvrant la porte.

— Ça va ? demanda-t-il d'un air soucieux.

Je me redressai lentement et me rinçai la bouche au lavabo.

— Désolée, dis-je avec embarras.

Morgan me fixa en silence, les sourcils froncés comme s'il s'attendait au pire.

— Tu es… enceinte ? questionna-t-il soudain.

Je le dévisageai, un peu surprise, avant d'exploser de rire.

— Non… Pas du tout… C'est à cause des téléportations.

Morgan hocha la tête.

— Si jamais ça arrive un jour, tu m'en parleras ?

Je l'observai de nouveau, complètement ahurie par sa question.

— Bien sûr… Pourquoi tu me demandes ça ?

— Parce que Patricia n'a rien dit avant le quatrième mois… Et je me suis retrouvé devant le fait accompli, sans avoir mon mot à dire. Je ne sais même pas si c'était un accident ou pas.

Je le dévisageai avec incrédulité.

— Peut-être qu'elle l'a su à ce moment-là, dis-je en haussant faiblement les épaules. Certaines femmes n'ont aucun symptôme…

— J'en doute…, répliqua Morgan, la voix empreinte de colère. Elle n'arrêtait pas de vomir durant les trois premiers mois.

Ses yeux d'un bleu pâle me fixaient toujours avec une pointe de suspicion.

— D'accord, je comprends. Écoute, si ça peut te rassurer, je ferai un test de grossesse. OK ?

Morgan hocha lentement la tête, mais la tristesse dans ses yeux me serra le cœur.

— Tu as mis plus de temps que prévu, finalement, continua-t-il au bout d'un moment.

Je m'approchai de lui et posai mes mains sur ses biceps puis descendis jusqu'à ses mains. Nos doigts s'entrelacèrent.

— Qu'est-ce qu'il y a, Morgan ?

Il se détourna, passa nerveusement une main dans ses cheveux et cela m'angoissa. Je le suivis jusqu'au salon où il se laissa tomber sur le canapé.

— J'ai bien vu que Luis est beaucoup plus sympa qu'Alex…, commença-t-il d'une voix hésitante. Et il te portait dans ses bras…

Il releva ses yeux translucides vers moi et l'éclat de tristesse qui les voilait me comprima la poitrine. Je m'installai à côté de lui et attrapai sa main chaude et réconfortante.

— Et alors ? demandai-je.

Je vis Morgan hésiter encore et il baissa la tête.

— C'est un guerrier, il est… beau et il te protège…

— Oh mon Dieu, tu es jaloux ? rigolai-je enfin avec soulagement.

Morgan croisa de nouveau mon regard et pinça les lèvres.

— Ouais…, avoua-t-il finalement. Patricia m'a trompé pendant plusieurs mois, tu sais...

Je lui souris, déposai un rapide baiser sur ses lèvres, et passai une main dans ses cheveux châtain clair un peu trop longs.

— Si ça peut te rassurer, les guerriers n'ont pas le droit de sortir avec moi et Luis ne m'intéresse pas.

Son regard croisa de nouveau le mien et il m'enlaça d'un bras avant d'enfouir son visage dans mon cou. Je le serrai contre moi.

— Morgan, je ne suis pas Patricia…

Il ne dit rien, mais son silence avait quelque chose de bouleversant. Je sentais sa tristesse dans le moindre de ses mouvements et j'eus un mauvais pressentiment.

— Tu l'aimes encore, c'est ça ? Tu n'arrives pas à tourner la page ?

Mon cœur battait à une vitesse folle en attendant sa réponse et l'angoisse me vrillait les entrailles. Morgan se redressa lentement. Il me dévisagea une seconde.

— Je suis désolé…, murmura-t-il enfin.

Ses mots me brisèrent en mille morceaux.

— Mais je tiens beaucoup à toi, s'empressa-t-il d'ajouter.

Des larmes affluèrent sous mes paupières alors que je me dégageais de son étreinte. J'étais anéantie et épuisée.

— Je ferai mieux de rentrer, dis-je en essayant de cacher ma peine. J'ai besoin de dormir de toute façon.

Morgan se leva brusquement pour me faire face.

— Vicky, ne fais pas ça, supplia-t-il.

Je croisai ses yeux bleus amplis d'incertitude et de détresse. Cela finit de m'achever.

— Faire quoi ? Qu'est-ce que je devrais faire, Morgan ? Tu ne m'aimes pas… Je ne suis qu'un lot de consolation pour apaiser ta peine. Écoute, c'était sympa, mais on devrait en rester là pour l'instant.

Je pris mes affaires, sifflai mon chien et me dirigeai vers la sortie. Morgan attrapa mon bras pour me retenir.

— Vicky, arrête ! continua-t-il.

Je devais partir avant de m'effondrer.

— Quand tu auras tourné la page, on en reparlera, lâchai-je en me dégageant de sa prise.

Je courus presque jusqu'à la porte, mon chien sur les talons, et marchai au pas de course sur le trottoir encore enneigé par endroits. J'étais épuisée, triste et totalement perdue. Mais, dans le fond, je savais que ça finirait comme ça. Morgan n'avait pas tourné la page en trois ans, comment aurait-il pu le faire en sortant avec moi ?

Des larmes silencieuses coulèrent sur mes joues et le vent glacial de ce mois de décembre les fit presque geler sur ma peau. Mon chien marchait au pied et, pour une fois, il ne faisait pas l'imbécile. Le froid s'infiltrait peu à peu dans mon manteau et m'arrachait quelques frissons.

J'appelai ma sœur. J'avais vraiment besoin de la voir.

*** Carole ***

Lorsque je vis le nom de Vicky s'afficher sur mon téléphone, l'angoisse me saisit, mais je décrochai quand même.

— Comment tu vas, Sist ? lui demandai-je.

— C'est pas le top… Nos soirées me manquent. Est-ce que je peux passer ?

— Pas ce soir… je suis chez Marc, continuai-je en faisant mon possible pour paraître normale.

Il y eut un petit silence à l'autre bout du fil.

— En Bretagne ? demanda finalement Vicky.

— Oui… Je t'appelle quand je rentre, d'accord ?

Vicky laissa échapper un long soupir et acquiesça avant de raccrocher. La culpabilité m'étreignit. Nos soirées me manquaient aussi.

— Est-ce que ça va ? s'inquiéta Marc en voyant ma mine triste.

— Oui, le rassurai-je en le rejoignant devant la grande verrière de son atelier.

La vue était magnifique. Au loin, on pouvait voir la mer et ça avait un petit côté magique. Marc me tendit mon verre de vin rouge et m'invita à m'installer en face de lui, à la petite table ronde disposée devant la fenêtre. Nous étions entourés de ses toiles qui étaient toutes plus belles les unes que les autres.

Mehdi nous avait apporté les plats d'un traiteur et Marc avait lancé une musique classique en fond sonore.

— Tu invites souvent des filles chez toi ? ne pus-je m'empêcher de le taquiner en le dévorant des yeux.

Il sourit et mes joues s'échauffèrent. Il portait un pantalon noir et une chemise blanche qui lui allait à la perfection. Sa silhouette était fine, mais athlétique, et il dégageait quelque chose qui m'intimidait. Marc aussi devint un peu plus rouge.

— Non, tu sais que tu es la première, Carole…

— C'est vrai, même si c'est encore dur à avaler.

Marc tiqua légèrement, puis posa son verre et me servit l'entrée, une salade de gésiers avec une vinaigrette à tomber.

— Si tu ne me fais pas confiance, pourquoi tu es venue ? dit-il en me fixant avec inquiétude.

Je soupirai légèrement.

— Parce que je ne pouvais pas dire non. Après tous ces mois, je ne pouvais pas laisser passer cette occasion. Même si ça implique de me mettre en danger...

Nous nous dévisageâmes et Marc posa soudain ses couverts puis se leva pour attraper son portable.

— Tu as raison, je n'aurais pas dû t'inviter. Je n'aurais pas dû... S'ils le découvrent... Je vais appeler Mehdi pour qu'il te ramène.

— Marc, arrête, suppliai-je en le rejoignant.

Je lui retirai doucement son téléphone des mains pour le poser sur la table et il se laissa faire. Ses yeux d'un brun chaleureux ne me quittaient pas. Il avait l'air perdu. Je posai délicatement mes mains sur son torse et le caressai doucement par-dessus sa chemise. Sa chaleur irradia sous mes doigts, mais il se recula brusquement en attrapant mes poignets lorsque je passai sur sa marque.

— Carole, ne fais pas ça ! me gronda-t-il avec exaspération.

— Je t'avais dit que le tissu me protégerait, répliquai-je sans le quitter des yeux.

Il regarda mes mains avec angoisse avant de me libérer enfin.

— Ce n'est pas un jeu ! Ma mère est morte à cause de moi et il est hors de question que ça t'arrive, tu comprends ? Même si je dois rester vierge toute ma vie. C'est hors de question !

Je croisai les bras sur ma poitrine avec détermination.

— Et il est hors de question qu'on ne couche pas ensemble, Marc. Si je risque la torture et toutes ces horreurs auxquelles je m'expose, j'ai bien le droit à plusieurs orgasmes !

Marc se figea et vira au rouge. Il se détourna puis se dirigea vers la chaîne hi-fi.

— Alors, c'est peut-être mieux qu'on ne se voit plus, lâcha-t-il d'une voix faible.

— Quoi ? m'écriai-je, au bord du gouffre. Tu ne peux pas me dire ça après tout ce que tu as fait…

Mes jambes se mirent à trembler et mon cœur se mit à battre tellement fort que je n'entendais plus que lui. Ma tête commença à tourner et Marc revint vers moi pour me faire face. Ses yeux étaient empreints de tristesse et de fatalité.

— Si ça peut te sauver la vie, je le ferai, Carole. Même si c'est dur et insupportable.

— Je ne le supporterai pas…, murmurai-je en passant mes bras autour de son cou.

Marc ferma les yeux, puis ses mains se posèrent sur ma taille et il m'enlaça avec force.

— Moi non plus, lâcha-t-il dans un souffle.

Nos joues étaient l'une contre l'autre. Son parfum et sa chaleur m'enveloppaient d'une façon absolument enivrante. Je me redressai juste assez pour atteindre sa bouche et posai doucement mes lèvres sur les siennes. Notre baiser était timide, doux. Il fit naître quelque chose de puissant dans ma poitrine. C'était comme si nous nous retrouvions enfin après avoir été séparés pendant des années. Sa langue était chaude contre la mienne et c'était tellement entêtant que je fondis entre ses bras. Mes doigts attrapèrent ses cheveux et caressèrent sa nuque avec frénésie alors que nos respirations devenaient un peu plus rapides à chaque seconde.

Puis Marc se tendit contre moi et me repoussa. Son visage afficha une expression douloureuse que je ne compris pas. Je mis du temps à reprendre mes esprits. Mon cœur battait encore trop vite.

— Qu'est-ce qu'il y a ? m'inquiétai-je.

Il rejoignit sa chaise et s'affala dessus en déboutonnant le col de sa chemise.

— C'est le manque…

— Quoi ? m'étonnai-je en m'approchant de lui.

— Il faut que je retourne voir Melinda. J'ai l'impression que l'Harmonie est moins efficace depuis qu'elle est dans le coma…

— De quoi tu parles ? J'y comprends rien…, m'agaçai-je en m'accroupissant près de lui.

Il prit une inspiration tremblante et cela m'angoissa encore plus.

— Si Melinda et moi ne déclenchons pas l'Harmonie, nous ressentons un manque. C'est un peu comme les effets secondaires d'une drogue…, articula-t-il faiblement.

— Ça veut dire que tu es accroc à cette fille ?! m'exaspérai-je en me relevant d'un bond et en croisant les bras sur ma poitrine.

— Seulement à l'Harmonie, continua difficilement Marc.

Je serrai les dents et me retins de le laisser en plan. D'une part parce que je n'avais aucun moyen de m'enfuir et de l'autre parce que je ne pouvais pas le laisser dans cet état.

— OK…, capitulai-je. Qu'est-ce que je dois faire ?

Marc lâcha un grognement de douleur et se recroquevilla sur lui-même.

— Appelle… Mehdi…, murmura-t-il avec difficulté en pointant son portable d'un doigt tremblant.

Je m'exécutai précipitamment, à la limite de l'affolement, et attendis que Mehdi me réponde. Lorsque j'entendis enfin sa voix, un soupir de soulagement m'échappa.

— Marc est… en manque. Il m'a dit qu'il avait besoin de voir Melinda…, dis-je d'une voix hésitante, comme si tout ça était complètement fou.

Et ça l'était pour moi.

La seconde suivante, Mehdi se trouvait face à moi. Je sursautai et poussai un cri de surprise. Le téléphone me glissa des mains pour tomber au sol dans un fracas.

— Vous êtes dingue ?! m'écriai-je exaspérée.

Pourtant, Mehdi ne me prêta aucune attention et se précipita vers Marc qu'il attrapa sans effort pour l'emporter avec lui. Je me retrouvai seule dans cette immense maison.

— Génial…, marmonnai-je.

Je repris place devant mon assiette et piochai dans le plat encore intact au milieu de la table. Je finis par composer le numéro de ma sœur. J'espérais qu'elle me ferait oublier ce que Marc venait de m'avouer, parce que le fait qu'il soit accro à Melinda me rongeait à petit feu. Cela voulait dire qu'il ne serait jamais totalement à moi et ça me déprimait.

Nous discutâmes une bonne heure avant que je raccroche. Vicky était épuisée par sa journée et aussi par sa tristesse d'avoir quitté Morgan. Nous avions parlé de nos angoisses et nous étions remonté le moral à tour de rôle. Vicky m'avait également conseillé de récupérer le numéro de Théo pour éviter d'être abandonnée loin de chez moi et ne plus pouvoir rentrer. Je lui avais assuré que Marc n'allait plus tarder.

Enfin, je l'espérais… ça faisait déjà deux heures que je l'attendais. Le dîner était froid et je ne savais plus quoi faire.

Même si parler à ma sœur m'avait fait du bien, je m'inquiétais de plus en plus.

Il était 1h du matin lorsque je partis en quête d'une chambre pour me coucher. Il y avait une porte dans le fond de l'atelier que Marc ne m'avait pas fait visiter. C'est la première que j'ouvris.

Bingo !

C'était logique, après tout. Marc adorait peindre. Quoi de mieux qu'une chambre attenante à son atelier ?

Malgré la fatigue, j'inspectai les lieux, émerveillée par le plafond en lambris et les murs en trompe-l'œil naturel. J'avais l'impression que Marc les avait peints. Les paysages étaient tellement réalistes. D'un côté, une immense clairière dans une forêt, de l'autre, une magnifique plage paradisiaque. C'était vraiment impressionnant...

Le lit était placé entre les deux, il n'y avait qu'à choisir le côté que nous voulions regarder avant de dormir.

La parure des draps était d'un beige clair proche de la couleur du sable. Je m'assis avec précaution sur le matelas. Il était vraiment confortable. Je m'allongeai en regardant la plage et m'endormis en quelques minutes.

Le lendemain, j'étais toujours seule. Lorsque j'entrai dans l'atelier, les rayons du soleil qui traversaient la baie vitrée m'éblouirent. La pièce était remplie de lumière et c'était encore plus beau que d'habitude. Je restai un instant à admirer le spectacle. C'était apaisant.

Mon regard dériva ensuite vers le portable de Marc que j'avais oublié de ramasser, la veille.

Je peux peut-être appeler Mehdi...

Je m'accroupis pour récupérer le téléphone. C'est à ce moment-là que Marc et Mehdi apparurent devant moi. Je me relevai d'un bond en retenant un petit cri de surprise.

— Merci, Mehdi, dit Marc en se détachant de son ami.

Ce dernier hocha la tête, me jeta un bref regard et disparut.

— Tu te sens mieux ? demandai-je, inquiète, malgré la jalousie, la colère et la peur qui s'infiltraient dans mes veines.

— Oui. Je suis désolé… Ça arrive toujours sans prévenir.

Et là, je laissai libre cours à ma colère.

— Tu es resté TOUTE la nuit avec elle ? m'écriai-je. J'étais toute seule ici à t'attendre, sans moyen de rentrer chez moi ! J'étais inquiète pour toi. Je ne savais pas quoi faire...

Marc s'approcha et me prit dans ses bras pour m'apaiser. J'étais aussi triste qu'en colère alors je me laissai faire.

— Je suis désolé, répéta-t-il en caressant lentement mon dos. Je déteste utiliser l'Harmonie, mais je sais que j'en ai besoin. Quand je touche Melinda, l'énergie lumineuse qui se répand autour de nous et en nous est tellement incroyable qu'on ne voit pas le temps passer. C'est comme si on était dans un cocon, comme si, le temps d'un instant, nous étions en pause, à l'abri de tous les malheurs…

— Je la déteste ! grognai-je contre son cou.

— Je sais… Et j'aimerais vraiment ne pas avoir ce lien avec elle...

— Pourquoi c'est si compliqué ? me plaignis-je en ravalant un sanglot.

Marc déposa un doux baiser sur ma tête.

— On finira par trouver un équilibre, répondit-il d'une voix calme, apaisante.

Je n'étais pas convaincue, mais je ne dis rien. Marc rappela Mehdi pour qu'il me ramène chez moi. J'étais en retard pour ouvrir la boutique. J'espérais seulement que je le reverrais rapidement.

Chapitre 28

*** Vicky ***

Le lendemain, Luis vint de nouveau me réveiller. J'avais tellement mal dormi qu'une migraine s'était installée. Mon crâne menaçait d'exploser sous la fatigue. J'étais toujours triste d'avoir quitté Morgan et je n'avais vraiment pas la tête à soigner Melinda.

— Je pourrais avoir un jour de repos ? râlai-je en m'asseyant sur mon lit.

Je pris ma tête entre mes mains sans réussir à ouvrir les yeux.

— La reine a besoin de vous, trancha Luis.

— Pitié, suppliai-je en ouvrant enfin les yeux pour les porter sur lui.

— Morgan n'est pas encore prêt. En attendant, vous devez accomplir votre devoir.

Je soupirai avec tristesse en me rappelant qu'il avait désormais des pouvoirs. Les mêmes que les miens. Et que cela pouvait le rendre fou…

J'espère que ça n'arrivera pas.

— Est-ce qu'au moins un petit déjeuner m'attend là-bas ? dis-je, au bout d'un moment.

Luis garda une expression neutre.

— Oui. Maintenant, dépêchez-vous.

— Mais à quoi ça sert de toute façon ? me plaignis-je. Ce que je fais ne sert strictement à rien…

Luis croisa les bras sur sa poitrine avec un air sévère.

— Ce sont les ordres, lâcha-t-il d'un ton réprobateur.

Je soupirai en comprenant qu'encore une fois, je n'aurais pas mon mot à dire. Je me levai pour attraper un ensemble dans mon armoire puis me tournai vers Luis qui n'avait pas bougé.

— Ça ne vous dérange pas que je me change devant vous ? ironisai-je avec agacement.

Luis fit glisser son regard sur mon corps avant de reporter son attention sur mon visage. Heureusement, je portai un pyjama.

— Non.

— Sérieusement ?! m'exaspérai-je.

Le visage de Luis devint plus sombre.

— C'est vous qui avez commencé la dernière fois, continua-t-il en me fixant d'un sérieux inquiétant.

— Pas du tout ! Vous avez mal compris. Maintenant, laissez-moi me préparer. Je vous rejoins dans dix minutes en bas.

Luis lâcha un petit grognement avant de disparaître et je soupirai de soulagement. Je n'avais pas besoin de ça…

Lorsque je descendis les escaliers pour rejoindre mon salon, Luis était déjà là. Apparemment, il avait fait sortir mon chien dehors…

— Bon, commençai-je. Je croyais que les guerriers n'avaient pas le droit de sortir avec leur protégée.

Luis me jaugea en semblant réfléchir à sa réponse.

— C'est vrai, mais ce ne serait pas la première fois que ça arrive… Il n'y a qu'une seule femme parmi les guerriers et tout le monde sait qu'elle n'a d'yeux que pour un seul d'entre nous. Et puis, les humaines posent beaucoup trop de questions sur nos cicatrices et notre marque... alors ça me semble difficile de suivre cette règle.

Je le dévisageai, choquée.

— Et cela ne vous fait pas peur ? Après ce qui est arrivé à Alex…

Luis haussa les épaules.

— Ça ou autre chose… Nous sommes condamnés à mourir au combat de toute façon…

— Waouh…, soufflai-je, déconcertée.

Luis pinça les lèvres et hocha la tête comme pour confirmer l'horreur de la situation. Effectivement, je n'avais jamais pensé que les guerriers puissent mourir…

Il s'approcha de moi et passa doucement ses bras autour de ma taille.

— C'est triste, dis-je avec hésitation. Mais ça ne change rien pour moi. Je suis sûre qu'il y a des tonnes de nanas qui voudraient sortir avec vous…

Son étreinte me mit soudain mal à l'aise.

— Dommage que je ne les ai pas encore trouvées, soupira-t-il avec fatalité.

Puis il reprit son sérieux.

— Prête ? demanda-t-il ensuite.

J'acquiesçai et il nous emporta dans la chambre de Melinda où un autre plateau-repas m'attendait. C'était bien l'une des seules choses qui me réjouissaient lorsque je venais ici. Heureusement, Luis ne reparla pas de cette conversation bizarre et embarrassante. Pour être honnête, je n'avais pas l'habitude de me faire draguer. Surtout par un homme du genre de Luis. Un peu bad boy sur les bords et couvert de cicatrices.

Comme la veille, je déjeunai avant de m'occuper de Melinda. Puis Luis me ramena chez moi lorsque je fus totalement épuisée.

Les jours se répétaient exactement de la même façon et ils défilèrent très vite, se transformant rapidement en semaines. Morgan me manquait de plus en plus, mais il fallait que je me fasse une raison… De la même façon qu'il fallait que je m'habitue à passer mes journées entières auprès de la reine, délaissant totalement mes deux métiers. Luis m'avait bien fait comprendre que je n'avais pas le choix…

Un soir, quelqu'un toqua à ma porte. J'étais à deux doigts de m'écrouler de fatigue, mais je concentrai mes dernières forces pour aller répondre. J'avais encore l'infime espoir que ce soit Morgan.

Lorsque je le découvris sur le seuil de l'entrée, je me figeai une seconde. Il avait l'air mal en point et ses cheveux châtain clair étaient ébouriffés comme s'il avait passé la journée au lit.

— Salut…, commença-t-il d'une voix hésitante.

J'étais encore un peu sous le choc quand il me tendit un bout de papier.

— C'est… mon numéro, continua-t-il. Je devais te le donner, alors…

Il attrapa ma main pour poser le Post-it dans ma paume et ce simple contact fit battre mon cœur un peu plus fort.

— Merci, murmurai-je.

— Je peux entrer ? J'ai besoin de te parler.

J'étais beaucoup trop faible pour lui résister, malgré la petite voix dans ma tête qui me disait qu'il ne m'aimerait sans doute jamais et que je serais toujours loin derrière Patricia…

— Pourquoi ? protestai-je tout de même. Ça fait des semaines...

Il s'approcha d'un pas sans lâcher ma main et je ne réussis pas à finir ma phrase. Sa chaleur était tellement agréable que je faillis me jeter dans ses bras.

— Ça fait des semaines que j'essaie de te voir..., compléta-t-il. S'il te plaît, Vicky. Tu sais que je tiens à toi...

Mon cœur eut un sursaut.

— J'étais occupée... De toute façon, je n'arriverai jamais à la cheville de Patricia, lâchai-je avec amertume.

Les yeux bleu ciel de Morgan me fixèrent avec intensité. Il avait l'air vraiment sérieux et cela fit battre mon cœur un peu plus vite.

— Tu n'en sais rien...

Je fermai les yeux. J'avais trop envie d'être avec lui pour être rationnelle, même si je savais que j'allais en souffrir.

Personne ne sait de quoi l'avenir est fait, je devais simplement profiter de l'instant présent. Peut-être que Morgan disait vrai. Peut-être qu'il tenait vraiment à moi et qu'il finirait par oublier Patricia. Ou, du moins, par tourner la page.

— Entre, dis-je faiblement en m'écartant pour le laisser passer.

Il lâcha ma main et le manque de sa chaleur fut presque insupportable. Je le suivis jusqu'au salon alors qu'il me jetait quelques coups d'œil inquiets.

— Tu peux t'asseoir si tu veux, proposai-je en le rejoignant pour m'installer prudemment sur le canapé.

Malgré la fatigue, je fis mon possible pour rester concentrée. Morgan prit place à côté de moi. Il avait l'air plus nerveux que d'habitude.

— Écoute… je… je voudrais savoir comment tu fais pour soigner quelqu'un, commença-t-il sans préambule.

Il avait l'air embarrassé et je réalisai qu'il n'était probablement pas là pour me récupérer, mais pour apprendre à se servir de ses pouvoirs.

Putain de merde !
La colère me réveilla soudain.

— Pourquoi ?

Son regard intense plongea dans le mien et mon cœur s'emballa.

— Pour pouvoir te soigner si…

Je fermai les yeux et m'adossai au canapé un instant. Lorsque Morgan attrapa délicatement ma main, la décharge électrique qui me transperça m'obligea à les rouvrir. Nous nous dévisageâmes une seconde.

— Arrête, murmurai-je en me dégageant de sa prise.

Il passa une main sur son visage rongé par la fatigue.

— Écoute, je ne dors plus depuis que tu es partie. Je ne sais plus quoi faire… Je sais que tu ne remplaceras pas Patricia, mais je tiens à toi, Vicky. Je suis venu ici tous les jours, mais tu n'étais pas là… Je ne t'ai pas vue à la maternelle ni chez le fleuriste…

L'espoir gonfla peu à peu en moi.

— Pourtant, ma sœur ne m'a rien dit…

— Je ne suis pas entré. Je suis juste passé devant pour voir si tu étais là.

— J'étais avec Melinda… Luis m'oblige à la soigner du matin au soir. Je tiens à peine debout… avouai-je.

Morgan me fixait toujours, comme s'il m'admirait sans retenue, malgré la pointe d'inquiétude qui traversa son regard. Ses yeux dérivèrent sur ma bouche, me provoquant une bouffée de chaleur. Puis il passa nerveusement une main dans ses cheveux en détournant la tête.

— Qu'est-ce que tu veux savoir ? demandai-je finalement.

Morgan soupira.

— Explique-moi comment ça fonctionne, dit-il en haussant imperceptiblement les épaules.

Il avait l'air perdu. J'étais à deux doigts de le prendre dans mes bras pour le réconforter, parce que Morgan éveillait souvent ce genre de sentiments en moi même si, la plupart du temps, j'avais d'autres projets à son égard.

J'avalai difficilement ma salive pour rester mettre de moi et garder mon sérieux.

— Il suffit de penser à la personne que tu aimes et le reste se fait tout seul…

Ses yeux croisèrent de nouveau les miens et la chaleur dans mon corps augmenta.

— À qui est-ce que tu penses pour que ça marche ? me demanda-t-il soudain.

Je gardai le silence une seconde avant de capituler.

— Tu le sais très bien, Morgan.

Il posa de nouveau sa main sur la mienne et un frisson remonta le long de mon bras.

— Dis-le-moi. S'il te plaît…

Je pinçai les lèvres en le dévisageant. À cet instant, il avait l'air tellement fragile que je me sentis obligée de lui obéir. Après tout, il savait déjà que j'avais eu le coup de foudre et que je l'avais cherché des mois après ça… Je lui avais même dit que je l'aimais la dernière fois...

— Je pense à toi… La première fois que c'est arrivé, quand tu étais mortellement blessé sur ce parking, j'avais peur de te perdre. J'étais terrorisée à l'idée de ne plus jamais te voir. C'est comme ça que c'est arrivé...

Morgan laissa échapper un faible soupir. Je tournai ma main dans la sienne pour entrelacer nos doigts. Puis, il posa sa paume libre sur ma joue avant de se pencher sur moi. Ses lèvres se pressèrent sur les miennes et j'en fermai les paupières. J'enroulai mes bras autour de son cou et lui rendis son baiser avec soulagement. Sa langue était toujours si enivrante, sa bouche toujours aussi exquise...

Si j'aurais pu passer des heures à l'embrasser, la fatigue me rattrapa soudain. Je commençai à somnoler. Je repoussai mollement Morgan d'une main sur la poitrine.

— Je suis épuisée, Morgan... J'ai utilisé mes pouvoirs toute la journée, dis-je à moitié endormie.

Il se redressa et me souleva dans ses bras.

— C'est pas grave, on va juste dormir, chuchota-t-il en me serrant contre lui.

Ses pas me bercèrent doucement dans les escaliers puis jusqu'à ma chambre où il me déposa précautionneusement sur le lit. Il me déshabilla tendrement, ôta mon soutien-gorge, me laissant seulement en culotte, avant de me glisser sous les draps. Quelques minutes plus tard, je sentis son corps brûlant se coller au mien et un soupir tremblant m'échappa. Le bras de Morgan se posa sur mon ventre et il me tira tout contre lui. Sa bouche se rapprocha de mon oreille, laissant échapper son souffle chaud.

— Tu m'as manqué, dit-il enfin.

Sa voix m'arracha un nouveau frisson.

— Toi aussi, répondis-je en me tournant dans son étreinte pour me blottir plus étroitement contre lui.

Sa chaleur était tellement réconfortante et il sentait vraiment trop bon...

Nous nous endormîmes presque aussitôt.

Cette fois, lorsque quelqu'un me secoua brusquement l'épaule, je me réveillai en sursaut. Mais, contrairement à d'habitude, ce n'était pas Luis…

— Alex…, chuchotai-je en sentant mon corps se tendre d'appréhension.

Je serrai la couette contre ma poitrine alors qu'une angoisse saisissante m'envahissait, me paralysant dans mon lit. Morgan bougea derrière moi et sa chaleur me donna un peu de courage.

— Debout ! exigea Alex.

Son visage était dur et froid, comme à chaque fois qu'il s'adressait à moi.

— Ils t'ont… libéré…, balbutiai-je, la peur au ventre.

— Habille-toi, on y va, continua-t-il, la mine sombre.

— J'ai besoin de mon peignoir, marmonnai-je la bouche encore pâteuse.

Alex se pencha pour l'attraper puis me le tendit. Je sentis Morgan se redresser dans mon dos et s'éloigner doucement de moi, mais Alex n'y prêta pas attention. Morgan attrapa quelque chose sur la table de nuit puis se redressa. Il était presque nu, arborant un simple boxer gris.

Je me levai, les jambes tremblantes, et attrapai mon peignoir pour me couvrir en faisant mon possible pour cacher ma nudité.

— Et si je n'en ai pas envie ? défiai-je Alex en dissimulant ma peur, tout en attachant la ceinture pour maintenir les pans du peignoir bien serrés.

Alex plissa les yeux et attrapa brusquement le haut de mon bras. Je lâchai un petit cri de terreur.

— Tu n'as pas le choix ! gronda-t-il, tandis que Morgan se déplaçait sur le côté pour se retrouver derrière lui.

— Lâche-la ! ordonna Morgan quelques secondes plus tard.

Alex lui adressa un rire méprisant en découvrant l'arme pointée sur lui. Moi, j'étais encore plus effrayée. Je n'avais jamais vu Morgan tenir un pistolet. Bien sûr, je savais qu'il en possédait un, mais le savoir et le voir étaient deux choses différentes.

— Toi, l'humain, reste en dehors de ça, répliqua Alex, comme si Morgan le visait avec un vulgaire jouet.

— Je ne suis plus un simple humain, continua Morgan en tenant toujours Alex en joue.

Il était d'un calme à toute épreuve, concentré. Alex tiqua puis reporta son attention sur lui.

— Tu crois vraiment que tu peux me neutraliser avec ce truc ? ricana-t-il avec cette arrogance qui m'irritait tant. Je suis plus rapide et je n'ai pas de temps à perdre avec ça. Pense à ce qui se passera si tu tires et que je me téléporte. Vicky sera blessée à ma place !

Puis se tournant de nouveau vers moi :

— Melinda est dans le coma, tu dois la ramener, Vicky. C'est ton rôle !

Malgré le ton menaçant, sa voix avait quelque chose de désespéré. Il m'agrippa la taille avec force et je lâchai un gémissement d'impuissance et de dégoût.

— Putain ! Lâche-la ou je tire, réitéra Morgan en changeant d'angle.

Alex croisa mon regard. Ses yeux arboraient la couleur d'une mer en pleine tempête avant qu'il disparaisse.

— NON ! hurlai-je en comprenant ses intentions et en me précipitant vers Morgan.

Mais Alex était trop rapide. Il se posta dans le dos de Morgan, passa un bras en travers de sa gorge, tira légèrement en arrière et attrapa sa main armée. Morgan tenta de se débattre, sans succès. Puis il y eut un craquement lorsqu'Alex lui brisa le poignet. Morgan lâcha un grognement de douleur et l'arme tomba au sol. La panique, la peur et la tristesse m'envahirent.

— Alex, arrête ! criai-je au bord des larmes, la main devant la bouche avec horreur.

Il disparut de nouveau pour se planter face à moi. J'eus un sursaut de terreur quand il m'agrippa la taille avec colère et j'eus à peine le temps d'apercevoir Morgan, qui se tenait le poignet et qui s'apprêtait à se jeter sur Alex, avant que la pièce ne devienne floue. Je m'accrochai à son cou par réflexe. Même si j'aurais préféré le repousser de toutes mes forces, je savais qu'Alex me retrouverait n'importe où si je tentais de m'enfuir. Et, pire, il me ferait probablement du mal. Coopérer était la meilleure solution dans l'immédiat.

Nous atterrîmes dans la chambre de Melinda et il me traîna par le coude jusqu'à son lit. J'avais mal au cœur et j'avais l'impression d'être complètement engourdie.

— Alex…, balbutiai-je. Je fais ça depuis des semaines…

Son regard d'un vert lumineux plongea dans le mien et un frisson m'étreignit.

— Essaie encore, gronda-t-il en serrant un peu plus fort mon bras.

Je gémis de douleur lorsqu'une forme floue se matérialisa de l'autre côté du lit, révélant le deuxième guerrier qui avait été condamné. Il était brun, la peau mate et il n'avait pas l'air en forme. Je crois qu'il s'appelait Nathan.

— Qu'est-ce que tu fous ? demanda-t-il à Alex en nous découvrant.

— Elle doit la ramener, dit Alex avec une pointe de désespoir.

Le visage de Nathan devint plus sombre.

— Ça ne changera rien…, murmura Nathan.

— Alors, quoi ?! s'emporta Alex en me relâchant. Tu vas abandonner ? Tu vas rester à regarder Melinda dans le coma sans rien faire ?

Le visage de Nathan s'assombrit encore.

— Tais-toi ! gronda-t-il. Ce n'est pas parce que Melinda est dans le coma que je dois te laisser malmener cette pauvre femme. Ça fait des semaines qu'elle essaie et qu'il ne se passe rien ! Luis se charge de l'emmener ici tous les jours. Et l'Harmonie ne peut rien non plus pour Melinda… On doit juste attendre…

Le corps d'Alex se crispa en dévisageant Nathan et, pendant un instant, je crus qu'il allait lui sauter à la gorge. Mais Nathan soutint son regard sans ciller et Alex finit par s'éclipser. Nathan reporta son attention sur moi.

— Ça va ? demanda-t-il avec prévenance.

— Oui, je crois… Mais Morgan est chez moi et il est blessé…

Nathan regarda Melinda avec mélancolie, caressa tendrement sa joue, puis se dirigea vers moi.

— Je vais vous ramener, proposa-t-il enfin.

— Où est Luis ? demandai-je. Je l'aimais bien…

— Il est relevé de ses fonctions. C'est Alex votre guerrier.

Je fermai brièvement les yeux en sentant le désespoir m'envahir. Alex allait recommencer à me pourrir la vie et je ne savais pas si j'allais le supporter.

— Il est… triste en ce moment. Quand Melinda sera de nouveau parmi nous, il se calmera.

Je croisai le regard chocolat de Nathan empli de chaleur, de tristesse et de quelque chose d'autre que je n'arrivais pas à déchiffrer. Mais il croyait vraiment ce qu'il disait et cela me réconforta un peu.

— Est-ce qu'il va arrêter d'être comme ça ? le questionnai-je avec espoir.

Nathan pinça les lèvres une seconde avant de me répondre.

— Alex ne changera pas. Quoi qu'il arrive. Mais il n'est pas méchant dans le fond… Il a juste du mal à gérer ses émotions.

Je hochai la tête alors qu'il passait ses bras autour de ma taille. Je m'accrochai maladroitement à son cou. Nathan avait quelque chose d'intimidant qui me perturbait un peu. Il me ramena chez moi en quelques secondes et la nausée refit son apparition. Heureusement, elle se dissipa vite.

Chapitre 29

Je m'écartai de Nathan avec précipitation et montai à l'étage. Morgan était adossé à la tête de lit, son bras blessé reposant sur sa cuisse, l'autre posé sur son front et les yeux fermés.
— Morgan ! m'écriai-je en courant jusqu'à lui.
Il ouvrit faiblement les paupières.
— J'ai failli attendre, marmonna-t-il en tentant un sourire qui ressemblait plus à une grimace qu'autre chose.
Je m'assis près de lui avec précaution.
— Je suis désolée…, gémis-je avec tristesse.
Nathan se matérialisa à mes côtés, coupant court à nos retrouvailles. Il me tendit une barre hyper protéinée.
—Tenez, vous en aurez besoin pour le soigner, dit-il avec détachement.
Je l'attrapai en le remerciant et l'entamai rapidement alors que Morgan détaillait le nouveau venu avec suspicion.
— Encore un nouveau guerrier ? soupira-t-il avec contrariété.
— On est beaucoup, répliqua Nathan sur le même ton. Et vous devriez plutôt me remercier.
Morgan reporta son attention sur moi en quête d'une explication.
— Il a envoyé Alex bouler, dis-je simplement.
Morgan hocha la tête avec raideur tandis que je finissais la dernière bouchée de barre protéinée. Puis je posai ma main sur son poignet blessé et il se crispa en fermant les yeux.

— Ce n'est pas de ta faute, Vicky, murmura-t-il.

La tristesse m'envahit soudain et je sentis mon pouvoir enfler en moi et se répandre dans tout mon corps pour se déverser dans mes paumes et inonder le poignet de Morgan. Ses os se reformèrent sous mes doigts, ses tendons se reconstituèrent à la perfection tandis qu'une vive douleur se répercutait dans mon propre poignet.

Je couinai de douleur sans lâcher Morgan et tins bon jusqu'à la fin du processus. À l'instant où Morgan fut complètement soigné, il attrapa mon visage entre ses mains. Nos regards se croisèrent et le bleu azur de ses yeux me transperça encore une fois.

— Est-ce que ça va ?

— Oui… la douleur passera dans quelques minutes…, mentis-je.

Nathan, qui était toujours là, arborait désormais un air soucieux.

— Il ne sait pas, n'est-ce pas ? demanda-t-il soudain.

Morgan relâcha mon visage puis observa Nathan avec contrariété. Je me tournai vers ce dernier en tenant mon poignet douloureux.

— Savoir quoi ? répliquai-je, sans comprendre.

Nathan pinça les lèvres.

— Que vous ressentez sa douleur lorsque vous le soignez et que cela dure bien plus que quelques minutes, lâcha-t-il avec une moue réprobatrice.

Puis il se tourna vers Morgan sans me laisser le temps de répondre :

— J'ai appris que vous aviez reçu le don de guérison. Vous êtes normalement capable de vous soigner seul ! Si vous n'y arrivez pas, Declan vous aidera. Votre guerrier pourra aussi vous renseigner, mais ne la laissez plus vous soigner, gronda-t-il.

Morgan en resta bouche bée et Nathan s'éclipsa sans rien ajouter.

— Pour qui il se prend celui-là ?! s'emporta Morgan en se levant brusquement. Si je savais comment faire, je l'aurais fait !

J'attrapai l'avant-bras de Morgan pour lui faire face et il se radoucit aussitôt.

— Pourquoi tu ne me l'as pas dit ?

— Je pensais que tu avais compris…, répondis-je d'une voix hésitante.

Morgan secoua la tête avec tristesse.

— Toutes les fois où tu m'as soigné, toutes les fois où tu as ressenti ma douleur…

Morgan vacilla et j'attrapai son deuxième bras en grimaçant.

— Hey… ça va, lui assurai-je. C'est du passé, maintenant.

Ses yeux dérivèrent sur mon poignet douloureux.

— Bon sang, tu as mal ?

Je haussai les épaules.

— Ça va passer dans quelques minutes, mentis-je.

Mais Morgan n'était pas dupe. Il ferma brusquement les poings. Ses bras passèrent autour de mon cou et il me serra contre son torse nu. Ma joue fut écrasée contre ses pectoraux et sa chaleur m'enveloppa. Je fermai les yeux en savourant sa proximité. Son cœur battait fort.

— Je dois apprendre, marmonna-t-il dans mes cheveux. Je dois réussir à me soigner seul. Explique-moi comment on fait. Je peux peut-être te soulager…

Je m'accrochai à Morgan encore quelques secondes avant de m'écarter doucement. Je relevai la tête pour plonger dans ses yeux d'un bleu pur.

— OK, dis-je simplement. Je vais essayer de t'apprendre.

Morgan me relâcha et je m'installai sur mon lit. Il prit place à côté de moi.

— Prends mon poignet dans tes mains, lui recommandai-je.

Il s'exécuta alors que la douleur se faisait un peu plus vive à chaque mouvement.

— Maintenant, essaie de penser à ce que tu ressentirais si… si tu me perdais…, tentai-je.

Mon pouvoir avait pris les commandes pendant les seuls moments où j'avais eu peur de perdre Morgan, alors peut-être que ça fonctionnerait de la même façon pour lui. Peut-être qu'il tenait suffisamment à moi pour que ça marche…

Il hocha la tête et sembla se concentrer en maintenant mon poignet dans ses paumes chaudes. Je l'observai avec fascination, détaillant les quelques mèches châtain clair qui lui tombaient devant les yeux, et qu'il replaça machinalement d'une main, avant de la reposer sur moi. Sa mâchoire était crispée et son attention était focalisée sur mon poignet.

Puis une douce chaleur gonfla dans mon cœur et je sentis la douleur refluer doucement, jusqu'à disparaître tout à fait.

— Tu as réussi ! m'exclamai-je avec joie et étonnement, en me jetant à son cou.

Je déposai un baiser sur ses lèvres, mais le visage perplexe de Morgan me prit au dépourvu.

— Tu crois ? Je n'ai rien senti…

— Mais si ! La chaleur qui se répand dans ton corps ? Tu ne peux pas rater cette sensation, Morgan.

Il garda le silence en continuant de soutenir mon regard.

— Je l'ai sentie, elle s'est répandue en moi…, continuai-je.

Puis, je réalisai ce que j'étais en train de dire.

— Oh… C'était moi… C'est mon pouvoir que j'ai senti, pas le tien…

Mais Morgan semblait déjà être passé à autre chose. Ses lèvres fondirent sur les miennes et il attrapa ma nuque pour m'embrasser à pleine bouche. Il était toujours en boxer. Sa peau était brûlante sous mes doigts. Sa langue trouva la mienne et je lâchai un gémissement. Cette sensation manqua de me faire perdre la tête. Tout ça m'avait tellement manqué…

Nous nous embrassâmes longuement. Les mains de Morgan parcouraient mon corps avec frénésie. Ses doigts s'infiltrèrent sous mon peignoir et m'arrachèrent un frisson. Ma peau se couvrit de chair de poule lorsqu'il remonta jusqu'à ma poitrine pour caresser mes tétons.

— Bon sang, Morgan, chuchotai-je contre ses lèvres.

Il m'allongea sur le lit sans cesser ses baisers langoureux. Sa langue était tellement exquise, douce et enivrante. Mes doigts se perdirent dans ses cheveux alors que nos respirations devenaient saccadées.

Mes jambes se refermèrent sur ses hanches et il frotta son érection contre ma petite culotte, activant toutes mes zones érogènes. Je gémis de nouveau en bougeant en rythme avec lui.

Morgan tira frénétiquement sur la ceinture de mon peignoir pour l'ouvrir avant de déposer une ligne de baisers humides de mon cou jusqu'à ma poitrine. Il prit un sein dans sa bouche et roula le téton de l'autre entre ses doigts. Je me cambrai sous ses caresses.

Ses lèvres descendirent encore, puis ses doigts tirèrent sur l'élastique de ma culotte qu'il m'ôta rapidement. Ses yeux croisèrent les miens. Le désir qui les assombrissait m'arracha un autre frisson.

Sa tête plongea entre mes cuisses et un petit cri m'échappa quand sa langue trouva mon point sensible. Il était doux et ses mouvements étaient d'une lenteur à me rendre dingue. Ses doigts entrèrent en moi, faisant encore augmenter la pression dans mon corps.

Ma respiration s'accéléra, mes poings se refermèrent dans ses cheveux, mes muscles se tendaient un peu plus à chaque seconde. J'étais sur le point d'exploser lorsqu'il se redressa.

— Pitié… murmurai-je en rouvrant les yeux pour le voir ôter son boxer.

Il me sourit avec chaleur et attrapa un préservatif dans le tiroir de ma table de nuit avant de l'enfiler. Puis il revint sur moi. Il m'embrassa encore, sa langue plongeant dans ma bouche en même temps qu'il entrait en moi. Il m'imprima de petits mouvements jusqu'à s'enfoncer complètement. Mon corps trembla en conséquence. Le plaisir recommença à monter à une vitesse fulgurante. C'était tellement bon que je m'accrochai à lui de toutes mes forces en retenant un sanglot.

— Tu m'as manqué, chuchota Morgan en plongeant un peu plus fort en moi.

Ses mots déclenchèrent une douce chaleur dans ma poitrine et mon corps fut parcouru de spasmes. Mes jambes s'enroulèrent un peu plus fort autour de lui. Il m'imprima deux profondes poussées qui augmentèrent encore la tension dans mes muscles. J'explosai dans ses bras et lâchai un long gémissement en plantant complètement. Morgan

s'activa un peu plus et se crispa entre mes bras en ralentissant le rythme. Puis, il s'écroula sur moi et me serra tout contre lui. Il déposa une pluie de baisers dans mon cou.
— C'était tellement…
— Bon ? compléta Morgan en se redressant avec un petit sourire.
Ses mains encadrèrent mon visage et il m'embrassa encore.
— Je t'aime tellement…, lâchai-je spontanément.
Le regard bleu pur de Morgan me sonda soudain et ma poitrine se serra douloureusement. Il ne me répondit pas et déposa simplement un doux baiser sur mes lèvres avant de me serrer contre lui.
— Désolée…, murmurai-je tristement. Je n'aurais pas dû dire ça…
Même si je lui avais déjà dit une fois et qu'il m'avait répondu que lui aussi, je sentais que cela le mettait mal à l'aise. Mes bras s'enroulèrent autour de sa taille, comme si j'avais peur qu'il s'échappe en courant. Pourtant, il caressa doucement mes cheveux et son souffle chaud balaya mon oreille.
— Ne t'excuse pas. C'est juste que… Je n'arrive pas à le dire. Je n'y arrive plus…
Je hochai tristement la tête et nous restâmes là, enlacés et détendus, savourant notre proximité. Il se déplaça sur le côté et j'en profitai pour glisser mes doigts sur ses muscles parfaits, détaillant ses pectoraux, ses abdominaux, la courbe de ses biceps…
— Tu es vraiment trop beau Morgan, dis-je au bout d'un moment.
Il haussa légèrement les épaules et je posai ma main contre sa paume, curieuse de voir la différence de taille. Puis

nos doigts s'entrelacèrent et Morgan me dévisagea une seconde.

— Je n'ai pas l'habitude qu'on me fasse des compliments, dit-il enfin.

— Eh bien, il faudra t'y habituer, répliquai-je avec un sourire.

Il me sourit en retour.

— Et je suis sûre que toutes ces groupies qui te gribouillent au marqueur te font une tonne de compliments…, continuai-je avec une pointe d'agacement.

Le sourire de Morgan s'agrandit.

— Tu es jalouse ? se réjouit-il.

— Franchement, il y a de quoi. Toutes ces pétasses qui se trémoussent devant toi… Et toi tu les laisses écrire leur numéro sur ta peau ! m'agaçai-je en me redressant pour l'acculer contre le matelas.

Il se laissa rouler sur le dos tandis que je pointai un doigt accusateur sur son torse. À ma grande surprise, Morgan explosa de rire. Puis il enroula ses bras autour de moi et me plaqua contre lui.

— Tu ne t'en tireras pas comme ça ! bougonnai-je en me débattant.

Mais Morgan était un homme et il avait beaucoup plus de force que moi. Son rire redoubla d'intensité et fit vibrer sa poitrine. C'était tellement surprenant de le voir rire que je me calmai presque aussitôt. Son étreinte se desserra soudain et je me redressai pour l'observer. Je découvris ses yeux pétillants de bonheur. À cet instant, mon cœur gonfla dans ma poitrine et je sus que, quoi qu'il arrive, je ne pourrais jamais l'oublier parce que j'étais éperdument amoureuse de lui.

Je l'embrassai spontanément en glissant mes doigts dans ses cheveux, comme s'il était la septième merveille du monde. Et, dans mon monde, il l'était. Ses mains se promenèrent sur mon dos et il sourit contre ma bouche. Je me redressai pour le dévisager.

— On va prendre une douche ? proposa-t-il avec une légère hésitation.

Je déposai un petit baiser sur ses lèvres en souriant, avant d'acquiescer. Je me levai et le pris par la main pour l'emmener jusqu'à ma salle de bain.

Nous ressortîmes de la salle de bain une bonne heure plus tard. Une serviette enroulée autour de moi, je retournai dans ma chambre pour m'habiller. Mon téléphone se mit à sonner et afficha le numéro de ma sœur. Je décrochai machinalement en reluquant Morgan qui enfilait ses vêtements.

— Qu'est-ce que tu fous ? me sermonna-t-elle. Ça fait plus de 2h que je t'attends à la boutique ! Je croyais que tu en avais fini avec Melinda et que tu pouvais reprendre le travail...

— Oups..., lâchai-je avec un petit rire.

— Tu trouves ça drôle ? Je ne sais plus où donner de la tête, il y a une tonne de monde le samedi matin.

— Désolée, je suis avec Morgan. On a... passé la nuit ensemble et...

— OK, me coupa ma sœur. Tu me raconteras tout ça quand tu auras ramené ton petit cul ici !

Je fis la moue en regardant Morgan qui haussait un sourcil.

— Je suis obligée ? me plaignis-je.

Carole soupira bruyamment en encaissant un client.

— Tu me manques…, dit-elle au bout d'un moment. Et c'est vraiment la folie aujourd'hui, je ne plaisante pas.
— Tu me manques aussi, répondis-je. J'arrive dans quelques minutes. Je t'aime.
— Moi aussi, je t'aime, Sist.
Nous raccrochâmes et je me précipitai pour rassembler mes affaires.
— C'était qui ? demanda soudain Morgan.
Je relevai les yeux vers lui et remarquai qu'il était devenu livide.
— Ma sœur. Je dois la rejoindre à la boutique, je suis à la bourre. Pourquoi ? Ça ne va pas ?
Morgan se laissa tomber sur mon lit et passa nerveusement une main dans ses cheveux en fermant brièvement les paupières.
— J'ai cru… Pendant un instant, j'ai cru que tu avais quelqu'un d'autre dans ta vie…, balbutia-t-il.
Je croisai les bras sur ma poitrine en le toisant avec agacement.
— Tu crois vraiment que je suis ce genre de fille, Morgan ? Qu'il se serait passé tout ça entre nous, si j'avais rencontré quelqu'un d'autre ?
Morgan pinça les lèvres et se leva pour s'approcher de moi, mais je l'esquivai et parcourus le couloir au pas de course pour dévaler les escaliers. Il courut derrière moi.
— Vicky, attends !
Je lui fis face devant la porte d'entrée.
— Tu es vraiment… Je ne sais pas si je dois te gifler ou te prendre dans mes bras et ça m'énerve tellement ! m'écriai-je.
Je lui jetai mes clés à la figure, qu'il rattrapa au vol heureusement.

— Nourris Sam et referme derrière toi en partant, lui ordonnai-je en claquant la porte derrière moi sans lui laisser le temps de répliquer.

Je partis à pied et bravai le froid pour me calmer. La boutique de ma sœur était à seulement deux kilomètres. Oui, j'étais en retard, mais arriver là-bas avec une humeur massacrante n'allait pas aider Carole. De plus, les clients risquaient de fuir et ce n'était pas ce que je voulais.

Morgan était vraiment un crétin quand il s'y mettait. Il m'agaçait à croire que j'allais le tromper. Franchement, est-ce qu'il se rendait compte à quel point j'étais déjà accro à lui ?

J'en doute…

Il me fallut vingt bonnes minutes pour rejoindre Carole. Le temps idéal pour retrouver mon calme. Elle ne m'avait pas menti, il y avait un monde fou à la boutique. Je ne perdis pas une minute et me ruai vers la caisse en déposant un rapide bisou sur sa joue.

— T'en a mis du temps, ronchonna-t-elle en emballant un bouquet.

— Morgan m'a énervée, j'avais besoin de marcher un peu…, répliquai-je en prenant la commande du client suivant.

Carole m'adressa un regard suspicieux, mais elle n'ajouta rien et continua à servir les clients jusqu'à ce qu'il y ait un moment d'accalmie. Vers 13h, il n'y avait plus personne.

— C'était la folie, ce matin, soupirai-je en m'adossant au comptoir.

— Si ça continue, on pourra prendre une semaine de vacances, rigola Carole avant de reprendre son sérieux et de m'adresser un autre regard suspicieux.

— Et toi ? Raconte-moi tout, maintenant, reprit-elle en croisant les bras sous sa poitrine.

Je lui adressai un sourire rayonnant.

— Morgan est passé me voir hier soir.

— Ça, j'avais compris, répondit ma sœur, exaspérée. Et, pourquoi il t'a énervée ?

Je me rembrunis aussitôt.

— Parce qu'il a cru que je sortais avec quelqu'un d'autre lorsqu'il a entendu notre conversation, tout à l'heure…

Carole réfléchit un instant.

— C'est vrai que ça pouvait porter à confusion, répliqua-t-elle finalement en faisant la moue. Et puis, ça faisait des semaines qu'il avait « disparu ».

— Ouais…, bougonnai-je. Il a dit qu'il était passé tous les jours pour me voir…

— Je crois qu'on a pas mal de choses à se dire, remarqua ma sœur.

Elle me proposa de manger une pizza et nous passâmes tout le déjeuner à nous mettre à jour des derniers événements. Elle et Marc se voyaient de temps en temps et, malgré mes mises en garde sur la dangerosité de cette relation, elle avait l'air heureuse. Je priai silencieusement pour que tout ça reste secret, car je ne supporterais pas de perdre ma sœur…

Chapitre 30

Nous fermâmes la boutique sous les coups de 19h. C'est là que je réalisai que je ne pouvais pas rentrer chez moi, car Morgan avait mes clés. Vu l'heure, il devait encore être au boulot et je n'avais pas pris le Post-it avec son numéro de téléphone. Il était resté sur le canapé...

— Merde ! jurai-je. Tu crois que tu peux me déposer au bureau de Morgan ?

Vu le regard soupçonneux de Carole, je fus obligée de tout lui expliquer. Nous montâmes dans sa voiture puis elle démarra pour prendre la N104. Elle sortit à Évry et se gara juste devant le poste de police.

Les jambes tremblantes, je m'extirpai de la voiture.

— Tu m'attends ? m'inquiétai-je en jetant un dernier regard vers Carole.

— T'inquiète pas.

Il faisait nuit et c'était la première fois que je remettais les pieds ici après m'être fait arrêter. Cela m'angoissait bien plus que je l'aurais cru, malgré la certitude qu'Alex viendrait me libérer quoi qu'il arrive. Même si je le détestais, je pouvais compter sur lui pour ces choses-là.

Sur le seuil, je me raclai la gorge et pris une profonde inspiration avant d'entrer. Je me dirigeai vers la secrétaire qui semblait absorbée par son ordinateur.

— Bonsoir, commençai-je. Je viens voir Morgan Thomas.

La jolie brune releva la tête vers moi et ses yeux noirs me sondèrent avec mépris.

— Vous avez rendez-vous ? me dit-elle abruptement.

— Heu…non, mais…

— Alors, je ne peux rien faire pour vous, me coupa-t-elle sèchement.

— S'il vous plaît, dites-lui que Vicky est là…

Les yeux noirs de la brune me scannèrent avec dégoût et cela me mit encore plus mal à l'aise.

— Vous savez, harceler un officier de police est une infraction, continua-t-elle avec hargne. Je vous ai vue à l'un de ses concerts. Vous n'êtes pas la première à essayer… et Morgan Thomas a une femme, il n'aime pas les filles dans votre genre.

Pendant une seconde, je restai muette face à cette femme aux propos plus que limite. Je faillis m'énerver, mais je n'en eus pas le temps.

— Vicky ? intervint Morgan qui passait dans l'entrée avec un dossier dans les mains.

Sa voix m'arracha un soupir de soulagement. Je me tournai vers lui tandis qu'il se rapprochait presque en courant. Ses yeux s'illuminèrent. Il jeta le dossier sur le comptoir de la secrétaire puis posa ses mains sur mes épaules, les caressa jusqu'à ma nuque et regarda mes lèvres un bref instant, avant de se reprendre et de s'écarter précipitamment de moi.

— Qu'est-ce que tu fais là ? demanda-t-il avec un petit sourire, comme s'il était soulagé de me voir.

— Je viens chercher mes clés et la réceptionniste n'a pas voulu m'écouter quand je lui ai demandé de t'appeler...

Il se tourna ensuite vers cette dernière, qui n'avait pas loupé une miette de notre échange.

— C'est bon, Emma. Vicky n'a pas besoin de rendez-vous.

— Oh, pardonnez-moi, s'excusa-t-elle avec un faux sourire chaleureux.

Ses yeux me lancèrent des éclairs.

— Je croyais que votre femme s'appelait Patricia, lança-t-elle en m'adressant un sourire méprisant.

— C'est exact, répliquai-je avant même que Morgan n'ouvre la bouche. Et elle est tout ce qu'il y a de plus lesbienne !

Morgan vacilla alors qu'Emma le dévisageait d'un air choqué.

— Quoi ? chuchota-t-elle en cherchant une réponse dans le regard de Morgan.

— C'est une blague, grinça ce dernier.

Je pinçai les lèvres en réalisant mon erreur tandis que Morgan m'attrapait par le bras pour m'entraîner jusqu'à son bureau. Il claqua la porte derrière nous avec rage et j'eus une désagréable impression de déjà-vu...

— Putain, Vicky ! Qu'est-ce qui t'a pris ?

Je tremblai comme une feuille.

— Je n'aurais pas dû dire ça, c'est vrai, mais franchement, Morgan, cette fille méritait qu'on lui ferme son clapet.

Il fronça les sourcils sans comprendre, en fulminant toujours de colère, alors je continuai.

— Elle était en train de marquer son territoire, elle m'a traitée comme une moins que rien... D'ailleurs, il y a beaucoup de filles qui viennent te réclamer pour qu'elle me dise toutes ces horreurs ?

Il me dévisagea une seconde, sa colère semblant refluer légèrement.

— Non… C'est arrivé une fois… Mais ne change pas de sujet, se reprit-il. Je ne veux pas que tu révèles ma vie privée à mes collègues. Ça ne les regarde pas !

Je croisai les bras avec agacement.

— OK, mais explique-moi ce qu'il y a entre toi et cette pétasse d'Emma.

Morgan ouvrit la bouche en grand et me fixa comme s'il avait vu un fantôme.

— Quoi ? lâcha-t-il, ahuri. De quoi est-ce que tu parles ?

— Je parle de la façon dont elle m'a fait comprendre que tu étais sa chasse gardée et aussi du fait qu'elle vient te voir en concert !

Morgan écarquilla les yeux et je repris de plus belle.

— Tu sais, la plupart des mecs jaloux que j'ai rencontrés étaient avant tout infidèles. Alors, réponds-moi ! exigeai-je.

— Qu'est-ce qu'elle t'a dit exactement ?

J'avais la gorge nouée. La peur que je ressentais me faisait presque suffoquer, parce que je ne pouvais pas imaginer que Morgan puisse être ce genre d'homme...

— Elle m'a dit que tu n'aimais pas les filles dans mon genre, elle croyait que j'étais une de tes groupies...

Il s'appuya doucement contre son bureau et fixa le sol quelques secondes. Il avait l'air choqué.

— Je comprends mieux…, murmura-t-il au bout d'un moment.

Il releva ses yeux clairs vers moi, un peu confus. Je gardais le silence en attendant toujours sa réponse. J'étais au bord des larmes.

— Je peux te jurer qu'il ne s'est rien passé avec elle ni avec aucune autre femme. Vous êtes bien trop compliquées…

Il afficha un faible sourire en marchant vers moi.

— Tu as raison, j'aurais dû m'en rendre compte…, dit-il enfin. Emma fait toujours en sorte qu'on ne soit que tous les deux. Elle prend ses pauses en même temps que moi et m'attend toujours lorsque je reste tard… Mais je ne savais pas qu'elle m'avait vu chanter. Et je ne savais pas qu'elle… se permettait de dire ce genre de conneries…

Il passa ses bras autour de ma taille et m'attira contre lui. Je recommençai à respirer. Je lui rendis son étreinte en le serrant de toutes mes forces avant de fondre en larmes. C'était bête et irrationnel, mais j'avais eu trop peur qu'il m'abandonne. Les bras de Morgan se crispèrent autour de moi alors que tout son corps se raidissait.

— Tu pleures ? demanda-t-il avec inquiétude.

Je ne répondis pas et il me caressa tendrement le dos en attendant que je me calme.

— Je vais lui parler, dit-il au bout d'un moment. Je vais mettre les choses au point.

Je relevai la tête vers lui et il attrapa mon visage entre ses mains pour essuyer mes larmes. Je hochai simplement la tête, puis attrapai un mouchoir dans ma poche et fis disparaître les dernières traces de mon chagrin. Heureusement, je n'étais pas maquillée. Morgan me libéra de ses bras et attrapa ma main. J'entrelaçai mes doigts aux siens. Puis il attrapa le combiné de son bureau et appuya sur une touche.

— Emma, vous pouvez venir dans mon bureau ?

Il raccrocha et j'entendis le bruit de ses talons qui se rapprochaient. Trois petits coups résonnèrent contre la porte et Emma fit son apparition, tout sourire. Sourire qui se flétrit lorsqu'elle avisa nos mains jointes. Elle déposa le dossier que Morgan avait oublié sur le bureau.

— Asseyez-vous, lui intima ce dernier en désignant la chaise devant nous.

Morgan était appuyé sur le coin de son bureau et j'étais debout à côté de lui.

— Patricia et moi sommes séparés, commença Morgan. Vicky est ma petite amie.

Il me jeta un regard inquiet, comme pour s'assurer que je l'étais toujours et je serrai doucement sa main dans la mienne.

Emma me fusilla du regard avant de reporter son attention sur Morgan avec une expression avenante.

— C'est noté, acquiesça Emma avec un sourire aimable qui ne me trompa pas.

— Et à l'avenir, si j'apprends que vous racontez encore des conneries sur le genre de fille qui me plaît, je serai obligé de vous renvoyer. D'une part, vous n'en savez rien et de l'autre, ça ne vous regarde pas ! Est-ce que je suis clair ?

Emma pinça les lèvres avec agacement et une pointe de colère traversa son regard lorsqu'elle me jeta un coup d'œil.

— Très clair, répondit-elle en forçant un sourire.

— Bien, vous pouvez y aller.

Emma se releva en marchant d'un pas raide jusqu'à la sortie. Elle referma la porte un peu trop fort derrière elle.

— J'espère qu'elle a compris…, marmonnai-je.

Morgan me dévisagea.

— Pourquoi ? Tu crois que ce n'était pas suffisant ?

Je soupirai avec fatalité.

— Morgan, cette fille est une vipère ! Tu crois que ça va l'arrêter ? Elle va tout faire pour te séduire et…

Son rire me prit au dépourvu.

— Tu trouves ça drôle ? m'énervai-je en retirant ma main de la sienne. Rends-moi mes clés.

Je plaçai ma paume vers le haut en attendant qu'il s'exécute.

— Non, je garde tes clés. On rentre ensemble, dit-il d'un ton plus sérieux.

Il récupéra ses affaires et attrapa de nouveau ma main.

— Et arrête de faire cette tête, ça fait cinq ans que je travaille avec Emma. Inutile de t'inquiéter.

— Mais, avant, elle croyait que tu étais marié, Morgan, insistai-je. Maintenant, tu n'as plus qu'une « petite amie ».

— Très bien, alors on va se marier, répliqua-t-il en m'entraînant dans le couloir.

Je restai muette de stupéfaction en le suivant maladroitement. Il s'arrêta devant le bureau d'Emma, lui adressa un bref coup d'œil, puis reporta son attention sur moi. Son regard avait quelque chose de bizarre, comme s'il réfléchissait. Et, soudain, il mit un genou à terre en tenant fermement ma main dans les siennes. Je faillis m'étouffer.

— Vicky, veux-tu m'épouser ?

Je me figeai sur place en scrutant son visage, à la recherche du moindre indice, et son sourire malicieux me donna envie de le gifler. Soit, il se foutait de moi, soit il faisait ça juste pour emmerder Emma, soit il était sérieux…

— Alors ? Réponds…

Je jetai un bref coup d'œil vers Emma qui me fusillait du regard, au bord de la syncope.

— OK…

Morgan se redressa.

— OK ? répéta-t-il. Juste OK ? Pas de OUI enthousiaste ?

Je grimaçai et Morgan passa un bras autour de mes épaules. Au même instant, plusieurs autres officiers se mirent à applaudir et à siffler, ce qui me fit monter le rouge aux joues. Morgan me sourit.

— Vous avez entendu ? Vicky est presque ma femme, lança-t-il joyeusement. Bonne soirée !

Il m'embrassa fougueusement, ce qui me prit au dépourvu. Je lui rendis maladroitement son baiser. Puis, il m'entraîna avec lui jusqu'à la sortie. Une fois sur le trottoir, je ne pus m'empêcher d'exploser de rire.

— Tu as vu la tête d'Emma ? m'étouffai-je.

— Ouais…, rigola Morgan en retour.

— C'était pas très gentil, hoquetai-je. Tu as anéanti tous ses espoirs.

— C'est toi qui as insisté, répliqua Morgan en reprenant son sérieux.

Je l'observai un instant.

— C'est vrai… Merci.

Il y eut quelques secondes de flottement avant que je lui demande :

— Tu étais sérieux ?

Il haussa nonchalamment les épaules.

— Putain ! T'étais sérieux ? m'étranglai-je.

Il passa nerveusement une main dans ses cheveux et regarda au bout de la rue.

— Sur le coup, j'ai trouvé ça marrant. Je voulais te surprendre… Mais, pourquoi pas… Enfin, si tu veux…

— Écoute, on n'a pas besoin de se marier pour être heureux… Et c'est tellement soudain…

Carole nous rejoignit à cet instant.

— Pourquoi vous rigolez ? nous questionna-t-elle, curieuse.

— Je t'expliquerai, Sist. Tu peux rentrer, Morgan va me ramener.

J'adressai un petit clin d'œil à ma sœur.

— OK, dit-elle en m'étreignant. Fais attention à toi.

Elle repartit vers sa voiture et je suivis Morgan jusqu'à la sienne. Il prit place derrière le volant et lâcha un soupir lorsque je m'installai du côté passager.

— Je plaisantais, dit-il en démarrant. C'était juste pour te rassurer par rapport à Emma.

J'agrippai sa main qui était encore sur le pommeau de vitesses et il m'adressa un sourire en coin.

Depuis quand Morgan fait des blagues ?

— Je t'assure que tu n'as rien à craindre.

— J'espère… Mais cette nana est une bombe et…

— Et elle ne m'intéresse pas, me coupa Morgan en me jetant un regard inquiet.

— Je sais, mais… Enfin, les mecs fonctionnent tous de la même façon et si elle se trémousse devant toi avec sa jupe crayon et ses talons aiguilles, elle pourra te faire faire n'importe quoi…

Encore une fois, il explosa de rire.

— Sérieusement ? pouffa-t-il. Tu crois qu'un mec est un robot ? Qu'il y a une formule universelle pour le faire craquer ?

— Bah… ouais…, répondis-je, perplexe.

— Vicky, je n'ai eu que deux femmes dans ma vie, lâcha-t-il en pressant délicatement mes doigts.

Je m'enfonçai dans mon siège.

— C'est vrai, toi tu es un extra-terrestre, lâchai-je.

Il me regarda de nouveau avec une moue réprobatrice absolument adorable.

— Non. Je suis juste un mec bien...

Cette fois, je lui souris.

— Au fait, pourquoi tu avais ton arme sur toi, hier soir ?

Ses doigts se resserrèrent sur les miens et il me jeta un bref coup d'œil.

— J'ai oublié de l'enlever… Et c'est un peu de ta faute, j'avais l'esprit ailleurs. Mais ça tombait plutôt bien, finalement.

— Je déteste les armes… Essayer de tirer sur Alex, c'est beaucoup trop dangereux.

— Peut-être mais, à partir de maintenant, je la garderai sur moi. Juste au cas où.

Je n'étais pas très à l'aise avec ça, mais bon, nous étions des guérisseurs, maintenant. Nous pouvions soigner n'importe qui.

Pas vrai ?

Le lendemain matin, je me réveillai dans les bras de Morgan. Sa chaleur m'enveloppait et je me blottis plus étroitement contre lui. Malheureusement, mon bien-être fut de courte durée…

Quelqu'un se racla la gorge dans la chambre. Je sursautai, allumai la lumière et lâchai un petit cri lorsque je découvris un grand blond tout en muscles près de la porte. La peur m'envahit aussitôt et Morgan se réveilla à cet instant. Le nouveau venu afficha un air contrit.

— Désolé de vous avoir réveillés. Je réquisitionne Morgan, aujourd'hui. Declan vous attend, commença-t-il.

Morgan se redressa avec méfiance et étudia le nouveau venu avec attention.

— D'accord, vous pouvez nous attendre dans le salon ? Enfin, si vous n'avez pas peur des chiens…, tentai-je avec ma voix la plus douce possible. On sera prêts dans quelques minutes.

Le guerrier hocha la tête et disparut dans la seconde. Je lâchai un soupir de soulagement en laissant ma tête retomber sur mon oreiller.

— Qui est Declan ? demanda Morgan en se levant pour s'habiller précipitamment.

J'en fis de même, même si j'étais encore un peu endormie.

— C'est une sorte de professeur, si j'ai bien compris. Il t'aidera à utiliser tes pouvoirs.

— OK…

Le guerrier réapparut à cet instant.

— Ça fait dix minutes, s'inquiéta-t-il. Declan déteste les gens en retard.

— Au fait, comment vous vous appelez ? le questionnai-je.

Il reporta son attention sur moi.

— Simon.

— OK, Simon, intervint Morgan. Où est-ce que vous allez m'emmener ?

— Dans les jardins du château, répondit-il, laconique.

Morgan hocha la tête, puis s'approcha de moi pour déposer un rapide baiser sur mes lèvres. Je crois qu'il était impatient d'apprendre à maîtriser ses pouvoirs et je le comprenais. Il revint ensuite vers Simon. Ce dernier passa ses bras autour de la taille de Morgan avant de l'emporter avec lui.

Je lâchai un faible soupir et descendis mollement mes escaliers pour me faire du café, mon chien remuant la queue avec joie en marchant à mes côtés. C'est à ce moment-là que quelqu'un toqua frénétiquement à ma porte.

— Sist ! Ouvre-moi s'il te plaît ! cria ma sœur avec désespoir.

Je fronçai les sourcils en me dirigeant vers la porte pour la déverrouiller. Lorsque Carole entra, elle avait l'air terrorisée et bouleversée. Je me penchai pour la prendre dans mes bras, mais elle se déroba avec une pointe de terreur dans le regard.

— Ne me touche pas ! cria-t-elle hystérique.

— Qu'est-ce qu'il se passe ? m'affolai-je.

Carole s'adossa au mur et se cacha les yeux d'une main.

— J'ai fait une énorme connerie, pleura-t-elle. Mais surtout, ne me touche pas...

Mon angoisse augmenta à une vitesse fulgurante.

— Qu'est-ce que tu as fait ? demandai-je de mon ton le plus calme, malgré les circonstances.

Elle retira la main de son visage pour me regarder enfin. Elle avait l'air anéantie.

— Marc et moi, on a fait l'amour et... Je n'ai pas été prudente...

Un autre sanglot lui échappa alors que j'attendais patiemment qu'elle continue.

— J'ai... j'ai touché sa marque sans faire exprès. Mes doigts l'ont juste effleurée à travers les boutons de sa chemise...

Elle me montra l'intérieur de son autre main et je découvris plusieurs traînées rouge vif parcourir l'intérieur de ses doigts.

— Tu t'es brûlée ? demandai-je avec inquiétude.

— Non... J'ai attrapé sa maladie... Sa mère est morte un mois après l'avoir touché...

Un autre sanglot lui échappa et je restai muette face à cet horrible aveu. Puis, je repris mes esprits.

— Je vais te soigner, dis-je soudain.

— NON ! hurla-t-elle. Ne me touche pas ! Personne ne peut me soigner. Il a dit qu'il avait tout essayé…, pleura-t-elle de plus belle.

Nos yeux se croisèrent pour se souder et je compris qu'elle ne plaisantait pas. Les larmes me montèrent aux yeux.

— On trouvera une solution, Sist. Je te promets qu'on va trouver…

Elle secoua doucement la tête en signe de négation et je m'écroulai de chagrin à ses côtés.

Ces derniers mois avaient été plus que compliqués. J'avais retrouvé l'homme qui hantait mes pensées jour et nuit, mais j'avais aussi découvert des pouvoirs insoupçonnés. Après cette nuit, je pensais avoir trouvé mon équilibre dans ce nouveau monde rempli de pouvoirs et de règles, malgré la présence d'Alex. Mais voir ma sœur dans cet état chamboula absolument toutes mes bonnes résolutions. J'avais un mois pour trouver une solution et je n'étais pas prête à abandonner...

Remerciements

J'espère que vous avez passé un bon moment en compagnie de Vicky, Morgan, Carole et Marc.

Comme toujours, je remercie mes bêta-lectrices qui sont toujours aussi fantastiques !

Je remercie également ma correctrice Sophie Eloy :)

Si vous n'avez pas lu les 3 premiers tomes de la saga Au Nom de l'Harmonie (Zéphyr, Miroir et Descendance) je vous invite à les lire pour avoir les réponses à vos questions 😊

Si vous avez aimé ce roman, pensez à mettre un commentaire sur les plateformes en ligne et sites de lecture.

Retrouvez toutes les informations sur les prochaines sorties sur mon site internet : https://oliviasunway.com

Et si vous souhaitez papoter de vos lectures dans une ambiance conviviale, rejoignez mon groupe Facebook : Groupe de lecture et papotage (romance fantastique et contemporaine)